마술 살인

마술 살인

2012년 5월 1일 중쇄 발행

지은이   애거서 크리스티
옮긴이   정성희
펴낸이   이경선
펴낸곳   해문출판사

등록 1978년 1월 28일 제3-82호
서울시 서초구 서초동 1328-11 도씨에빛 2차 1420호
전화 325-4721
팩스 325-4725

값 10,000원

ISBN 89-382-0180-5
ISBN 89-382-0100-7 (세트)

AGATHA CHRISTIE

마술 살인

애거서 크리스티/정성희 옮김

해문출판사

THEY DO IT WITH MIRRORS

They do it with Mirrors

· 등장인물 ·

루스 반 라이독 마플 양의 옛 친구이자 캐리 루이즈의 언니. 마플 양에게 동생을 보호해 달라고 부탁한다.

루이스 세러콜드 캐리 루이즈의 세 번째 남편이자 이상주의자

캐리 루이즈 누구나 믿는 이상주의자로 올바르게 살아가려고 노력한다. 스토니게이츠 저택의 여주인

줄리엣 빌레버 캐리 루이즈의 말동무 겸 가정부. 야단법석을 떨며 열렬하게 캐리 루이즈를 보살핀다.

밀드레드 스트리트 캐리 루이즈의 친딸

지나 허드 캐리 루이즈의 양녀 피파의 딸이자 월터 허드의 아내. 매력적인 외모로 레스태릭 형제와 묘한 관계이다.

월터 허드 지나의 미국인 남편

스티븐 레스태릭 캐리 루이즈의 두 번째 남편인 조니 레스태릭의 아들로 예술적이고 격렬한 기질을 지녔으며 미남

알렉스 레스태릭 스티븐의 형. 똑똑하고 입심이 좋다.

에드거 로슨 원래는 소년범이었으나 루이스 세러콜드의 비서로 발탁된 청년. 자기 출생에 대해 허황된 꿈을 꾸는 허풍쟁이.

매버릭 박사 스토니게이츠 저택의 감화원에서 소년 범죄자들을 돌보는 거만하고 젊은 정신의학자

크리스찬 걸브랜드센 스토니게이츠 감화원의 이사이자 밀드레드 스트리트의 오빠

커리 경감 런던경시청의 경감

어니 그레그 스토니게이츠 감화원생으로 지나치게 허풍을 떤다.

제인 마플 순진해 보이는 푸른 눈 뒤로 예리하고 정확한 관찰력을 숨기고 있는 노처녀 할머니

스토니게이츠 저택의 사건 현장

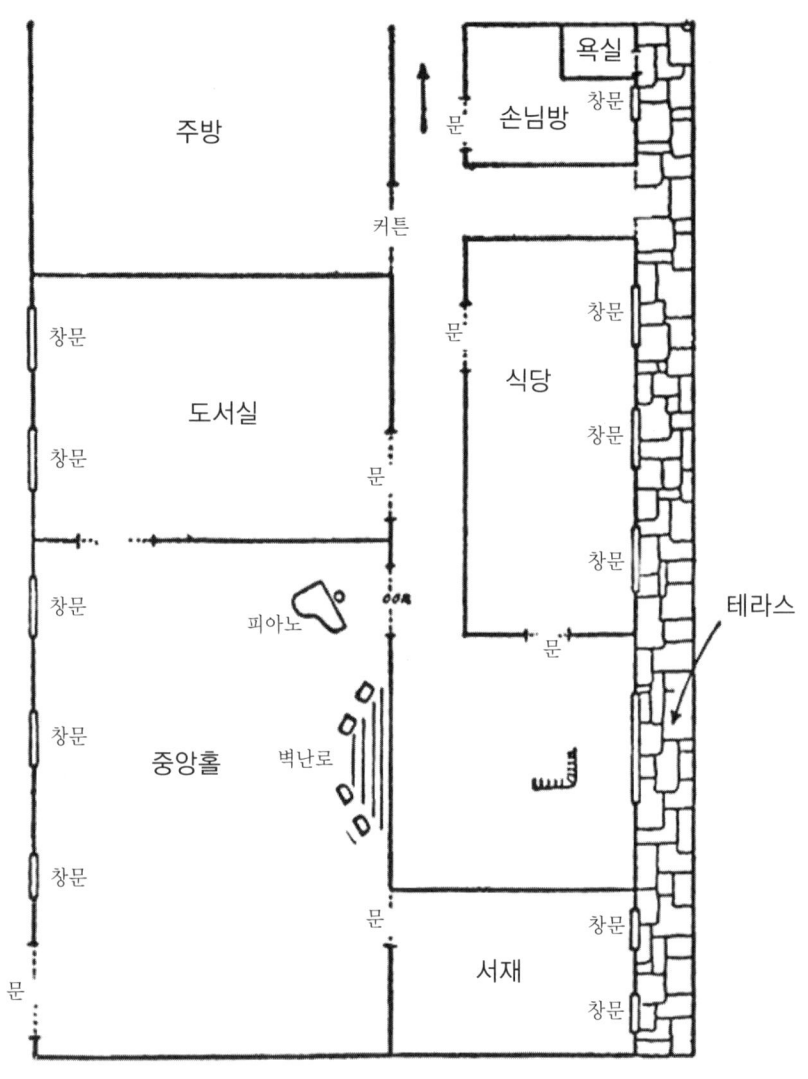

제 1 장

반 라이독 부인은 거울에서 조금 뒤로 물러나 한숨을 쉬었다.

「이제 됐어.」

그녀는 중얼거렸다.

「어때, 괜찮은 것 같아, 제인?」

마플 양은 란바넬리 디자인의 의상을 감탄하듯이 바라보았다.

「정말 아름다운 가운이야.」

「그래, 괜찮은 것 같지?」

반 라이독 부인은 이렇게 말하더니 한숨을 내쉬었다.

「자, 이젠 벗겨 줘, 스테파니.」

회색 머리칼에 약간 비뚤어진 입술을 가진 나이 먹은 하녀가 반 라이독 부인의 팔을 들어올리고는 머리 위로 가운을 조심스럽게 벗겨냈다.

반 라이독 부인은 살구빛 새틴 슬립만 입은 채 거울 앞에 서 있었다. 그녀의 몸에는 코르셋이 꽉 끼워져 있었다. 그 나이에도 불구하고 여전히 늘씬한 다리에는 멋진 나일론 스타킹이 신겨져 있었다. 겹겹이 화장을 한데다 지금도 꾸준히 하고 있는 마사지 덕분에 그녀의 얼굴은 멀리 떨어진 곳에서 보면 젊은 아가씨로 착각할 정도였다.

머리칼은 회색이라기보다는 수국의 푸른빛에 가까웠고 완벽하게 손질되어 있었다. 사실 반 라이독 부인을 바라보고 있노라면 원래 그녀의 모습을 상상하기가 힘들었다. 그녀는 돈으로 되는 일이라면 뭐든지 해댔던 것이다—게다가 철저한 식이요법과 마사지, 꾸준한 운동 덕분에 그 효과는 더욱 커진 셈이었다.

루스 반 라이독은 친구를 장난스러운 눈길로 바라보았다.

「제인, 당신과 내가 동갑이란 걸 알아차릴 사람이 과연 있을까?」

마플 양은 반 라이독 부인의 장난스러운 질문에 성실히 대답했다.

「절대 없을 거야, 정말.」

그녀는 친구를 안심시키려는 듯이 말했다.

「당신도 알지, 내가 내 나이 그대로 보이는 걸 유감스러워 한다는 걸.」

마플 양은 흰 머리칼에 주름진 부드러운 분홍빛 살결의 얼굴, 그리고 도자기처럼 푸르고 천진스러워 보이는 눈동자를 하고 있었다.

「당신은 정말 그래, 제인.」

반 라이독 부인을 그렇게 말하고는 갑자기 얼굴에 웃음을 띠었다.

「하지만 나도 그런 걸. 당신 같은 식은 아니지만 말이야. 사람들은 날 두고 이렇게 말하지. '저 늙은 할멈은 어떻게 저렇게 늘씬하지.'라고 말이야. 하지만 어쨌든 내가 늙은 할멈이란 건 모두들 알고 있는 거 아니야! 그리고 아, 괴로워! 나도 늙은 할멈 같은 기분이긴 마찬가지야!」

그녀는 말을 마치고 새틴으로 누빈 의자에 털썩 주저앉았다.

「이젠 됐어, 스테파니.」 하고 그녀는 말했다.

「이젠 가도 돼.」

스테파니는 옷을 챙겨들고 방을 나갔다.

「스테파니는 나이는 들었지만 정말 착한 여자야.」

반 라이독 부인은 말을 계속했다.

「우리 집에 있은 지도 30년이 넘었지. 그녀만이 내 진짜 모습이 어떤지 알고 있지. 제인, 나 당신한테 할 말이 있어.」

마플 양은 몸을 조금 앞으로 내밀었다.

그녀의 얼굴엔 무슨 말이든지 듣겠다는 표정이 떠올라 있었다. 사실 그녀는 이 호화로운 호텔의 사치스런 침실과는 어울리지 않는 사람 같았다. 초라한 검은색 옷을 입고 커다란 쇼핑백을 들고 있는 그녀의 모습은 어느 모로 보나 평범한 할머니 모습이었다.

「난 두려워, 제인. 캐리 루이즈 때문에 말이야.」

「캐리 루이즈라고?」

마플 양은 생각에 잠긴 채 그 이름을 되뇌어 보았다.

그 이름은 그녀로 하여금 먼 옛일을 떠올리게 해주었다.

'플로렌스의 기숙학교.' 그때 마플 양은 대성당이 있는 한 교구(敎區)마을에서 온 분홍빛 볼에 얼굴이 흰 영국 소녀였다. 마틴 가(家)의 두 미국인 아가씨들은 영국 소녀에게는 자극적인 존재였다. 그 야릇한 말투하며 솔직하면서 대담한 태도, 활기찬 행동 때문이었다.

자매 중 언니인 루스는 키가 크고 격렬한 성품인데다가 자기 말고는 세상에 아무도 없다는 듯한 콧대 높은 아가씨였고, 캐리 루이즈는 키가 작고 섬세하며 사색적인 아가씨였다.

「그 앨 마지막으로 본 게 언제야, 제인?」

「정말 오랫동안 만나지 못했어. 적어도 20년은 될 거야. 물론 크리스마스 때면 서로 카드를 보내긴 하지만.」

우정이란 정말이지 이상한 것이다! 젊은 시절의 그녀, 마플 양과 두 미국인 아가씨들도 마찬가지였다. 이들은 거의 동시에 서로의 길로 제각기 갈라졌지만 우정만은 여전히 굳게 간직하고 있었던 것이다. 그러니까 가끔 편지를 보내거나 크리스마스 때면 카드를 보내는 식으로. 이상한 일이지만 마플 양은 미국에 집이—그냥 집이라기보다는 집들이라고 해야 옳지만— 있는 루스 쪽을 더 많이 만났다. 아니, 그건 별로 이상한 일이 아닐지도 모른다.

그녀와 같은 계층에 있는 미국인들이 대부분 그러하듯이 루스 역시 세계를 자기 집처럼 드나드는 코즈모폴리턴이었기 때문이다. 그녀는 매년 혹은 2년에 한 번씩 유럽으로 건너와 런던에서 파리로, 그 다음엔 리비에라(프랑스 남해안 칸의 해변 휴양지)로, 그리고 다시 런던으로……, 줄곧 이런 식으로 돌아다녔다.

그리고 어딜 가든지 간에 잠시라도 틈을 내서 옛친구들을 만나는 일에 열심이었다. 이번처럼 만나는 일도 여러 번 있었다. 클래리지나

사보이 호텔, 아니면 버클리, 아니면 도체스터 호텔에서 멋진 식사를 하며 옛날을 추억하는 이야기들을 늘어놓고는, 또 다급하지만 정답게 인사를 하는 그런 만남이었다.

루스로서는 사실 세인트 메리 미드 같은 외진 마을에 올 짬이 전혀 없었고 마플 양 역시 그런 건 기대하지도 않았다. 모든 사람의 인생에는 제각기 템포라는 것이 있게 마련이니까. 루스의 템포는 프레스토(Presto; 빠르게)였다. 그 반면 마플 양은 그녀 자신의 인생이 아다지오(Adagio; 느리게)인 것에 만족하며 살고 있었다.

어쨌든 그렇게 해서 그녀는 미국인인 루스와는 여러 번 만났지만, 영국에 살고 있는 캐리 루이즈와는 20여 년간 만나지 못하고 있었다. 얼핏 듣기에는 이상한 일이지만, 사실 알고 보면 충분히 그럴 수 있는 일이었다. 왜냐하면 서로 같은 나라에 살고 있으면 구태여 옛친구들을 만나려고 계획할 필요가 없기 때문이다.

언젠가는 조바심 내지 않고도 친구들을 만날 수 있으리라고 생각하기 때문이다. 다른 별에라도 가서 살지 않는 한 만날 수 있으리라고 말이다. 하지만 제인 마플과 캐리 루이즈가 걷고 있는 길은 좀처럼 만나는 법이 없었다. 그러니까 이들이 오랫동안 만나지 못한 이유도 알고 보면 그런 단순한 이유에서였다.

「왜 캐리 루이즈 때문에 걱정이 된다는 거지, 루스?」

마플 양이 물었다.

「그 왜라는 게 또 날 아주 걱정시키고 있는 거야! 왜인지 나도 모르고 있으니까 말이야.」

「그 애가 아픈 건 아니지?」

「허약하긴 하지—언제나 그랬으니까. 하지만 뭐 특별히 나빠진 건 아니야. 우리만큼이나 오래 살고 있는 걸 보면 말이지.」

「그럼, 불행하다는 거야?」

「아니, 그것도 아니야.」

'그렇지, 불행할 리는 없지.'

마플 양은 속으로 생각했다.

사실 캐리 루이즈가 불행하리라고 상상하기란 참으로 힘든 일이었다―물론 그 애의 인생에 있어서도 틀림없이 불행할 때가 있긴 했겠지만. 단지 불행한 그 애의 모습을 떠올리기가 쉽지 않다는 말이다.

당황해하는 모습―그것도 있을 수 있는 일이다―이나 격렬한 비탄에 젖어 있는 모습은……, 도저히 머릿속에 떠오르지가 않았다.

그때 마침 반 라이독 부인의 말이 다시 들려왔다.

「캐리 루이즈, 그 앤…….」 그녀가 말했다.

「언제나 이 세상 밖에서 살고 있지. 그 앤 세상이란 게 어떤 건질 전혀 몰라. 내가 두려운 게 그 때문인지도 모르고.」

「환경 탓이지.」

마플 양이 말을 꺼냈지만 곧 말을 멈추고는 고개를 흔들었다.

「아니, 그게 아니야.」 하고 그녀가 말했다.

「그래, 그건 아니야. 그 애 자신 때문이지.」

루스 반 라이독의 말이었다.

「캐리 루이즈는 우리하고 다르게 항상 이상을 품고 있었어. 물론 우리가 젊었을 때는 이상을 품는 것이 유행이었지―우리 모두 말이야. 젊은 처녀로선 당연한 일이었지. 제인, 당신은 문둥병 환자들을 돌보는 간호사가 되고 싶어했고, 난 수녀가 되고 싶어했으니까 말이야. 하지만 그때가 지나고 나면 누구나 그런 얼빠진 생각에서 졸업해 버리는 거야. 사람들은 결혼이 그런 생각을 집어치우게 하는 원인이라고 말하지. 하지만 나로선 결혼 때문에 잘못된 건 없었어.」

마플 양은 루스가 완곡한 표현을 쓰고 있다고 생각했다.

루스는 지금까지 세 번 결혼을 했다. 그때마다 상대는 대단한 부자였고, 그 덕분에 이혼할 때마다 그녀는 크게 마음을 상하는 일도 없이 자신의 은행 구좌를 불려 나갈 수 있었다.

「물론…….」 하고 반 라이독 부인이 말을 계속했다.

「난 좀 억센 편이었으니까 어떤 일에도 낙담하질 않아. 원래 인생이란 것에 대해 그다지 기대를 걸지 않거든. 그리고 남자들에게도 그다지 기대를 걸지 않고 말이야—덕분에 난 이혼도 아주 잘 해치웠어. 별로 기분 상하는 일도 없이 말이야. 그 증거로 토미와 난 아직도 좋은 친구잖아. 게다가 줄리어스는 가끔 주식시장 경기(景氣)에 대해 나한테 의견을 물어 보기도 한단 말이야.」

갑자기 그녀의 얼굴에 구름이 끼었다.

「내 생각엔 캐리 루이즈 때문에 걱정이 되는 건 바로 그 때문인 것 같아. 그 앤……, 당신도 알겠지만 언제나 괴짜들하고만 결혼하는 버릇이 있잖아.」

「괴짜들이라고?」

「이상주의자들 말이야. 캐리 루이즈는 이상이라고 하면 언제나 깜빡 죽는 애라니까. 옛날 그 애 모습 생각나? 한창 예쁜 열일곱 살에 걸브랜드센이라는 늙은 영감이 인류에 대한 자신의 포부를 이야기하는 걸 두 눈 동그랗게 뜨고 듣던 모습 말이야. 결국 그 앤 쉰 살도 넘은 그 영감과 결혼했지. 다 큰자식들이 딸린 홀아비하고 말이야. 그게 다 그 영감의 박애주의적인 이상 때문이었지. 그 앤 마치 마법에라도 걸린 듯한 모습으로 그의 이야길 듣곤 했어. 데스데모나와 오델로(<오델로>에 나오는 주인공들)를 빼다 박은 꼴이었지. 그나마 다행인 것은 그들 둘 사이엔 이간질을 일삼는 이야고 같은 사기꾼이 없었다는 거지—게다가 걸브랜드센도 흑인이 아니었고, 아마 스웨덴 사람 아니면 노르웨이, 그 계통 사람이었을걸.」

마플 양은 생각에 잠긴 채 고개를 끄덕였다.

걸브랜드센이란 이름은 국제적으로 알려진 이름이었다. 그는 뛰어난 사업가의 통찰력과 더불어 완벽한 성실성을 갖추고 있었기 때문에 정말 대단한 재산을 쌓아올릴 수 있었다. 그 재산은 너무 엄청난 것이어서 사실 자선사업 같은 거라도 해야 간신히 써 버릴 수 있을 정도였다.

그 이름은 지금도 여전히 위력을 떨치고 있었다. 우선 걸브랜드센 신용기금을 비롯해 걸브랜드센 연구회, 걸브랜드센 양로원 등이 그 위력을 입증하는 이름들이다. 그중 가장 유명한 것은 노동자들의 자녀를 위한 여러 개의 교육 대학들이 있었다.

「하지만 당신도 알다시피 그 앤 그 영감의 돈 때문에 결혼한 게 아니야.」

루스가 말했다.

「만일 내가 그와 결혼했다면 그야 돈 때문에 했겠지. 하지만 캐리 루이즈는 안 그래. 정말 난 그 영감이 그 애가 서른 두 살 되던 해에 죽질 않았다면 어떤 일이 벌어졌을까 그게 궁금해. 서른두 살이란 미망인이 되기엔 좋은 나이지. 경험도 있는데다가 얼마든지 새로 시작할 수 있는 가능성도 있는 나이거든.」

독신인 마플 양은 그녀의 말을 들으면서 가만히 고개를 끄덕였다.

하지만 머릿속에서는 세인트 메리 미드에서 알고 있는 미망인들의 모습이 떠오르고 있었다.

「캐리 루이즈가 조니 레스태릭과 결혼했을 때 난 정말 기뻤어. 물론 그 남자는 그 애의 돈 때문에 결혼했겠지. 아니……, 뭐 꼭 그런 건 아니지만 어쨌든 그 애에게 돈이 없었다면 결혼하지 않았을 거야. 조니는 이기적이고 쾌락만을 일삼는 건달이었으니까. 하지만 괴짜보다는 그 편이 오히려 안전하거든. 조니가 바라는 건 오직 인생을 편하게 사는 것뿐이었어. 그는 캐리 루이즈가 최고급 의상실이나 드나들고 요트나 차를 사서 같이 즐기며 살길 바랐지. 오히려 그런 남자가 안전해. 그런 남자는 편하고 사치스러운 생활만 하게 해주면 고양이처럼 목을 가르랑거리며 여자한테 친절하게 구니까 말이야.

난 그 남자가 하는 무대장치며 연극 일을 별로 대단찮게 여겼었어. 하지만 캐리 루이즈 그 앤 그런 것에 황홀해했지. 그런 걸 진짜 예술로 여긴 거야. 그래서 그 남잘 억지로 연극계로 돌아가게 한 거고. 그런데 그 끔찍한 유고슬라비아 계집애가 나타나서는 조니를 가로채더니 도망가 버린 거야. 사실 조니는 그 여자와 도망가고 싶어하지 않았지. 캐리 루이즈가 좀 더 기다려 주고 좀 더 현명했더라면 그 남잔 분명히 그 애에게 돌아왔을 거야.」

「캐리가 많이 상심했겠네?」 마플 양이 물었다.

「그런데 그게 또 이상해. 그 앤 전혀 그렇지 않았거든. 그 일에 대해선 전혀 이렇다할 내색을 하지 않았어. 물론 그럴 만도 하지. 그 앤 정말 마음씨가 고우니까. 오히려 조니하고 그 계집애가 결혼할 수 있도록 조니랑 이혼하고 싶어 안달이 날 지경이었거든. 게다가 그 남자가 첫 결혼에서 얻은 사내아이 둘하고 그 계집애가 같이 살 수 있도록 집까지 사 주었어. 그래야 안정된 생활을 할 수 있을 거라나. 덕분에 가엾은 조니는—그 여자랑 결혼해야 했지. 그 여잔 결국 조니랑 6개월간 끔찍한 생활을 한 다음 그가 분노 끝에 차를 타고 절벽 아래로 굴러 떨어지게 만들고 말았어. 사람들은 그게 우연한 사고였다고 하지만, 내 생각엔 그건 분노 때문이었어.」

반 라이독 부인은 말을 끊고 거울을 집어들더니 얼굴을 샅샅이 훑어보았다. 그리고는 눈썹 족집게를 집어들어 털을 하나 뽑아냈다.

「그런데 캐리 루이즈는 그 뒤에 정말 하지 않았어야 할 일을 했어. 지금 남편인 루이스 세러콜드랑 결혼한 일 말이야. 이 남자도 괴짜지! 게다가 이상주의자란 말이야! 아, 물론 그 남자가 그 애를 사랑하지 않는다는 건 아니야—내 생각엔 아주 많이 사랑하는 모양이야. 하지만 그 남자 역시 모든 사람들의 인생을 향상시켜주고 싶은 꿈에 사로잡혀 있긴 마찬가지지. 사실 당신도 알겠지만, 인생을 향상시키는 건 자기 자신밖엔 아무도 못하는 거잖아.」

「글쎄, 그야 모르지.」 마플 양이 말했다.

「물론 이런 일에도 유행이란 게 있어. 옷 입는 것에도 유행이 있듯이 말이야. 아 참, 당신, 크리스찬 디올이 이번에 새로 선보인 치마 본 적 있어? 이런, 내가 무슨 얘길 하고 있었더라? 아, 그렇지, 유행. 그래, 박애주의에도 유행이 있다는 말이야. 걸브랜드센과 결혼할 무렵에는 교육이 유행이었어. 하지만 교육은 이젠 한물갔어. 국가가 그걸 맡고 나섰으니까. 이젠 모두들 교육이란 걸 당연한 권리로 여기고 있거든—게다가 그 권리를 얻고서도 그걸 대단치 않게 여기고 있단 말이야! 소년 범죄—이게 요즘 대유행하는 거야. 어린 범죄자, 그리고 잠재적인 범죄자들이 온통 우글거리지. 사람들은 모두 그런 범죄자들 때문에 정신이 없어.

당신이 그 두꺼운 안경 너머로 번뜩이는 루이스 세러콜드의 눈을 봤어야 하는데. 열광이 지나쳐 광적이라니까! 정말 대단한 의지력을 갖춘 사람이야. 말하자면 바나나 한 개와 토스트 한 쪽만 먹고살면서 나머지 에너지는 몽땅 대의명분에 쏟는 그런 사람들 말이야. 하지만 난 그런 게 싫어, 제인. 동생 부부는 결국 이사회를 열어서 자기네들이 살고 있는 저택을 온통 새로운 구상에 맞춰 개조해 버렸지. 그러니까 소년 범죄자들을 위한 교화시설로 말이야.

정신병 학자며 심리학자며 그밖에 이런저런 사람들을 몽땅 끌어들여 만든 교화시설 말이지. 그런 곳에 루이스와 캐리 루이즈가 사는 거야. 소년 범죄자들이 득실거리는 곳에서 말이야—아마 틀림없이 비정상적인 애들일 거야. 게다가 그곳에는 직업적인 임상학자들이며 교사들, 광신자들이 우글거리고 있단 말이야. 그 사람들 절반은 미치광이야. 모두가 괴짜들이라고. 그런데 내 동생 캐리 루이즈가 바로 그런 사람들 속에 살고 있는 거야, 제인!」

그녀는 말을 멈추고 어찌할 바를 모르겠다는 표정으로 마플 양을 바라보았다.

마플 양은 조금은 어리둥절한 목소리로 말했다.

「하지만 루스, 당신이 무엇 때문에 두려워하고 있는지 아직 얘기하지 않았잖아.」

「얘기했잖아, 무엇 때문인지 나도 모르겠다고! 내 걱정이 바로 그거야. 얼마 전에 그곳을 다녀왔어—아주 잠깐 동안이었지만. 그런데 지금까지 내내 뭔가 석연치 않은 느낌이란 말이야. 분위기 때문인지—아니면 그 집 때문인지— 내 생각은 틀림없어. 예전에도 그랬지만 난 분위기엔 아주 예민하거든. 파산 선고가 나기 전에 내가 줄리어스한테 곡물연합 주를 처분하라고 권했던 얘기 안 했나? 그때 결국 내 말이 옳지 않았어? 내 말이 맞아, 지금 그곳은 뭔가 잘못됐어.

그런데 왜 그런지, 아니 무엇 때문인지 도통 알 수가 없는 거야. 그곳에 있는 어린 범죄자들 때문인지, 아니면 그 저택 때문인지……. 도대체 무엇 때문인지를 알 수가 없어. 루이스는 자기 이상만 있으면 다른 건 거들떠보지도 않는 사람이야. 게다가 캐리 루이즈는—하느님, 그녀를 축복해주소서— 아름다운 모습이나 아름다운 소리, 아름다운 생각 외에는 보지도 듣지도 생각하지도 않는다는 걸 당신도 잘 알잖아. 물론 그런 태도는 좋은 태도야. 하지만 결코 현실적인 태도는 못 돼. 세상에는 악이란 것도 있게 마련이니까. 그래서 말인데, 제인, 당신이 그곳에 가서 무슨 일이 있는 건지 살펴봐 주지 않겠어?」

「내가?」 마플 양이 소리쳤다.

「왜 내가 가야 하는데?」

「당신은 그런 일엔 어떤 육감 같은 걸 갖고 있잖아? 언제나 그랬지. 당신은 그냥 보기엔 마음씨 착하고 순진한 사람 같지만 그 밑에는 웬만한 일에는 놀라지 않는 강철같은 인간이 숨겨져 있어. 그건 당신이 항상 최악의 것을 믿고 있기 때문이지.」

「최악의 것이 진실인 경우가 많거든.」

마플 양이 중얼거렸다.

「당신이 왜 그렇게 인간의 본성에 대해 하찮게 생각하고 있는지 알다가도 모르겠어—그렇게 한적하고 아름다운 시골 마을에 살고 있으면서도. 고풍스럽고 깨끗한 마을 말이야.」

「당신은 시골 마을에 살아 본 적 없지, 루스? 단순하고 한적한 시골 마을에서 어떤 일이 일어나고 있는지 알면 아마 깜짝 놀랄걸.」

「아, 물론 그럴지도 모르지. 내가 말하고 싶은 건 당신이라면 그런 일에 놀라지 않는다는 거야. 그러니 당신이 스토니게이츠 저택으로 가서 무슨 일이 잘못된 건지 알아봐 주지 않겠어, 응?」

「하지만 루스, 그건 정말 힘든 일이야.」

「아니야, 그렇지 않아. 내가 다 생각해 두었어. 내 말을 듣고 화내지 않겠다고 약속해, 제인. 내가 벌써 모든 걸 준비해 두었다고!」

반 라이독 부인은 좀 겸연쩍다는 듯 마플 양을 바라보더니, 담배에 불을 붙이고는 신경질적인 어조로 설명을 계속했다.

「당신도 인정할 거야, 분명히. 전쟁이 끝난 뒤 이 나라에선 살아가기가 어려워졌다는 걸 말이야. 특히 고정수입이 적은 사람한테는 말이지—말하자면 당신 같은 사람 말이야, 제인.」

「그래, 그건 사실이야. 정말이지 친절하고 또 친절한 조카 레이몬드가 없었다면 내가 지금 어떤 지경이 되었을지 나도 모를 정도야.」

「당신 조카 얘기는 접어 둬.」

반 라이독 부인이 말했다.

「캐리 루이즈는 당신 조카에 대해선 아무것도 모르니까—만일 안다 해도 작가로 알고 있을 뿐이지 당신 조카라는 건 모를 거야. 그러니까 요점은 캐리 루이즈한테도 썼듯이 당신의 경제 사정이 아주 안 좋은 걸로 하는 거야. 정말이지 어떨 때는 끼니를 잇기조차 힘든데, 당신은 너무 자존심이 강해서 옛친구들한테 어려움을 호소하지 않는다는 거지. 아마 돈을 내밀어도 안 받을 거라고 내가 편지에 썼어. 하지만 좋은 환경에서 장기 요양을 하고, 옛친구와 함께 지내면서 영양분 있는 음식을 많이 먹고, 근심 걱정 없이 지내면 분명히 좋아질 거라고…….」

루스 반 라이독은 말을 끊고는 다소 도전적인 어조로 말했다.

「자, 이제, 해볼 테면 해봐. 화내고 싶으면 화를 내보라고.」

마플 양은 조금 놀란 듯이 도자기같이 푸른 눈을 크게 떴다.

「왜 내가 당신에게 화를 내, 루스? 아주 성실하고 그럴 듯한 해결 방법인데, 뭘. 틀림없이 캐리 루이즈한테서 회답이 왔을 거야.」

「캐리는 당신한테 회답을 보냈어. 집에 가면 그 편지를 볼 수 있을 거야. 솔직히 말해 봐, 제인. 당신, 내가 너무 무례하게 군거지? 난 정말…….」

그녀는 주저했다.

그래서 마플 양이 대신 그녀가 생각하던 것을 말해 주었다.

「정말 스토니게이츠 저택에 가주겠느냐는 거지? 자선을 받아야 하는 불쌍한 사람으로서 말이야, 게다가 얼토당토않은 구실을 대면서. 아니, 난 조금도 개의치 않아—그 일이 꼭 필요하다면 말이야. 그리고 당신 생각엔 그 일이 꼭 필요하다는 거 아니야. 어쨌든 그 제의를 수락하겠어.」

반 라이독 부인은 그녀를 뚫어지게 바라보았다.

「아니, 어째서? 아무 얘기도 들은 게 없잖아?」

「물론 아무 얘기도 못 들었지. 이유는 당신의 확신 때문이야. 당신은 공상이나 하는 그런 여자가 아니거든, 루스.」

「그렇진 않지. 하지만 뭐, 확실히 믿을 만한 것도 없잖아.」

「이런 일이 있었지.」

마플 양이 생각에 잠긴 어조로 말했다.

「내가 어느 일요일 아침 교회에서 예배를 보고 있었는데—강림절 중 두 번째 일요일이었어. 그레이스 램블이라는 여자 뒤에 앉아 예배를 보고 있는데 왠지 모르게 그녀 때문에 점점 불안해지는 거야. 그러니까 틀림없이 뭔가 잘못되었는데—잘못됐어도 아주 크게 잘못되었지— 그게 무엇 때문인지 도무지 알 수가 없더란 말이야. 정말 사람 헷갈리게 하는 기분이지. 하지만 그런 기분이 너무 뚜렷하게 드는 걸 어떡해.」

「그래, 뭔가 잘못된 일이 있긴 있었어?」

「그래, 있었어. 그 여자의 아버지는 늙은 제독이었는데 한때 정신이 이상한 적도 있었지. 그런데 그 양반이 다음날 그녀한테 석탄 부수는 망치를 들고 덤벼들었다는 거야. 그녀가 자기 딸로서 어울리지 않게 반기독교적인 옷을 입고 다녔다고 말이야. 그 양반, 그때 그녀를 죽일 뻔했지. 그 뒤로 사람들이 그 양반을 정신병원으로 데려갔고, 그녀는 병원에 몇 개월 동안 입원하고 나서야 결국 회복됐지―어쨌든 그 경우도 이와 비슷한 경우야.」

「정말 그날 교회에서 그런 전조를 느낀 거야?」

「그걸 전조라고 할 수는 없어. 그것은 사실을 기초로 일어난 일이니까―이런 일들은 언제나 그런 법이지. 하지만 사람들은 그 당시엔 그걸 깨닫지 못하거든. 그날 그 여자는 예배용 모자를 삐딱하게 쓰고 있었어. 그건 정말 드문 일이었지. 왜냐하면 그레이스 램블이라는 여자는 무척 찬찬한 여자였거든. 멍청하다던가 뭐에 넋을 빼놓는다든가 그런 것하고는 거리가 먼 여자였어. 그러니까 그녀가 모자를 어떻게 썼는지도 모르는 채 교회에 오게 된 연유란 건 뻔한 거지.

알고 봤더니 그녀가 집을 나서기 전에 그녀의 아버지가 대리석 문진을 던져 거울을 깨뜨린 일이 있었다는 거야. 그러자 그녀는 서둘러 모자를 집어들어 쓰고는 바삐 집을 나선 거지. 체면을 차리려는 마음이 강했던 데다가 하인들한테도 들키고 싶지 않아서였어. 그리고는 아버지의 이런 행동을, '아버지가 해군 기질을 부린 탓'으로 돌리고만 거야. 아버지의 정신상태가 비정상이란 사실을 깨닫지 못하고 말이지. 그러한 사실을 충분히 깨닫고 있어야 했었는데. 사실 그 양반은 그녀한테 툭하면 자기가 누구한테 스파이 질을 당하고 있다는 둥, 적이 나타났다는 둥 하면서 불평을 해대고 있었거든―이게 다 너무나 분명한 징조였잖아, 루스.」

반 라이독 부인은 친구를 경의에 찬 눈길로 바라보았다.

「정말 그런가 봐, 제인.」 그녀가 말했다.

「당신이 사는 세인트 메리 미드란 곳은 내가 언제나 상상하던 목가적인 휴양지는 아닌 모양이야.」

「이봐, 루스. 인간의 본성이란 어디나 다 비슷한 거야. 하지만 도시에서는 그걸 자세하게 관찰하기가 더 어렵지.」

「그럼, 스토니게이츠 저택에 가준다는 거지?」

「그래, 가겠어. 사실 조카인 레이몬드한테는 좀 불공평한 일이지만 말이야. 그러니까 내 말은, 그 애가 날 도와주지 않기 때문에 내가 이런 일을 한다고 주위 사람들은 생각하지 않겠어? 아무튼 그 앤 지금 여섯 달간 멕시코에 가 있어. 그러니까 그 애가 돌아올 즈음엔 모든 일을 다 끝내야 하는 거야.」

「무슨 일을 다 끝내야 한다는 거지?」

「캐리 루이즈가 날 초대한 게 그냥 무기한으로 있으라고 초대한 건 아닐 거 아니야? 아마 3주쯤 와 있으라는 거겠지―한 달쯤이거나. 그 정도면 넉넉할 거야.」

「뭐가 잘못되었는지 알아내는 데 말이야?」

「그래, 무슨 일인지 알아보는 데는 그 정도면 충분해.」

「어머나, 제인. 굉장히 자신만만한 모양이야, 응?」

마플 양은 희미하게 책망하는 듯한 빛을 띠었다.

「당신이 날 믿어 주었잖아, 루스. 그렇지 않다면 당신이 그렇게 얘기할 리가……, 어쨌든 이것만은 장담할 수 있어. 당신 믿음에 보답하기 위해 전력을 다할 거라는 거 말이야.」

제 *2* 장

　세인트 메리 미드로 돌아가는 기차를 타기 전에(수요일에는 특별 할인 왕복권을 살 수 있다) 마플 양은 매우 꼼꼼하고도 사무적인 태도로 확실한 정보를 수집하기 시작했다.

　「캐리 루이즈와 나는 이럭저럭 편지를 주고받아 왔어. 하지만 그건 대개가 크리스마스 카드나 계절 인사 정도였지. 그래서 몇 가지 사실을 알아야겠어, 루스. 스토니게이츠 저택에서 만나게 될 사람들에 대해서 좀 알아야겠고.」

　「그래, 당신, 캐리 루이즈가 걸브랜드센하고 결혼했었다는 건 알고 있지? 하지만 그들 부부 사이엔 애가 없었고, 캐리 루이즈는 그 일 때문에 아주 상심했었지. 걸브랜드센은 홀아비인데다 장성한 아들이 셋이나 있었으니까. 결국 그들 부부는 양자를 들였지. 여자아인데 피파라는 이름이었어—참 깜찍하고 귀여운 아이였지. 양녀로 들였을 때 두 살밖에 되지 않았어.」

　「그 앤 어디서 데려온 거야? 어디 출신이지?」

　「가만있어 봐, 제인. 기억이 안 나—저번에 얘기했을 텐데. 입양협회, 아마 뭐 그런 곳이 아닐까? 아니면 걸브랜드센이 어디선가 버려진 아이들에 대해 듣고 그 아일 데려왔는지도 모르고. 그건 왜? 그런 게 중요해?」

　「글쎄, 솔직히 말해서 사람들은 언제나 누군가의 출신을 따지기 좋아하잖아. 어쨌든 계속해 봐.」

　「그 뒤에 캐리 루이즈는 자신이 아이를 낳게 되리란 걸 알게 되었지. 내가 의사들한테 물어 보니까 그런 일은 자주 있다는 거야.」

　마플 양은 고개를 끄덕였다.

「내가 알기에도 그래.」

「어쨌든 일단 아기가 태어나자 정말 우습게도 캐리 루이즈는 너무나 당황했지. 내 말뜻 알겠어? 물론 아기가 태어나기 전에는 그녀도 기뻐서 어쩔 줄 몰랐지. 그런데 왜 그렇게 당황했느냐—그녀로선 피파에게 많은 사랑을 쏟았기 때문에 자신이 아이를 낳는다는 건 그 애를 밀쳐내는 짓 같아서 너무나 죄스러웠던 거야. 게다가 태어난 밀드레드는 정말 못생긴 아이였거든. 물론 걸브랜드센 가문의 혈통을 이어받긴 했지—그 집 혈통은 아주 순수하고 좋은 혈통이야. 하지만 정말 못생긴 아이였어.

캐리 루이즈는 양녀와 자신이 낳은 아이를 차별하지 않으려고 언제나 마음을 썼지. 그런데 그게 너무 지나쳐 피파한테만 너무 애정을 쏟고 밀드레드는 그냥 무시하는 경향이 있었던 거야. 내 생각에는 밀드레드가 성장하면서 종종 거기에 대해 원망을 했었던 것 같아. 어쨌든 난 그 애들을 자주 만나진 않았지만, 피파는 아주 아름다운 아가씨로 성장했고 밀드레드는 그저 수수한 아가씨로 자라났어.

에릭 걸브랜드센이 죽은 건 밀드레드가 열다섯 살, 그리고 피파가 열여덟 살이 되던 해였지. 스무 살이 되던 해에 피파는 산 시베리아노 후작이라는 이탈리아 사람하고 결혼을 했어—아, 그 남자는 진짜 후작이었어. 협잡꾼이나 뭐 그런 인간이 아니고. 당시 그 애는 여상속인이 되는 중이었지. 사실 말이지 그렇지 않았다면 산 시베리아노 후작이 그 애랑 결혼했을 리가 있겠어? 이탈리아 사람들이 어떤 사람들인지는 당신도 알잖아. 결국 걸브랜드센은 자신의 친딸과 양녀한테 똑같이 유산을 위탁해주었어. 그리고 밀드레드는 성당 참사회 의원인 스트리트와 결혼했어. 언제나 코감기를 앓고 있었던 것만 빼고는 괜찮은 남자였지. 아마 그 애보다 열 살, 아니 열다섯 살쯤 더 먹었을 거야. 내 생각엔 둘이 아주 행복한 결혼생활을 한 것 같아.

그런데 그 남자가 1년 진 죽는 바람에 밀드레드는 스토니게이츠 저택에 돌아와 캐리와 같이 살게 되었지. 아니다, 이건 얘기가 너무

빨라. 그 사이에 결혼 얘기가 한두 개 더 있는 걸. 그 얘길 다시 할게. 피파가 이탈리아 사람과 결혼한 얘길 했지? 캐리 루이즈는 그 결혼에 아주 흡족해했어. 남편인 구이도란 사람은 예의가 바른데다가 잘생기고 또 훌륭한 스포츠맨이었거든. 일 년쯤 있다가 피파는 딸을 낳았는데, 그만 그 앨 낳다가 죽어 버렸지. 정말 슬픈 일이었어. 덕분에 구이도 산 시베리아노는 완전히 상심하고 말았지.

그 후에 캐리 루이즈는 이탈리아와 영국 사이를 뻔질나게 드나들다가 로마에서 조니 레스태릭을 만나 그 남자하고 결혼하게 되었어. 그리고 후작 역시 재혼했는데, 그 남자는 자신의 어린 딸이 영국에서 부자 외할머니 밑에서 자라길 바랐지. 그래서 결국 모두 스토니게이츠 저택에 눌러 살게 된 거야. 그러니까 조니 레스태릭하고 캐리 루이즈 부부, 조니의 전처소생인 두 아들 알렉스, 스티븐—조니의 전처는 러시아인이었어—, 그리고 후작의 딸 지나 이렇게 말이야. 밀드레드가 스트리트 의원하고 결혼한 건 그 직후였지. 그러고 나서 캐리의 남편 조니가 그 유고슬라비아 여자와 문제를 일으킨 거야. 결국 그 둘은 이혼을 했지만 조니의 전처소생 아이들은 명절 때면 여전히 스토니게이츠 저택으로 놀러오곤 했어. 계모인 캐리 루이즈를 아주 좋아했거든. 그러다가 1938년에—아마 그 해가 맞을 거야— 캐리 루이즈가 루이스하고 결혼했어.」

여기까지 말하고 나서 반 라이독 부인은 잠깐 쉬었다.

「당신, 루이스를 만난 적 없지?」

마플 양은 고개를 내저었다.

「아니, 없어. 내 생각엔 캐리 루이즈를 마지막으로 본 게 1928년인 듯싶어. 친절하게도 그 앤 날 코벤트 가든으로 데려가 주었지. 오페라 구경을 시켜준다고 하면서…….」

「아, 그랬어? 하여튼 루이스는 그 애의 결혼상대로 적합한 남자였지. 유명한 공인 회계사 사무소의 소장이었거든. 내 생각엔 그 둘은 걸브랜드센 신용기금이나 학교의 재정상태에 대해 상담하다가 처음

만난 듯싶어. 그 남자는 부유한데다가 그 애와 비슷한 나이 또래였지. 게다가 아주 청렴한 생활을 하고 있었고. 하지만 그 남자 역시 괴짜이긴 마찬가지였어. 소년 범죄자들을 갱생시키는 일에 미쳐 있었으니까.」

루스 반 라이독은 한숨을 내쉬었다.

「내가 좀 전에도 말했지만, 제인. 박애주의에도 유행이란 게 있어. 걸브랜드센이 일하던 시대에는 교육이 유행이었지. 그전에는 수프 배급소가 있었고…….」

마플 양이 고개를 끄덕였다.

「맞아, 그랬지. 포트와인 젤리하고 송아지 머리 국물을 아픈 사람들한테 나누어주곤 했어. 우리 어머니도 그런 일을 하셨지.」

「그래, 마음에 양식을 주는 일이 몸에 양식을 주는 일에 앞섰지. 모두들 하층계급의 빈민들을 교육하는 일에 달려들었으니까. 하지만 그런 건 이젠 한물 지났어. 이건 내 생각인데 이젠 아이들에게 교육을 시키지 않고 열여덟 살이 될 때까지 글도 모르게 놔두는 것이 유행할지도 몰라. 어쨌든 그 뒤 걸브랜드센 신용기금과 교육 장학금은 어려운 처지에 놓이게 됐지. 국가가 그 기능을 떠맡아 버렸으니까 말이야. 바로 그때 루이스가 나타난 거지. 소년 범죄자들을 위해 조직적인 갱생 훈련을 시키겠다는 정열적인 포부를 안고 말이야. 그 사람이 그 일에 관심을 갖게 된 건 그의 직업 때문이지—회계 감사를 하다 보니 약삭빠른 젊은이들이 곧잘 협잡을 부린다는 것을 알게 되었기 때문이야. 덕분에 그는 점차로 소년 범죄자들이 지능적으로 열등하지 않다는 확신을 갖게 되었어—오히려 소년 범죄자들이 우수한 두뇌와 능력을 가지고 있으며, 다만 그들을 올바른 방향으로 선도하는 일이 필요하다는 확신을 말이야.」

「그 말도 일리는 있어.」

마플 양이 말했다.

「하지만 전적으로 옳은 말은 아니지. 내 기억으로는…….」

루스 반 라이독은 말을 끊고 손목시계를 들여다보고는 조급하게
말했다.

「어머, 이런. 6시 30분 차를 타야 하는데.」

「그러면 스토니게이츠 저택으로 가주는 거지?」

「캐리 루이즈가 날 오라고 하면…….」

쇼핑백이며 우산을 챙기면서 마플 양이 대답했다.

「물론 그럴 거야. 그러니까 가주는 거지? 약속하는 거야, 제인?」

제인 마플은 약속을 했다.

제 *3* 장

마플 양은 마켓 킴블 역에서 기차를 내렸다. 어떤 친절한 동승객이 그녀의 옷 가방을 내려주었다. 그래서 마플 양은 그물 가방과 색바랜 가죽 손가방, 그리고 누덕누덕 헝겊을 기워 만든 외투를 안은 채 그에게 거듭 고맙다는 인사를 보냈다.

「정말 친절한 분이시군요. 요즘엔 짐꾼이 별로 없어서 짐을 옮기기가 정말 어려워요. 그래서 혼자 여행할 때면 곤란할 때가 많지요.」

하지만 그 수다스러운 인사말은 다른 소리에 파묻혀 버렸다.

역 구내 안내원이 시끄럽지만 분명하지 않은 목소리로 3시 18분 기차는 1번 플랫폼에 선다는 것, 그리고 뭔지 잘 들리지는 않지만 이러저러한 역들을 향해 출발한다는 것을 알리는 소리였다.

마켓 킴블은 아주 큰 역이었지만 황량한데다가 비바람이 그대로 들이치는 곳이었다. 그래서인지 아무리 둘러보아도 손님이라곤 없었고, 역원들도 마찬가지였다. 하지만 이 역에도 자랑할만한 것은 있었다. 플랫폼이 여섯 개나 된다는 것과 지금 객차 하나가 달린 작은 기관차가 뽐내듯이 칙칙폭폭 소리를 내고 있는 측선 발착 플랫폼이 이역의 자랑거리였다.

평소보다도 더 추레한 옷차림을 한 마플 양이(그녀가 낡은 얼룩 외투를 버리지 않은 건 천만다행이었다) 주위를 멍하니 두리번거리고 있는데 젊은 한 남자가 다가왔다.

「마플 양이세요?」

그가 말을 걸었다. 뜻밖에도 그의 목소리에는 연극조가 잔뜩 담겨 있었다.

그의 어조는 마플 양의 이름을 말하는 것이 자신이 아마추어 연극 무대에서 맡은 배역의 첫 번째 대사쯤 되는 듯한 어조였다.

「부인을 마중 나왔습니다―스토니게이츠 저택에서요.」

마플 양은 마음씨 좋고 연약한 노부인 같은 얼굴로 고맙다는 듯 그를 바라보았다. 하지만 그 남자가 그것을 알아챘는지 어떤지는 몰라도 그녀의 푸른 눈은 영리한 빛을 띠며 반짝이고 있었다.

사실 젊은 남자의 인품은 그의 목소리와 전혀 어울리지 않았다. 즉 그의 인품이란 실상 별로 무게가 없고 경박한 듯한 인품이었던 것이다. 게다가 그는 눈꺼풀을 신경질적으로 깜박거리는 버릇이 있었다.

「어머나, 고마워요.」

마플 양의 말이었다.

「짐이라곤 이 옷 가방뿐인걸요.」

그러나 그녀는 곧 이 젊은 남자가 옷 가방을 제 손으로 들 생각이 없음을 알아차리게 되었다. 그는 손수레 위에 꾸러미 몇 개를 나르고 있는 짐꾼을 향해 손가락을 가볍게 퉁겨 보였다.

「이걸 좀 실어다 주세요.」

그는 이렇게 말하고는 뽐내는 듯이 덧붙였다.

「스토니게이츠 저택으로 말예요.」

짐꾼은 쾌활하게 대답했다.

「알았습니다. 그리 멀진 않군요.」

마플 양이 보기엔 젊은 남자는 짐꾼의 대답이 불만스러운 듯했다.

그의 생각엔 스토니게이츠 저택에 대해 그런 식으로 대꾸하는 것은 마치 버킹검 궁전을 래버넘 로(路) 3번지로밖에 취급하지 않는 거나 마찬가지라고 생각하는 모양이었다.

그 때문인지 그는 이렇게 투덜거렸다.

「요즘엔 철도가 점점 형편없어진다니까!」

그리고는 마플 양을 출구 쪽으로 안내하면서 말했다.

「전 에드거 로슨이라고 합니다. 세러콜드 부인께서 저보고 당신을 마중 나가라고 하셨죠. 전 세러콜드 씨의 일을 도와 드리고 있는 사람입니다.」

그의 어조에는 또다시 자신은 매우 바쁘고 중요한 사람인데, 정말 친절하게도 고용주의 부인을 위한 기사도 정신에서 이렇게 만사를 제쳐놓고 나왔다는 투가 배어 나오고 있었다. 하지만 말투에서 배어 나오는 느낌은 역시 이 젊은이하고는 들어맞질 않았다―여전히 연극적인 투가 담겨 있었던 것이다.

마플 양은 이 에드거 로슨이란 인물에 대해 무척 궁금해졌다.

그들은 역을 빠져나왔다.

에드거는 구식 포드 8기통 자동차가 서 있는 곳으로 노부인을 안내했다.

「저랑 같이 앞자리에 타시겠습니까, 아니면 뒷자리에 타시겠습니까?」

젊은이가 막 이렇게 말하고 있는데 이들의 주의를 끄는 사건이 생겼다. 번쩍번쩍 윤이 나는 2인승 롤스벤틀리가 역 구내로 부르릉거리며 들어와 포드 자동차 앞에 멈춰 서더니 차에서 매우 아름답고 젊은 아가씨가 튀어나와 그들 쪽으로 걸어왔다.

그녀는 때묻은 코르덴바지에 앞섶이 열린 단순한 셔츠를 입고 있었는데, 그러한 차림이 오히려 그녀가 아름다울 뿐 아니라 사치스럽기도 하다는 사실이 강조되는 것 같았다.

「여기 있었군요, 에드거. 제 시간에 못 오는 줄 알았어요. 마플 아주머닐 모셔왔네요. 나도 아주머닐 마중 나온 길이에요.」

그녀는 마플 양을 향해 눈부시게 웃어 보였다.

햇빛에 탄 이국적인 얼굴에 고른 치아가 아름답게 드러났다.

「전 지나예요. 캐리 루이즈 할머니의 손녀딸이죠. 여행은 어떠셨나요? 따분하셨죠? 어머, 참 근사한 그물 가방이군요. 저도 그물 가방을 좋아해요. 제가 가방과 외투를 들어 드릴게요. 그러면 더 편히 차에 오르실 수 있을 거예요.」

에드거의 얼굴이 붉어지더니 항의하듯이 말했다.

「이봐요, 지나 양. 마플 양을 마중 나온 건 납니다. 준비까지 다했는데…….」

지나가 나른하게 활짝 웃는 바람에 고른 치아가 다시 내보였다.

「아, 알고 있어요, 에드거. 하지만 문득 내가 마중 나오는 게 더 나을 거라는 생각이 들었어요. 내가 아주머닐 모시고 갈 테니 당신은 기다렸다가 아주머니 짐을 가져다주세요.」

그리고 나서 그녀는 마플 양이 탄 쪽 문을 '쾅' 닫고는 반대편으로 종종걸음으로 돌아가 운전석에 뛰어올라 앉았다. 그리고는 부르릉 소리를 내며 차를 몰아 재빠르게 역을 빠져나왔다.

마플 양이 뒤를 돌아보자 에드거 로슨의 얼굴이 보였다.

「로슨 씨가 화가 난 모양이네요.」

지나는 웃음을 터뜨렸다.

「에드거는 정말 멍청이예요. 무슨 일에건 잰척한단 말이에요. 아주머니도 저 남자가 무슨 대단한 남자나 되는 줄 아시는군요.」

마플 양이 물었다.

「그럼, 대단한 남자가 아니라는 말인가요?」

「에드거가요?」

지나의 조롱하는 듯한 웃음에는 무의식적이지만 잔인한 기운이 서려 있었다.

「아아, 그 남잔 박쥐예요.」

「박쥐?」

「스토니게이츠 저택에 사는 사람들은 전부 박쥐예요.」

지나가 말했다.

「루이스하고 할머니, 그리고 저와 남자애들은 그렇지 않지만—빌레버 양도 마찬가지고요. 하지만 그밖에 다른 사람들은 모두 박쥐예요. 게다가 거기 살다 보면 어떨 땐 저까지 박쥐가 되어버리는 것 같아요. 밀드레드 이모까지 산책을 나가면 혼자 뭐라고 욕지거릴 하기가 일쑤예요. 도대체 참사회 의원의 미망인이 그런 짓을 해서야 되겠느냐고 생각하시겠지만 말이에요. 그렇지 않아요?」

그들이 탄 차는 역 앞길을 빠져나와 인적이 없는 매끈한 포장도로로 나서자 속력을 올리기 시작했다.

지나는 옆자리에 앉은 마플 양을 슬쩍 곁눈질로 바라보았다.

「우리 할머니랑 같은 학교를 다니셨죠? 그것 참 묘한 일이네요.」

마플 양은 그녀의 말뜻을 알아들었다.

젊은 사람들한테는 흔히 이런 노인들도 역시 한때는 젊은 아가씨였으며, 갈래머리를 하고 소수점 계산이며 영문학 같은 것으로 골머리를 앓은 적이 있다는 사실이 믿어지지 않게 마련인 것이다.

「아마…….」

지나가 목소리에 경의감을 담은 채 입을 열었다. 무례한 말로 들리지 않게 하려는 기색이 완연했다.

「아주 오래 전 일이었겠지요.」

「그래, 맞아요.」

마플 양이 대답했다.

「그러니까 아가씨 말은 할머니를 보다 나를 보니 더 그런 것 같다는 얘기일 테지?」

지나는 고개를 끄덕였다.

「정말 눈치가 빠르시군요. 아시겠지만 저희 할머니는 이상하게도 보는 사람한테 나이를 전혀 짐작할 수 없게 하거든요.」

「정말 캐리를 본 지도 오래 됐군. 얼마나 많이 변했는지 몰라.」

「물론 머리는 잿빛으로 세셨지요.」

지나가 애매모호한 어조로 말했다.

「그리고 관절염 때문에 지팡이를 짚고 다니시고요. 요즘 와서 더 심해지셨어요. 제 생각엔 그게…….」

그러다가 그녀는 돌연 말을 끊고 마플 양에게 물었다.

「전에 스토니게이츠 저택에 와보신 적이 있으세요?」

「아니, 전혀. 물론 얘기야 많이 들었지요.」

「정말 굉장치도 않아요.」

지나가 유쾌한 듯이 말했다.

「고딕식 도깨비 소굴인 셈이죠. 스티브는 저택을 빅토리아 왕조 전성기 때 화장실이라나요? 하지만 어떤 점에선 재미있는 집이죠. 여기선 모든 것이 광적일 만큼 진지해요. 게다가 정신과 의사들 때문에 발 디딜 틈도 없어요. 모두 자기만족에 빠져 사는 미치광이들이죠. 꼭 보이스카우트 단장들 같은 꼴이라니까요. 아니, 더 나빠요. 오히려 소년 범죄자들 쪽이 더 귀여워요. 물론 다 그런 건 아니지만, 저번에는 어떤 애가 저한테 철사 하나로 자물쇠를 여는 방법을 가르쳐 주지 않겠어요? 또 천사 같은 얼굴을 한 애는 사람들을 곤봉으로 내리치는 법에 대해 이러쿵저러쿵 가르쳐 주기도 하구요.」

마플 양은 이러한 새로운 사실들을 들으며 깊이 생각하고 있었다.

「제가 제일 좋아하는 것은 살인청부업자들이에요.」

지나는 계속 말을 이었다.

「정신이상자들은 그다지 좋아하지 않아요. 물론 루이스하고 매버릭 박사는 그 애들을 모두 정신이상자들로 생각하지만 말이에요—그러니까 그분들은 그 애들이 그렇게 된 건 욕망을 억눌린 채 자랐다거나, 가정환경이 나빴다거나, 엄마가 군인이랑 눈이 맞아 달아났다거나, 그런 이유 때문이라고 생각하시는 거예요. 하지만 전 그렇게 생각하지 않아요. 세상 사람들 중에는 끔찍한 가정환경 속에서도 그걸 극복하려고 애쓰는 사람들이 많거든요.」

「그건 정말 어려운 문제네요.」

하고 마플 양이 말했다.

지나가 웃는 바람에 그녀의 아름다운 치아가 엿보였다.

「뭐, 제가 그런 일에 크게 신경 쓴다는 건 아니에요. 사람들 중에는 이 세상을 더 좋은 세상으로 만들어 보려는 사람들이 있어요. 루이스야말로 영락없이 그런 사람이죠—그분은 다음 주에 애버딘으로 가실 예정이에요. 형사법정에 사건이 하나 올라와 있거든요. 전과 5

범인 어떤 소년에 대한 사건이래요.」

「역에 날 마중 나온 젊은이는? 로슨 씨 말이에요. 자기 말로는 세러콜드 씨 일을 돕고 있다던데. 그분의 비선가요?」

「아뇨! 에드거는 비서가 될 만한 주변머리도 없는 걸요. 그 사람은 정말 못 말리는 사람이에요. 호텔에 묵을 때면 자기가 뭐 국회부의장이나, 부영사, 아니면 전투비행사쯤 되는 체 허세를 떨고는 돈을 빌려 뺑소니쳐 버리는 거예요. 진짜 건달이죠. 하지만 루이스는 애들한테 똑같이 잘해주세요. 애들이 정말 우리 가족의 일원이 된 것처럼 느끼게 해주고, 일자리도 구해주고 말이에요. 그게 다 애들한테 책임감을 길러주려고 하는 일이죠. 하지만 제가 감히 단언하건대 우린 얼마 안 있어 그 애들 중 누구한테 살해당하고 말 거예요.」

지나는 유쾌한 듯이 웃음을 터뜨렸지만 마플 양은 웃지 않았다.

그들은 제복을 입은 수위 한 명이 군대식으로 보초를 서고 있는 당당한 위풍이 서린 정문을 지나 석남화가 잔뜩 피어 있는 차도로 접어들었다. 길은 상태가 좋지 않아 울퉁불퉁했다.

마플 양이 길을 바라보고 있는 것을 알아챈 지나가 말했다.

「전시(戰時)에는 정원사가 없었거든요. 게다가 식구들도 신경을 쓰지 않아서요. 정말 형편없네요.」

차가 커브 길을 돌아서자 스토니게이츠 저택이 그 위용을 드러냈다. 지나의 말대로 그것은 빅토리아풍의 거대한 고딕 건축물이었다.

그 건물은 마치 금권정치를 찬양하는 사원 같은 느낌을 주는 건물이었다. 박애주의를 실천하느라 여러 개의 부속건물을 세웠기 때문에 건물 모양은 스타일 면에서 그다지 통일성을 잃지 않았으나 전체적으로 봐서는 일관성이 없어 보였고, 또 건물의 용도가 무엇인지에 대해 뚜렷한 느낌을 주지 못하고 있었다.

「정말 끔찍하죠?」

지나가 다정한 목소리로 물었다.

「저기 테라스 위에 할머니가 나와 계시네요. 여기 세워 드릴 테니가서 만나 보세요.」

마플 양은 테라스를 따라 걸어 옛친구 앞으로 다가갔다.

지팡이를 짚고 있는데다가 걸음조차 느리고 힘들어 보였지만, 멀리서 걸어오는 캐리 루이즈의 가냘프고 작은 몸매는 영락없이 소녀 때 몸매 그대로였다. 그 모습은 마치 젊은 아가씨가 일부러 과장해서 노인 흉내를 내는 것처럼 보였다.

「제인.」

세러콜드 부인이 말을 건넸다.

「그래, 캐리 루이즈.」

틀림없는 캐리 루이즈 그녀였다.

친자매인 루스 반 라이독하고는 달리 화장도 하지 않았고 또 젊어지기 위한 손질도 하지 않았지만, 기이하게 예전과 조금도 달라지지 않아 아직도 젊게만 보이는 캐리 루이즈, 바로 그녀였던 것이다.

잿빛으로 세어 있었지만 원래 은빛으로 아름답게 빛나던 머리 색깔은 크게 변해 있질 않았다. 피부는 아직도 장미꽃잎처럼 핑크빛과 흰빛이 고루 섞여 있었다. 물론 이제는 주름진 장미꽃잎이지만, 눈에는 여전히 별처럼 반짝이는 천진난만한 빛이 서려 있었다. 게다가 몸매는 소녀처럼 늘씬했으며 머리는 무엇인가를 열심히 바라보고 있는 작은 새처럼 약간 기울이고 있었다.

「정말 미안해.」

캐리 루이즈는 고운 음성으로 말했다.

「오랫동안 만나질 못해서 말이야. 제인, 도대체 우리가 지난번에 만난 게 몇 년 전이야? 그런데도 이렇게 우릴 보러 와주다니 너무 너무 고마워.」

테라스 끝에서 지나가 소리쳤다.

「빨리 들어오셔야 해요, 할머니. 날씨가 추워져요. 졸리가 화낼 거예요.」

캐리 루이즈가 은방울 같은 웃음소리를 냈다.

「모두들 나만 보면 법석이라니까. 늙은 할멈이라고 날 아주 성가시게 하거든.」

「그런데 당신은 안 그런가 보지.」

「그럼, 안 그래, 제인. 물론 이곳저곳 안 아픈 곳이 없긴 해—하지만 아직도 난 창창해. 마음속으로는 아직도 지나처럼 말괄량이 아가씨 같은 기분인걸. 아마 다른 사람들도 마찬가질 거야. 거울을 보면 얼마나 늙었는지 알지만……, 그래도 여전히 믿고 싶지 않은 심정인걸. 정말 우리가 플로렌스에서 지낸 게 몇 달 전인 것만 같아. 독일 처녀 슈바이치, 그 애가 신던 장화 기억나?」

두 노부인은 벌써 반세기나 전에 일어난 사건들을 생각하고는 똑같이 웃음을 터뜨렸다. 그러고 나서 그들은 옆문 쪽으로 걸어갔다.

문가에는 여윈 노부인이 두 사람을 마중 나와 있었다.

그 노부인은 오만한 콧대에다가 짧은 머리 모양을 하고 있었고, 재단이 잘된 트위드 나사 옷을 입고 있었다.

그녀는 격분한 목소리로 말했다.

「정말 제정신이 아니군요, 카라. 이렇게 늦게까지 밖에 있다니 말예요. 자기 몸을 그렇게 돌보지 않을 수가 있어요? 세러콜드 씨가 보면 대체 뭐라고 하시겠어요?」

「너무 화내지 마, 졸리.」

캐리 루이즈가 애원하듯이 말했다.

그리고는 마플 양에게 빌레버 양을 소개했다.

「이쪽은 빌레버 양이야. 나한테 없어서는 안 될 사람이지. 간호사에다 감시인, 파수견, 비서, 가정부 그리고 충실한 친구까지 모두 다 해내고 있거든.」

이 말을 듣자 줄리엣 빌레버는 콧방귀를 뀌었고, 그녀의 커다란 코끝이 붉어졌다. 화가 났다는 표시였다.

「진, 제가 할 수 있는 일이라면 뭐든지 하니까요.」

그녀는 퉁명스럽게 말했다.

「이 집은 정말 골치 아픈 집이에요. 뭔가 계획을 짜서 일을 해보려고 해도 도무지 안 된단 말예요.」

「이봐요, 졸리. 그야 그럴 수밖에. 하지만 난 당신이 왜 그렇게 계획을 짜서 일을 하려는지 알 수가 없다니까. 그런데 제인이 묵을 방은 어디지?」

「청실이에요. 내가 모셔다 드릴까요?」

빌레버 양이 물었다.

「그래, 그렇게 해줘, 졸리. 그리고 나서 차를 마시도록 모시고 내려와 줘. 오늘은 도서실에서 마실 거야.」

청실에는 광택은 좀 바랬지만 호사스러운 느낌을 주는 푸른 무늬의 비단 커튼이 육중하게 드리워져 있었다.

그 커튼은 마플 양이 보기엔 한 50년은 된 것 같았다. 가구들은 모두 마호가니 재(材) 가구로 크고 단단했으며, 침대 역시 마호가니로 만든 커다란 것으로 기둥 네 개가 튼튼히 버티고 있었다.

빌레버 양이 방에 딸린 욕실 문을 열어 보였다. 뜻밖에도 욕실은 현대적인 설비를 갖추고 있었다. 전체의 색조는 연보라색이었고 부품들은 번쩍이는 크롬으로 장식되어 있었다.

빌레버 양은 그곳을 주의 깊게 훑어보았다.

「존 레스태릭이 카라와 결혼했을 때 이 집에다 욕실을 열 개나 더 만들었답니다. 이 저택에서 현대화된 것은 배관(配管)밖에 없어요. 그 밖에 것들도 개조하자고 했지만 그 양반은 들은 체도 안 했어요. 이 저택은 완벽한 구시대의 유물이라면서 말이에요. 그분을 아시나요?」

「아뇨, 만난 적이 없어요. 세러콜드 부인과 난 편지로만 연락을 주고받았지 만난 적은 아주 드물었거든요.」

「그 양반은 싹싹한 분이셨죠. 물론 아무짝에도 쓸모없는 사람이긴 했지만……, 정말 한량이셨죠. 하지만 같이 살기엔 퍽 재미있는 양반이었어요. 매력적이었죠. 여자들이 사족을 못 썼지요. 결국 그게 그 양반이 파멸한 원인이었지만, 어쨌든 카라하고 맞는 타입은 아니었어요.」

그러더니 그녀는 원래의 퉁명스런 태도로 돌아가 덧붙여 말했다.

「하녀가 짐을 풀어 드릴 겁니다. 차를 드시기 전에 좀 씻으시겠어요?」

마플 양이 그렇게 하겠다고 하자 그녀는 층계참에서 기다리겠다고 말했다. 마플 양은 욕실로 들어가 손을 씻고 아름다운 연보라색 수건으로 좀 신경질적일 만큼 열심히 손을 닦았다. 그리고 나서 모자를 벗고 부드러운 백발을 매만졌다.

문을 열자 빌레버 양이 그녀를 기다리고 있다가 커다랗고 어둑어둑한 층계를 안내하여 내려갔다. 그리고는 아주 크고 어두운 홀을 지나 책장이 천장까지 치솟은 도서관으로 그녀를 안내했다.

그 방 창문 너머로는 인공호수가 내다 보였다.

캐리 루이즈가 창 옆에 서 있었기에 마플 양도 그녀에게 다가가 함께 섰다.

「정말 위풍당당한 저택인데.」

마플 양이 말했다.

「길을 잃기 십상이야.」

「그래, 맞아. 정말 너무 클 정도지. 이 저택은 어느 경기 좋은 제철업잔가 뭔가 하는 사람이 지은 저택이래. 그런데 그 남잔 얼마 안 있어 파산했다더군. 진짜 그럴 만도 하지. 거실만 해도 열네 개나 있으니까 말이야. 게다가 거실은 또 얼마나 크게. 도대체 거실이 한 개 이상 있어서 뭘 하려는 건지 도통 모르겠어. 또 커다란 침실들 좀 봐. 정말 쓸데없는 공간들이 너무 많아. 내 침실은 그야말로 대단하지—침대에서 화장대까지만 해도 10리는 된다니까. 게다가 무겁고 칙칙한 주홍빛 커튼이라니…….」

「현대식으로 개조하질 않았나 봐?」

캐리 루이즈는 놀란 듯 얼빠진 표정이었다.

「아니, 내가 에릭하고 처음 여기 살았을 때랑 비교해서 전체적으로 변한 곳은 별로 없어. 물론 칠이야 가끔 하지만 언제나 똑같은 색으로만 칠하거든. 어쨌든 그런 건 별로 대수로운 게 아니잖아, 안 그래? 그러니까 내 말은 더 중요한 일들이 많은데 그런 일에 많은 돈을 쓰기가 떳떳하지 않았다는 거야.」

「그럼, 집 안도 별로 바뀐 게 없겠네?」

「아니, 집 안은 많이 개조했지. 집 중앙 부분은 그냥 그대로 두었지만─중앙홀과 그 주위의 방들 말이야. 그곳을 좋아해서 절대 건드리거나 개조하지 못하게 했지. 게다가 조니는 예술가이자 디자이너니까 그런 것들에 대해서도 잘 알게 아니야? 하지만 동쪽 별채와 서쪽 별채는 완전히 개조했어. 방들은 모두 칸을 막고 나눈 거지. 그래서 거기다가 사무실하고 교직원들을 위한 침실 같은 걸 만들었어. 아이들은 감화원 건물에 살지─여기서도 보여.」

마플 양은 나무들이 둘러쳐져 있는 틈새로 보이는 커다란 붉은 벽돌 건물을 내다보았다. 그러던 중 그녀는 건물보다 훨씬 가까이에 보이는 뭔가를 발견하고는 입가에 살짝 웃음을 띠었다.

「지나는 정말 아름다운 아가씨야.」

마플 양이 말했다.

캐리 루이즈의 얼굴이 활짝 밝아졌다.

「그래, 정말 그렇지?」

그녀는 나직한 음성으로 말했다.

「그 애가 다시 여기 와서 살다니 정말 흐뭇한 일이지 뭐야. 전쟁 초에 난 그 앨 미국으로 보냈지─루스 언니한테 말이야. 루스 언니가 그 애에 대해 아무 말도 안 해?」

「아니, 그냥 잠깐 입에 올렸을 뿐이야.」

캐리 루이즈는 한숨을 내쉬었다.

「가엾은 루스! 언니는 지나의 결혼 때문에 정말 안절부절못했지. 하지만 난 거듭 얘기했어. 그 결혼은 절대 루스 언니 탓으로 돌리지 않는다고 말이야. 루스 언니는 그 사실을 깨닫지 못하고 있어, 나처럼 말이야. 오래된 관습 같은 장벽이며 신분 차이, 그런 건 이젠 사라졌다는 사실을 아니, 사라지고 있다는 사실을…….

지나는 군대에서 일했어. 그러다가 한 청년을 만나게 된 거지. 그 청년은 해병대로 혁혁한 전공을 세운 젊은이였어. 그들은 1주일 뒤에 결혼했고, 물론 서로가 자기에게 적합한 상대인지 알아낼 시간도 없었을 만큼 순식간의 일이었지. 하지만 요즘 사람들은 다 그렇게 하고 있잖아. 젊은 사람들이란 다 자신들의 방식이 있으니까. 늙은이들이 볼 때에는 그런 젊은 사람들의 행동이 여러 가지로 못마땅하지만 그래도 그들이 결정 내린 일은 받아들여 줘야지 어떡하겠어. 하지만 루스 언니는 정말 그 일 때문에 너무나 안절부절못했지.」

「그러니까 그 젊은이가 지나의 결혼상대로는 적당치 않다고 본 거구먼?」

「언니 말은 그 청년에 대해 뭐 하나 아는 게 없지 않느냐는 거였어. 그 젊은인 미국 중서부 출신인데 돈이라곤 한 푼도 없었거든—물론 직업도 없었고 말이야. 그런 젊은이야 어디든 수없이 많지. 언니 생각엔 그런 젊은이가 지나에게는 어울리지 않는다는 거였어. 하지만 결국 일은 성사되고 말았지. 난 지나가 남편과 여기서 같이 살라는 내 말을 받아들였을 때 얼마나 기뻤는지 몰라. 여긴 할 일이 많거든. 일거리가 쌔고쌨단 말이야. 그러니까 만일 월터가 의학 공부를 하고 싶다거나 학위를 따고 싶다고 하면 여기선 그게 충분히 가능해. 게다가 이런저런 이유를 다 집어치우고라도 결국 이 집은 지나의 집이 아니겠어? 어쨌든 그 애가 돌아와 줘서 난 너무 기뻐. 집 안에 따뜻하고, 명랑하고, 활달한 사람이 늘어나는 거니까.」

마플 양은 고개를 끄덕이고는 다시 호숫가에 서 있는 두 젊은이를 바라보았다.

「정말 멋진 한 쌍인데.」

그녀가 말했다.

「지나가 저 젊은이랑 사랑에 빠진 것도 당연한 일이지.」

「어머나, 하지만 저건……, 저건 월터가 아니야.」

갑자기 세러콜드 부인의 음성에 당황한 듯한, 아니 긴장한 듯한 어조가 나타났다.

「저건 스티브야. 조니 레스태릭의 전처소생 중 동생이지. 조니가……, 그이가 죽었기 때문에 그 애들은 휴가 때면 갈 곳이 없었거든. 그래서 언제나 우리 집으로 오게 했지. 그 애들은 여기를 집으로 여기고 있어. 특히 스티브는 여기에 아주 눌러 살고 있지. 우리 극단을 운영하고 있거든. 우리가 극단을 갖고 가끔 연극을 상연한다는 건 당신도 알지─우린 예술적인 욕구에 대해선 항상 장려하는 입장이거든. 루이스 말로는 소년 범죄자들의 대부분이 노출증 탓이라고 하더군. 그러니까 그런 소년 범죄자들 대부분은 비틀리고 불행한 가정환경 속에서 자라났기 때문에 권총강도 짓이며 도둑질을 통해서 영웅심리를 맛본다는 거지. 그래서 우린 그 애들한테 직접 대본을 쓰게 하고 연기며 무대디자인이며 무대장치, 페인트칠을 다 제 손으로 하게끔 유도하고 있는 거야. 스티브가 극단 일을 맡고 있지. 정말 열성적으로 하고 있어. 그 애가 그 일에 생명력을 불어넣고 있는 걸 보면 정말 근사해.」

「그렇군.」

마플 양이 느린 어조로 말했다.

그녀는 먼 곳도 아주 잘 보는 시력을 지니고 있었다(세인트 메리 미드 마을에 사는 이웃들은 쓰라린 경험을 통해 그 사실을 잘 알고 있었다). 덕분에 그녀는 지나와 얼굴을 맞대고 무언가 열심히 얘기하고 있는 스티브 레스태릭의 까무잡잡하고 잘생긴 얼굴을 아주 똑똑히 볼 수 있었다. 이쪽으로 등을 돌리고 있었기 때문에 지나의 얼굴은 볼 수가 없었다. 하지만 스티브 레스태릭의 얼굴에 떠오른 표정만은 놓치지 않고 잘 볼 수 있었다.

「물론 이건 내가 상관할 일은 아니지만……」

하고 마플 양이 이야기를 꺼냈다.

「캐리 루이즈, 당신도 알고 있으리라 생각되는데. 저 청년이 지나를 사랑하고 있다는 사실 말이야.」

「어머, 아니야…….」

캐리 루이자는 당황한 얼굴빛을 띠고는 말했다.

「아냐, 그렇지 않아. 그럴 리가 없어.」

「당신은 언제나 비현실적이니까, 캐리 루이즈. 하지만 내 말은 틀림없어.」

제 4 장

1

세러콜드 부인이 뭐라고 대꾸하기도 전에 편지 몇 장을 손에 쥔 그녀의 남편이 홀 쪽에서 걸어 들어왔다. 루이스 세러콜드는 체구가 작고 외모로 봐서는 별 특징이 없는 인물이었지만 인품 덕에 도드라져 보이는 그런 사람이었다. 루스는 그를 인간이라기보다는 발전기 같은 사람이라고 한 적이 있었다. 그녀의 말대로 그는 순간, 순간 자신의 관심을 자신이 지배하고 있는 것에 온 정력을 쏟을 뿐, 그밖에 대상이나 사람에겐 눈조차 돌리지 않는 사람이었다.

「나쁜 소식이야, 여보.」 그가 말했다.

「재키 플린트라는 애에 대한 소식이야. 다시 옛날의 나쁜 습관으로 돌아갔다는군. 때만 잘 만나면 이번엔 정말 옳은 길로 들어설 거라고 생각했는데. 정말 자기 일에 열심이었거든. 당신도 알지, 그 애가 철도 일에 열심이었다는 걸 말이야—그래서 매버릭과 내 생각엔 그 애가 철도에 관계된 일자리를 얻으면 분명히 만족하며 잘 해나갈 거라고 여겼거든. 그런데 도로아미타불이 된 거야. 소화물 사무소에서 대수롭지 않은 물건을 훔쳤대. 가져가 봤자 별로 쓸모도 없고 팔 생각도 없는 물건을 말이야. 그 사실로 보건대 이건 틀림없이 심리적인 문제야. 결론적으로 말해 우린 아직 그 애를 괴롭히고 있는 말썽의 근본을 캐내질 못한 거지. 하지만 포기하진 않을 거요.」

「루이스, 이쪽은 내 친구 마플 양이에요.」

「아, 안녕하세요?」 세러콜드는 건성으로 말했다.

「반갑습니다. 그런데 역시 그 애는 기소될 것 같아. 정말 좋은 앤

데 말이야. 머리는 그다지 좋지 않지만 정말 착한 아이거든. 집안 환경이야 입에 올리기조차 끔찍한 집안이지. 하지만 난······.」

그가 갑자기 말을 끊었다. 발전기의 스위치가 새로 온 손님 쪽으로 돌려졌던 것이다.

「이런, 마플 양. 저희랑 함께 계시게 되었다니 정말 기쁩니다. 옛 추억을 나눌 수 있는 친구가 생겨서 캐롤라인도 기분 전환이 될 겁니다. 사실 이곳 생활은 괴로운 일이 많거든요. 온통 가엾은 애들의 슬픈 이야기뿐이라서. 오래 머물러 주신다면 고맙겠습니다.」

마플 양은 그에게서 어떤 자력(磁力)을 느꼈다. 그리고 그 자력이 친구에게 얼마나 매력적이었을지 깨닫게 되었다. 루이스 세러콜드라는 인물은 언제나 사람들 앞에서 자신의 이상을 펼쳐놓는 사람임을 마플 양은 추호도 의심하지 않았다. 물론 그런 일을 따분해하는 여자들도 있겠지만 캐리 루이즈의 경우에는 그렇지 않을 것이다.

루이스 세러콜드가 또 다른 편지를 꺼냈다.

「하지만 좋은 소식도 있어. 이 편지는 월트셔 앤드 서머셋 은행에서 온 거야. 모리스가 아주 열심히 일한다는군. 은행 쪽에선 그에 대해 매우 만족한 모양이야. 게다가 다음달엔 그를 승진시킨대. 내가 언제나 느낀 거지만 그 애한테 필요한 건 책임감뿐이었어. 그래서 돈 다루는 방법과 돈이란 무엇인지 알게 해주면 된다고 생각했었지.」

그는 마플 양 쪽으로 시선을 돌렸다.

「이곳에 있는 애들 중 절반은 돈이란 게 어떤 건질 모른답니다. 그 애들은 돈이라면 영화를 보러 가거나, 도박을 하거나, 담배를 사러 가는 것밖엔 연상하지 않거든요. 그런데도 아이들은 계산에는 아주 밝은데다가 사람들을 속이는 걸 재미있어하지요. 그래서 제 생각엔— 아, 뭐라고 하면 좋을까? 아이들이 돈이란 것을 잘 알게 하고—회계나 계산법을 가르쳐서— 말하자면 돈이란 것을 속속들이 잘 알게 하는 게 어떨까 하는 생각입니다. 아이들한테 기술을 익히게 하고 책임감을 부여해서 돈이란 것을 직업적으로 다루게 한다는 거죠. 우린 그런 식으로 해서 꽤 성공해 왔답니다. 우릴 실망시킨 건 서른여덟 명 중 단, 두 명뿐이었죠. 그중 하나는 제약회사의 경리부장인데, 아주 책임 있는 자리지요.」

그는 갑자기 말을 끊고 캐리 루이즈를 향해 말했다.

「차를 들지 그래, 여보.」

「난 여기서 마시려고 하는데요. 졸리한테 얘기해 뒀어요.」

「아냐, 홀에서 마시는 게 좋겠어. 다른 사람들도 거기 있거든.」

「난 모두들 밖으로 나간 줄 알았는데요.」

캐리 루이즈는 마플 양의 팔짱을 끼고 그녀를 중앙홀로 안내했다.

사실 중앙홀에서 차를 마신다는 것은 좀 어울리지 않는다는 느낌이었다. 쟁반 위에는 차를 마실 수 있는 도구들이 어지럽게 쌓여 있었다. 아주 실용적인 찻잔이 있는가 하면, 로킹햄과 스포드제의 낡은 찻잔들도 있었다. 그밖에도 빵 덩어리와 잼 단지 두 개, 그리고 울퉁불퉁한 싸구려 과자들도 있었다.

회색 머리의 뚱뚱한 중년 부인이 차 테이블 뒤에 앉아 있었다.

세러콜드 부인이 그녀를 소개했다.

「이 애가 밀드레드야, 제인. 내 딸 밀드레드 말이야. 당신은 이 애가 아주 어렸을 때 보고는 못 봤지?」

밀드레드 스트리트는 마플 양이 이 저택에서 본 사람들 중에서 가장 저택과 잘 어울리는 사람이었다. 그녀는 부유한 집안사람다운 풍채와 위엄을 지니고 있었다. 그녀는 30대 후반에 성당 참사회 의원하고 결혼했지만 지금은 미망인이었다. 위풍은 있지만 조금 둔한 느낌을 주는 그녀의 모습은 참사회 의원의 아내로선 안성맞춤이었다. 하지만 무표정하고 넓적한 얼굴과 흐릿한 눈 때문에 못생겼다는 인상을 주는 여자였다. 마플 양은 밀드레드가 어렸을 때도 못생긴 소녀였을 거라는 생각을 잠시 해보았다.

"그리고 이쪽은 월리 허드야—지나의 남편이지."

월리는 몸집이 큰 젊은이였다. 머리는 말끔하게 빗겨져 있었지만 우울한 표정을 띠고 있었다. 그는 어색하게 고개를 끄덕이고는 계속 과자를 베어먹었다. 그때 지나가 스티븐 레스태릭과 함께 방 안으로 들어왔다. 둘 다 명랑한 얼굴이었다.

"지나가 무대 막에 대해 아주 근사한 생각을 해냈어요. 지나, 당신은 무대장치에 대해 아주 훌륭한 안목을 가지고 있어."

지나는 유쾌한 듯이 웃음을 터뜨렸다.

에드거 로슨이 들어오더니 루이스 세러콜드의 옆에 앉았다. 지나가 말을 걸었지만 그는 대답하지 않으려고 마음먹은 듯했다. 마플 양은 이곳 분위기가 어색한 것을 느껴져 빨리 차를 마시고 방으로 돌아가 누웠으면 좋겠다는 생각했다.

저녁식사 때는 사람들이 몇 명 더 모였다. 우선 정신의학자인지 심리학자인지 잘 모를─마플 양으로서는 도저히 그 차이점을 알 수 없었다─ 젊은 매버릭 박사가 있었다. 그는 이야기를 하면서 자신의 직업적인 전문용어만을 써댔기 때문에 마플 양으로서는 도통 알아들을 수가 없었다. 그밖에도 교사직을 맡고 있는 안경 낀 두 청년, 치료요법가인 바움가튼이라는 남자, 그리고 '가정 초대' 주일이어서 식사에 초대는 되었지만 너무나 긴장한 모습의 세 소년 등이 있었다. 소년들 중 한 명은 푸른 눈에 금발이었는데, 지나가 마플 양에게 귀엣말로 속삭인 바에 의하면 '곤봉'에는 전문가라고 했다.

음식은 그다지 식욕을 돋워 주는 것이 없었다. 평범한 요리에 평범한 접대였던 것이다. 앉아 있는 사람들의 옷차림도 각양각색이었다. 빌레버 양은 검은 드레스 차림이었고, 밀드레드 스트리트는 이브닝 드레스를 입고 그 위에 울로 짠 카디건을 걸치고 있었다. 캐리 루이즈는 회색 울로 된 짧은 드레스를 입었고, 지나는 무슨 시골풍 옷차림을 하고 있었지만 눈부셔 보였다.

그러나 월터는 입던 옷 그대로였고, 스티븐 레스태릭도 마찬가지였다. 에드거 로슨은 싫은 파란색 양복을 말끔하게 입고 있었다. 루이스 세러콜드는 틀에 박힌 야회복을 입고 있었다. 그는 먹기도 조금

먹었지만, 무엇보다도 접시 위에 무슨 음식이 있는지조차 거의 신경 쓰지 않는 것 같았다. 식사를 마친 뒤 루이스 세러콜드와 매버릭 박사는 박사의 사무실로 가버렸고, 치료요법가와 교사들 역시 각자의 침실로 돌아갔다. '범죄 소년들'도 역시 감화원으로 돌아갔다.

지나와 스티븐은 무대 장치에 대한 지나의 아이디어를 얘기하고자 극장으로 갔다. 밀드레드는 뭔가 기다란 옷을 짜고 있었고, 빌레버 양은 양말을 기우고 있었다. 월터는 뒤로 조금 고개를 젖힌 채 의자에 조용히 앉아 허공을 바라보고 있었다. 캐리 루이즈와 마플 양은 옛 시절에 대해 이것저것 이야기를 나누었다. 하지만 그 대화는 이상하리만큼 그 장소와 어울리질 않았다. 에드거 로슨만이 혼자 어떻게 해야 할지 몰라 안절부절못하는 것 같았다.

그는 의자에 앉아 있더니 갑자기 초조한 듯 벌떡 일어났다.

「세러콜드 씨한테 가봐야겠군요.」 그는 일부러 큰소리로 말했다.

「절 찾으실지 모르니까요.」

캐리 루이즈가 차분하게 말했다.

「아니, 그렇지 않을 거야. 그인 오늘밤에 매버릭 박사와 얘기할 것이 있다고 했어요.」

「그렇다면 끼어들어선 안 되겠군요! 저도 그분들을 방해하고 싶은 생각은 추호도 없습니다. 오늘만 해도 괜히 역에 나가느라고 시간을 허비했어요. 허드 부인이 마중 나온 것도 모르고 말입니다.」

「그 애가 당신에게 미리 말했어야 하는데.」

캐리 루이즈가 말했다.

「내가 보기엔 그 애도 마지막에 가서야 결정을 한 것 같아요.」

「아시죠, 세러콜드 부인. 허드 부인은 절 완전히 바보로 만들고 있는 겁니다! 완전히 바보로 말이에요!」

「아니, 아니에요.」 캐리 루이즈가 미소를 띤 채 말했다.

「그런 생각을 해선 안 돼요.」

「저도 사람들이 절 따돌리고 있다는 것쯤은 알아요……. 아주 잘 알고 있단 말입니다. 사정이 좀 달랐다면―제게 어울리는 자리를 찾았다면 사정은 아주 달랐겠죠. 아주, 아주 달랐을 겁니다. 하지만 저에게 걸맞은 자리를 찾지 못한 건 제 탓이 아니란 말입니다.」

「이봐요, 에드거.」 캐리 루이즈가 말했다.

「아무것도 아닌 일로 그렇게 흥분하지 말아요. 제인은 당신이 자길 마중 나와 준 것에 대해 정말 고맙게 생각하고 있어요. 지나는 원래 갑작스러운 충동에 따라 행동하는 애잖아요. 당신을 화나게 하려고 그런 것은 아니었어요.」

「아니, 아닙니다. 일부러 그런 겁니다. 고의로 그런 거란 말입니다. 절 모욕하려고 말이죠.」

「아니, 에드거…….」

「부인은 어떻게 된 일인지 잘 모르고 계세요. 하지만 이젠 더 이상 말하지 않으렵니다. 안녕히 주무시란 말씀만 드리죠.」

에드거는 '쾅' 소리를 내며 문을 닫고 나갔다.

빌레버 양이 코웃음을 쳤다.

「저 무례한 태도라니!」

「저 사람은 너무 민감해서 그래.」

캐리 루이즈가 모호한 어조로 말했다.

밀드레드 스트리트가 뜨개질바늘을 부딪치며 날카롭게 내뱉었다.

「정말 밉살스러운 남자야. 저런 무례한 태도를 그냥 놔두다니, 그래선 안 돼요, 어머니.」

「루이스도 이젠 어쩔 수가 없다고 하더구나.」

밀드레드가 다시 날카로운 어조로 말했다.

「누구라도 그런 무례한 태도를 고쳐 줄 수 있잖아요. 물론 지나 탓도 있어요. 그 앤 하는 일마다 죄다 경솔한 짓뿐이니, 그저 말썽만 일으킨다니까. 어떤 날은 저 젊은일 부추기다가, 다음날이면 또 코를 납작하게 만들어 버리거든요. 정말 어떻게 해야 할지 모르겠어요.」

그날 저녁 처음으로 월터 허드가 말문을 열었다.

「저 자식은 머리가 돌았어요. 다 그 때문이죠. 정말 미친놈이라구 요!」

2

그날 밤 침대에 누운 마플 양은 스토니게이츠 저택의 하루를 곰곰 이 되새겨 보았다. 하지만 아직은 그저 혼란스러울 뿐이었다. 이곳에 는 어떤 흐름과 또 거기에 부딪치는 반대의 흐름이 뒤섞여 있었다.

하지만 루스 반 라이독이 느꼈던 불안의 원인이 그런 것들 때문인 지는 확실하게 단정 지을 수 없었다. 마플 양으로서는 캐리 루이즈가 어느 면으로 보나 주위에 일어나고 있는 일에 영향을 받고 있다고 여겨지진 않았다.

스티븐은 지나를 사랑하고 있다. 지나도 스티븐을 사랑하는지는 확 실치가 않다. 월터 허드는 분명히 뭔가 불만이 있었지만 이런 일이야 어떤 곳, 어떤 시대에건 일어날 수 있는 일이다. 불행하게도 그런 일 에는 예외가 없는 법이고 대개 이혼법정에서 끝이 나게 마련이다. 그 러고 나면 사람들은 희망에 차서 새 출발을 한다—하지만 곧 새로운 문젯거리가 생기고 마는 것이다.

밀드레드 스트리트는 지나에게 질투를 느끼고 있으며 그녀를 싫어 한다. 마플 양이 보기엔 그것은 당연한 일이었다. 그녀는 루스 반 라 이독의 말을 되새겨 보았다. 아기가 없다는 것에 대한 캐리 루이즈의 실망, 피파라는 소녀를 입양시킨 일, 그러다가 아기가 생겼음을 알게 된 일.

「그런 일이 종종 있는 일이죠.」

마플 양의 주치의는 이렇게 말했었다.

「긴장이 풀리게 되면 그때서야 여자의 임신 기능이 제 구실을 하 게 되는 모양입니다.」

그는 그 때문에 흔히 양자들에게 어려운 일이 생긴다고 덧붙였다.

하지만 이 경우엔 그 말이 적용되지 않는다. 걸브랜드센과 그의 아내는 피파라는 소녀를 입적시켰다. 그리고 그 아이는 이미 그들 마음속에 너무나 확고히 자리를 잡았기 때문에 감히 소홀히 할 수가 없었다. 걸브랜드센으로서는 이미 두 아들의 아버지였기 때문에 부성애라고 하는 것이 그에겐 결코 새삼스러운 것이 아니었다.

또한, 캐리 루이즈의 모성애적인 열망은 피파에 의해 벌써 충족되어 있었다. 더구나 임신은 불편한 것이었고 분만도 시간이 오래 걸린 난산이었다. 현실적인 것을 언제나 등한시하는 캐리 루이즈로서는 아마 그러한 첫 경험이 즐겁지만은 않았으리라. 그렇게 두 소녀가 자랐다. 하나는 예쁘고 귀여운 아가씨로 다른 쪽은 못 생기고 평범한 아가씨로. 마플 양은 이것 역시 너무나 당연한 일이라고 생각했다.

왜냐하면 사람들이란 입양을 할 때면 예쁜 아이를 고르기 마련이기 때문이다. 물론 밀드레드가 운이 좋아 잘생긴 루스나 고상한 캐리 루이즈를 낳은 마틴 집안 쪽을 닮았다면 좋았을 테지만, 자연의 법칙은 애석하게도 몸집이 크고 둔하며 예쁜 곳이라곤 없는 걸브랜드센 가문 혈통을 이어받게 한 것이다. 게다가 캐리 루이즈는 양녀인 피파가 자신의 처지를 비관하지 않도록 노력했고 그러한 생각을 실천하고자 피파에게 지나친 정을 쏟았기 때문에, 때때로 밀드레드에게 공평치 못한 일들이 있었을 것이다. 그 뒤 피파는 결혼해서 이탈리아로 가버렸고 덕분에 밀드레드는 한동안 집안의 유일한 딸로 행세할 수 있었다. 그러나 피파가 아이를 낳다가 죽는 바람에 캐리 루이즈는 피파의 아이를 스토니게이츠 저택으로 데려왔고, 그 때문에 밀드레드는 다시 한 번 자신의 자리를 빼앗겨야 했다.

더구나 캐리 루이즈가 조니 레스태릭과 결혼하는 바람에 레스태릭의 아들들까지 새로 들어왔다. 1934년에 밀드레드는 참사회 의원이자 그녀보다 열 살, 아니 열다섯 살쯤 위인 학자풍의 골동품 연구가 스드리트와 결혼하여 영국 남부지방으로 이사했다. 아마도 그녀는 행복했을 것이다―하지만 정말 그랬는지는 아무도 모르는 일이다. 그들

부부 사이에는 아이가 없었고, 이제 그녀는 자신이 자랐던 집에 다시 돌아와 있는 것이다. 그래서 그녀는 또다시 불행해진 거라고 마플 양은 생각했다.

지나, 스티븐, 월터, 밀드레드 그리고 규칙적인 습관을 좋아하지만 그것을 마음대로 시행할 수 없어 괴로워하는 빌레버 양. 더없이 행복해 보이기만 한 루이스 세러콜드─자신의 이상을 현실로 실현시키고자 하는 이상주의자. 하지만 이 사람들 중 누구에게도 마플 양은 루스의 말을 듣고 자신이 문제점을 찾으리라고 믿었던 그런 인물을 찾아낼 수 없었다. 캐리 루이즈 역시 소용돌이의 중심에서 멀리 떨어져 안전해 보였다. 지금까지 그녀의 인생이 그랬듯이 말이다.

그러면 그러한 여건 속에서 루스가 잘못되었다고 느낀 것은 과연 무엇일까……? 그리고 그녀, 마플 양도 역시 그런 것을 느낀 걸까? 그렇다면 이 소용돌이의 외곽지대에 있는 사람들은 어떨까. 치료요법가, 성실하고 남한테 해 끼칠 리 없는 교사들, 자신감에 차 있는 젊은 매버릭 박사, 분홍빛 홍조를 띠고 순진한 눈매를 한 세 명의 소년 범죄자들, 에드거 로슨……. 여기까지 이르자 막 잠들기 전이었던 마플 양의 생각이 일시에 멈추고 에드거 로슨이라는 인물을 중심으로 빙글빙글 맴돌기 시작하였다.

에드거 로슨은 그녀에게 누군가를 또는 무엇인가를 연상시켰다. 그에게는 뭔가 잘못된 것이 있었다. 아니, 좀 잘못된 정도가 아닐지도 모른다. 에드거 로슨은 환경에 적응하지 못하고 있었다. 아마 이게 맞는 표현이겠지……. 하지만 그게 캐리 루이즈와는 상관도 없고 상관이 있을 수도 없는 일 아닐까? 마음속으로 마플 양은 고개를 내저었다. 그녀를 걱정스럽게 하는 일은 그것보다 큰일이었던 것이다.

제 5 장

1

다음날 아침, 마플 양은 자신을 초대한 여주인이 눈치채지 못하도록 조용히 정원으로 나갔다. 하지만 그녀는 정원의 상태를 보고는 실망하지 않을 수 없었다. 정원은 원래 거창한 포부를 담고 설계된 것이었다. 석남화 덩굴, 부드러운 경사를 이루고 있는 잔디밭, 울창하게 우거져 각기 경계선을 이루고 있는 초록색 식물들, 규격 있게 다듬어진 장미 화단을 둘러싸고 있는 화양목 울타리.

하지만 지금은 황폐해져 있었다. 잔디밭은 뭉텅뭉텅 깎여져 있었고 초록색 경계선은 잡초가 우거진 채 꽃들이 어지럽게 여기저기 솟아나와 있었다. 또한 경계선 밑의 오솔길들은 이끼가 덮인 채 무관심하게 내버려져 있었다. 하지만 이와는 달리 정원 반대편에 붉은 벽돌담으로 둘러싸여 있는 채소밭은 풍성한 색채를 자랑하고 있었고 손질도 잘 되어 있었다. 아마도 채소밭은 실용적인 가치가 있기 때문일 것이다. 예전에는 잔디밭과 화단이었던 곳 대부분이 이제는 담장이 쳐진 채 테니스장과 볼링장으로 변해 있었다.

초록색 식물로 된 경계선을 훑어보던 마플 양은 안타깝다는 듯 혀를 끌끌 차고는 무성하게 피어 있는 들국화 가지를 뽑아들었다. 그것을 손에 들고 있는데 에드거 로슨의 모습이 시야에 비쳤다. 그는 그녀를 발견하고는 발걸음을 멈추고 머뭇거렸다. 마플 양은 그를 그대로 가게 놔둘 생각이 전혀 없었다. 그녀는 그를 기운차게 불렀다. 그가 다가오자 그녀는 정원 도구를 두는 곳이 어딘지 아느냐고 물어보았다.

에드거는 여기 어딘가에 있는 정원사가 알고 있을 거라고 애매모호한 말투로 대꾸했다.

「이 경계선이 이렇게 제멋대로 버려져 있는 것을 보니 안타깝기 그지없어요.」

마플 양이 말했다.

「난 정원을 아주 좋아하거든요.」

하지만 에드거로 하여금 정원 손질에 필요한 도구를 찾으러 가게 하는 것이 그녀의 의도는 아니었으므로 재빠르게 말을 이었다.

「늙고 쓸모없는 할머니들이 하기엔 썩 좋은 일거리죠. 하지만 당신 같은 사람은 정원에 신경 쓸 틈이 없겠지요, 로슨 씨? 당신에겐 현실적이고 중요한 일들이 아주 많을 테니까. 세러콜드 씨랑 같이 책임 있는 자리를 맡고 있으니까요. 아마 일이 재미있을 거예요.」

「예, 예, 아주 재미있죠.」

그는 재빠르게 대답했다. 뭔가 간절한 빛이 서려 있는 말투였다.

「세러콜드 씨한테 도움이 많이 되시겠어요.」

그의 얼굴빛이 어두워졌다.

「글쎄, 잘 모르겠습니다. 확실히는 모르겠어요. 모든 게 뒷전이라서…….」

그는 갑자기 말을 끊었다.

마플 양은 생각에 잠겨 에드거를 바라보았다.

깔끔한 짙은색 양복을 입고 있는 감상적이고 몸집이 작은 청년. 사람들이 두 번 다시 거들떠보지 않을 그런 남자, 아니 한 번 보아서는 기억에도 남지 않을 그런 남자라고나 할까…….

근처에 화단용 의자가 있기에 마플 양은 그곳으로 급히 다가가 앉았다. 에드거는 얼굴을 찌푸린 채 그녀 앞에 섰다.

「아니, 그렇지 않아요.」

마플 양은 밝은 어조로 말했다.

「세러콜드 씨는 틀림없이 당신을 의지하고 있을 거예요.」

「글쎄, 잘 모르겠습니다. 정말 모르겠어요.」

그는 다시 얼굴을 찡그린 채 멍한 표정으로 그녀 옆에 앉았다.

「전 아주 어려운 처지에 있습니다.」

「그래요?」

마플 양이 말했다.

젊은 청년 에드거는 앞쪽을 멍하니 바라보며 앉아 있었다.

「이건 정말 극비인데요…….」

그가 갑자기 말을 꺼냈다.

「물론 그래야죠.」

마플 양이 대답했다.

「제게 권리가 있다면…….」

「예?」

「당신께는 말씀드리겠지만, 다른 사람한테는 비밀이에요.」

「그럼요, 절대로.」

하지만 그녀가 보기엔 그는 그녀의 대답 따위는 별로 기대하지 않은 모양이었다.

「제 아버진……, 사실 제 아버진 모처의 고위 간부랍니다.」

이번에는 별다른 대꾸 없이 그냥 듣고 있기만 하면 되었다.

「세러콜드 씨 말고는 아무도 그 사실을 몰라요. 아시겠지만 이런 이야기가 새어 나가면 제 아버지의 지위에 영향을 끼칠지도 모르는 일입니다.」

그리고 나서 그는 그녀에게 시선을 돌리고는 얼굴에 웃음을 띠었다. 슬프면서도 잔뜩 뽐내는 미소였다.

「예, 전 윈스턴 처칠 경의 아들입니다.」

「아, 그래요.」

그제야 그녀는 사실을 알았다.

그녀는 예선에 세인트 메리 미드에 나돌았던, 조금은 슬픈 소문을 떠올렸다―그리고 그 소문이 어떻게 끝났었는지에 대해서도.

에드거 로슨은 말을 계속했다.

그의 말은 꼭 무슨 연극에 한 장면처럼 귀에 익은 내용이었다.

「제가 이렇게 된 데에는 이유가 있습니다. 저희 어머닌 혼자 몸이 아니셨어요. 남편이 정신병원에 있는 바람에 이혼도 할 수 없었고, 재혼은 더군다나 할 수 없었죠. 하지만 전 부모님 탓은 안 합니다. 조금도 안 해요. 그분은 자신이 할 수 있는 일은 다 해주셨으니까요. 물론 신중하게 말입니다. 하지만 거기서 말썽이 생긴 겁니다. 그분에 겐 적이 있어요―저 역시 그들을 적으로 생각하고 있지요. 그들은 우릴 서로 떼어놓으려 합니다. 절 언제나 감시하면서 제가 어딜 가든지 미행하는 거예요. 그리고는 제 일을 망쳐놓는 겁니다.」

마플 양은 고개를 내저었다.

「저런, 저런.」

「전 런던에서 의사가 되기 위해 공부를 하고 있었습니다. 그런데 그 놈들은 제 시험까지 훼방놓았어요―제 답안지를 바꿔 버린 겁니다. 제가 낙방하길 바란 거죠. 그 놈들은 길거리까지 저를 쫓아다녔어요. 제가 사는 하숙집 아주머니한테 저에 대해 이러쿵저러쿵 귀띔을 하기도 했고요. 제가 가는 곳이면 어디나 쫓아오는 겁니다.」

「어머나, 하지만 확실히 그런 건지도 모르잖아요.」

마플 양은 그를 위로하는 투로 말했다.

「아니, 전 알아요! 정말 그 놈들은 굉장히 교활해요. 제 눈엔 도통 뜨이질 않는 거예요. 그러니 저로서도 그 놈들의 정체를 알 수가 없지요. 하지만 전 알아내고 말 겁니다…… 세러콜드 씨가 절 런던에서 빼내 주셨죠. 그리고는 여기로 데려온 겁니다. 친절한 분이시죠― 정말 친절한 분이세요. 하지만 여기서도 안전한 건 아닙니다. 그 놈들이 여기까지 와 있으니까요. 제 일을 방해하고 있어요. 다른 사람들이 절 싫어하게 만들고 있어요. 세러콜드 씨는 그렇지 않다고 하지만―그건 세러콜드 씨가 몰라서 하시는 말씀이에요. 아니면, 글쎄, 가끔 제 생각엔…….」

갑자기 그는 말을 끊고 자리에서 일어났다.

「이건 정말 비밀입니다. 아시겠죠? 만일 저를 뒤따르는 놈을 보시게 되면─미행하는 놈 말입니다─ 그게 누군지 알려주시면 고맙겠습니다.」

그는 저쪽으로 가버렸다. 그리고는 깔끔하고 감상적이고 별 특징이 없는 모습으로 되돌아갔다.

마플 양은 그의 모습을 지켜보며 생각에 잠겼다.

그때 누군가의 음성이 들렸다.

「정신병자일 뿐이에요.」

월터 허드가 그녀 옆에 서 있었다.

그는 손을 주머니에 깊숙이 찔러 넣은 채 에드거가 멀리 사라져 가는 것을 보면서 얼굴을 찌푸리고 있었다.

「이곳은 정말 어떻게 돼먹은 곳인지 모르겠어요. 이곳 사람들은 전부 정신병자예요. 전부 말입니다.」

마플 양이 대꾸하지 않자 그는 말을 계속했다.

「저 에드거라는 녀석 말입니다, 저 녀석을 어떻게 보세요? 자기 아버지가 몽고메리 경이라나요. 얼토당토않은 소리죠. 몬티 경이라니, 쳇! 저 놈 말은 하나부터 열까지 전부 거짓말이랍니다.」

「예, 그래요.」

마플 양이 말했다.

「정말 사실 같지가 않아요.」

「게다가 저 놈은 지나한테는 전혀 다른 얘기를 꾸며댔답니다. 자기가 뭐 러시아의 제왕 자리를 물려받을 후계자라나요─그러니까 자기가 대공의 아들이나 뭐 그런 거라는 얘기죠. 젠장, 저 녀석이 제 아버지가 누군지 도대체 알기나 아는 건지…….」

「모를 거라고 생각해요. 아마 그게 말썽의 원인 아닐까요, 허드 씨?」

월터는 그녀 옆에 앉아 느린 동작으로 의자 등에 몸을 기댔다. 그리고는 아까 한 말을 되풀이했다.

「정말 이곳 사람들은 모두 정신병자예요.」

「스토니게이츠 저택에서 사는 게 싫은가 보지요?」

그는 얼굴을 찌푸렸다.

「전 단지 이곳이 싫을 뿐입니다—그것뿐이에요! 이곳이 싫습니다. 이 장소, 저택, 이곳 배경 모두 말입니다. 이곳 사람들은 부자예요. 정말 아쉽지 않을 만큼 돈이 많아요. 하지만 사람들의 생활을 좀 보시란 말입니다. 금이 간 골동품 도자기에다가 싸구려 그릇이 온통 뒤죽박죽 섞여 있단 말씀입니다. 상류계급에 알맞은 하인도 없어요—그저 임시 고용인들뿐이죠. 융단이며 휘장이며 의자 덮개도 모두 새틴이나 브로케이드 비단 같은 고급 직물이죠. 그런데 다 해어진 누더기 꼴이에요! 커다란 은제 찻단지며 그런 것들도 하나같이 싯누렇고 닦질 않아 녹이 슬어 있어요.

하지만 세러콜드 부인은 그런 건 염두에도 없거든요. 지난밤에 그분이 입었던 드레스 보셨죠? 겨드랑이 부분을 기웠답니다—하도 입어서 해어진 거죠. 가게에 가서 마음에 드는 걸 뭐든지 주문할 수 있는데도 말입니다. 본드 가(런던의 고급 상점가)에서건 어디서건 말입니다. 돈이요? 돈이라면 치여 죽을 만큼 많이 갖고 있어요.」

그는 말을 끊고 유유히 몸을 고쳐 앉았다.

「저는 가난하다는 게 어떤 건지 압니다. 가난이란 잘못된 게 아닙니다. 자기 몸이 젊고 튼튼하며 또 일할 마음만 있다면 말입니다. 전 돈이라곤 별로 없는 몸입니다. 하지만 성공하기 위한 각오는 갖추고 있었죠. 전 자동차 수리점을 열려고 했었어요. 그래서 거기 필요한 돈을 좀 모아 두었고요. 지나한테도 그 얘길 했습니다. 그녀는 제 얘길 듣고 이해해주는 것 같았습니다. 전 그녀에 대해 아는 것이 별로 없었어요. 제복을 입고 있는 여학생들이란 거의 다 비슷비슷해 보이니까요. 그러니까 교복을 입고 있는 모습만 봐서는 그 아가씨가 부잔지 아닌지를 알 수가 없었죠.

전 그녀가 저보다 교육이며 뭐 여러 가지 면에서 한 수 위라고 생각했습니다. 하지만 당시 우리에겐 그런 건 중요하지 않았어요. 서로 사랑에 빠져 있었으니까요. 결국 우린 결혼했습니다. 저에겐 모아 놓은 돈이 좀 있었고 지나도 돈이 좀 있다고 하더군요. 우린 고향으로 돌아가 주유소를 차릴 예정이었습니다—지나도 기꺼이 그렇겠다고 했고요. 정말 철없는 젊은이들이었죠—서로에게 홀딱 빠져 어쩔 줄 몰랐거든요. 그러다가 거만한 지나의 할머니가 말썽을 일으키고 나선 겁니다. 결국 지나도 할머니를 만나고 난 뒤에는 이곳 영국으로 오고 싶어했고요. 하지만 뭐 그럴 수도 있겠죠. 어쨌든 이곳은 그녀의 고향인데다 저 역시 영국에 한 번 와보고 싶었으니까요. 영국에 대해 그녀한테서 실컷 들은 터였습니다. 그래서 와본 겁니다. 그냥 방문 삼아 말이죠—적어도 제 생각에는 그랬습니다.」

찌푸린 얼굴이 이제는 험악한 얼굴로 바뀌고 있었다.

「하지만 그게 그렇지 않았습니다. 이 미친 사업에 꼼짝없이 발이 묶이게 된 겁니다. 이곳 사람들은 저희한테 그럽니다—아주 여기에 살면서 가정을 꾸리라고 말입니다. 저한테 주어진 일거리도 대단히 많답니다. 하지만 일거리란 게 무엇인지 아십니까? 전, 깡패 소년들한테 사탕이나 먹이고 그 애들이 놀 수 있도록 돼나 보살펴주는 그런 일거리 같은 건 싫단 말입니다. 그게 제정신으로 하는 일입니까?

이곳은 정말 멋진 곳이 될 수 있어요—아주 근사한 곳이 말입니다. 그런데 왜 돈을 가진 사람들은 자신들이 행운아라는 걸 알지 못하는 걸까요? 세상 사람들이 모두 이런 멋진 집을 가질 수 있는 게 아닌데, 자신들은 운 좋게도 이런 곳을 손에 넣게 되었다는 사실을 왜 깨닫지 못하는 걸까요? 행운을 손에 쥐었는데도 그걸 차내 버리는 짓은 정말 미친 짓 아닙니까?

물론 일을 하는 것이 싫은 건 아닙니다. 하지만 전 제 방식대로, 제가 살고 싶은 곳에서 일을 하길 원한단 말입니다. 그리고 성공하기 위해 일하고 싶고요. 하지만 이곳에 있다 보면 꼭 거미줄에 걸려든 기분이에요. 그리고 지나 말이에요—저로선 지나는 도저히 이곳에서 데리고 나갈 수가 없어요. 이제 그녀는 제가 미국에서 결혼했을 때의 지나가 아니에요. 전 이제……, 젠장! 그녀와 말하는 것도 싫어요, 제 길!」

마플 양은 나직하게 말했다.

「당신 생각은 잘 알겠어요.」

월터는 그녀를 흘끔 바라보았다.

「이런 얘기까지 한 건 부인이 처음입니다. 평소에는 조개처럼 입을 꽉 다물고 산답니다. 부인의 어떤 점이 그런지는 모르지만—부인은 진짜 영국인이니까요. 그런데도 부인은 미국에 있는 베시 아주머닐 꼭 닮으셨어요.」

「그래요? 그것 참, 기쁜 일이군요.」

「아주머니는 아주 생각이 깊은 분이세요.」

월터는 과거를 회상하는 듯한 말투로 이어나갔다.

「한 대만 쳐도 쓰러질 것같이 연약해 보이지만 진짜는 강인한 분이셨죠—그래요, 정말 강인한 분이셨습니다.」

그가 의자에서 일어났다.

「이런 얘길 드려서 죄송합니다.」

그는 변명하듯이 말했다.

마플 양은 그가 미소를 지는 것을 처음 보았다.

그것은 너무도 매력적인 미소였다. 덕분에 월터 허드는 갑자기 무뚝뚝하고 뚱한 젊은이에서 잘생기고 매력적인 젊은이로 바뀌버렸다.

「가슴속에 쌓인 이야길 털어 버리고 싶었던 모양입니다. 방해가 되어서 정말 죄송하군요.」

「아니, 전혀 그렇지 않아요, 젊은이. 나한테도 조카가 있으니까요—물론 당신보다야 훨씬 나이 먹은 사람이지만.」

그녀의 머릿속에 잠시 세련된 현대작가인 레이몬드 웨스트의 모습이 떠올랐다. 월터 허드와 레이몬드 웨스트—이보다 더 기묘한 대조가 어디 있을까?

「저기 말동무가 또 한 사람 오는군요.」

월터 허드가 말했다.

「저 부인은 절 별로 좋아하질 않거든요. 그러니 전 이만 물러가겠습니다. 그럼 안녕히, 부인. 얘길 들어주셔서 감사합니다.」

그는 성큼성큼 큰 걸음으로 가버렸다.

마플 양은 밀드레드 스트리트가 잔디밭을 가로질러 이쪽으로 오는 것을 바라보았다.

2

「저 지겨운 남자 때문에 괴로우셨죠?」

스트리트 부인은 숨가쁘게 말하고는 의자에 깊숙이 걸터앉았다.

「정말 비극이에요.」

「비극이라니?」

「지나의 결혼 말이에요. 이게 다 그 앨 미국으로 보낸 탓이에요. 그때 전 어머니께 그래선 안 된다고 말씀드렸답니다. 어쨌든 이곳은 아주 조용한 지방이니까요. 이곳에선 공습 같은 것도 거의 없었죠. 전 사람들이 가족한테 공포감을 안겨 주는 그런 식은 싫거든요—게다가 자기 자신마저 공포감에 눌리는 경우가 자주 있잖아요.」

「그때는 어떤 일이 옳은지 정하기가 매우 어려웠을 거예요.」

마플 양은 심사숙고하는 태도로 말했다.

「그러니까 아이들에 관한 문제에 있어서 말이에요. 그 당시는 독일이 침공할 가능성이 있었던 때니까 자칫하면 애들을 독일군 치하에서 기르게 될지도 모른다고 생각한 거예요. 또 폭탄이 떨어질 위험도 있었고…….」

「그건 당치도 않은 소리예요.」

스트리트 부인이 소리쳤다.

「전 우리가 승리할 걸 조금도 의심하지 않았는걸요. 하지만 어머닌 지나와 관계된 일이라면 언제나 분별을 모르신다니까요. 덕분에 그 아인 너무 제멋대로 자라서 사람을 망친 셈이에요. 잔뜩 건방져지기도 했고요. 애초에 그 앨 이탈리아에서 데려오는 게 아닌데.」

「하지만 그녀의 아버지도 반대하지 않았다던데, 내가 듣기론?」

「아, 산 시베리아노 씨요! 이탈리아 사람들이 어떤 사람들인지 아주머니도 아시잖아요. 그 사람들은 돈 말고는 관심이 없어요. 그 사람이 피파하고 결혼한 것도 물론 돈 때문이었죠.」

「어머나, 저런. 난 그 사람이 피파를 무척 사랑한 줄로만 알고 있었는데. 그리고 그녀가 죽은 뒤에도 아주 슬퍼했던 걸로 알고요.」

「그런 체한 것뿐이죠, 뭐. 틀림없어요. 어머니가 왜 그 앨 외국인하고 결혼하게 놔두었는지 저로선 도통 알 수가 없어요. 작위를 좋아하는 건 미국 사람들이나 하는 짓인데 말이에요.」

마플 양은 온화한 어조로 말했다.

「난 캐리 루이즈가 세상을 살아가는 태도가 너무 비현실적인 것이 아닌가 하고 늘 생각해 왔어요.」

「아, 그 말씀 알겠어요. 저도 가끔 참을 수 없어지는 걸요. 어머니의 취미이자 변덕인 이상주의 계획들. 그런 것들이 현실에서 어떤 결과가 되는지 제인 아주머닌 모르실 거예요. 전 자신 있게 말할 수 있어요. 온통 그런 와중에서 자라났으니까요.」

스트리트 부인이 자신을 제인 아주머니라고 부르는 것을 듣고 마플 양은 조금은 충격을 받았다.

그 호칭은 예전부터 불려 왔던 호칭이었다. 그녀가 캐리 루이즈의 아이들한테 보낸 크리스마스 선물에는 언제나 '제인 아줌마가 사랑을 담아' 하는 구절이 들어 있었기 때문에, 그들이 혹시라도 마플 양을 생각하게 될 때면 언제나 '제인 아주머니'로 기억했던 것이다.

하지만 마플 양 생각에는 그들이 자기를 기억해주는 일은 극히 드

물었을 성싶었고, 때문에 지금 그렇게 놀란 것이었다.

그녀는 옆에 앉아 있는 중년 부인을 생각에 잠긴 눈길로 바라보았다. 꼭 다문 입가에는 코로부터 내려온 깊은 주름살이 패어져 있었다. 그리고 양손은 단단히 쥐고 있었다.

마플 양은 나직하게 말했다.

「당신은……, 괴로운 어린 시절을 보낸 게 틀림없군요.」

밀드레드 스트리트는 고마워하는 듯한 눈길을 그녀에게 보냈다.

「그걸 누군가 알아준다니 너무 기뻐요. 사람들은 아이들이 어떤 일을 겪는지를 잘 몰라요. 아주머니도 아시다시피 피파는 예쁜 아이였어요. 저보다 나이도 위였고요. 그 때문에 모두들 언니한테만 관심을 쏟았죠. 부모님들도 모두 언니가 남들 눈에 뜨이도록 부추기구요─언니한테는 그렇게 부추길 필요가 애당초 없었는데 말이에요. 반면에 전 언제나 수줍음을 많이 타는 조용한 아이였지요─하지만 피파 언니는 수줍다는 게 뭔지 조차 몰랐어요. 아이들도 때로는 대단한 고통을 겪는 경우가 있는 거랍니다, 제인 아주머니.」

「무슨 말인지 알겠어요.」

마플 양이 말했다.

「'밀드레드는 꼭 바보 같아요.'─피파 언니는 늘 이런 식으로 말했지요. 하지만 전 언니보다 어렸어요. 그러니 학과에서 언니를 따라잡을 수 없는 게 당연했죠. 게다가 어른들이 자신의 자매를 언제나 자기보다 앞세운다는 건 어린 당사자에게는 정말 불공평한 일이거든요. '정말 예쁜 아이예요.'─사람들은 피파 언니를 보면 늘 어머니한테 이랬지요. 하지만 절 거들떠보는 사람은 아무도 없었어요. 아버지가 농담을 하고 놀아주는 것도 언제나 피파 언니뿐이었고. 그런 일이 제게 얼마나 괴로운 일이었는지 누군가 알아줬어야 하는데 말이죠. 하지만 모두들 언니한테만 눈길을 쏟고 관심을 가졌던 거예요. 전 너무 어려서 그세 성격 닷이라는 걸 깨닫지 못한 거죠.」

그녀의 입술이 떨리더니 다시 굳어졌다.

「정말 불공평한 일이었어요—정말로요. 그분들의 친딸은 전데 말이에요. 피파 언니는 양녀였을 뿐이잖아요. 이 집안의 친딸은 저뿐이에요. 언니는—아무것도 아니었고요.」

「아마 그래서 더 특별히 그녀한테 관심을 쏟았을 거예요.」

마플 양의 말이었다.

「그분들은 언니만 좋아했어요.」

밀드레드 스트리트는 이렇게 말하고는 덧붙여 말했다.

「진짜 부모가 버린 아이를 말이에요. 아니 사생아였을지도 모를 언니를 말이죠.」

그녀는 계속 말을 이어갔다.

「지나에게도 그런 점이 나타나고 있어요. 나쁜 혈통의 피가 흐르는거죠. 핏줄은 속일 수가 없어요. 그 애를 보면 루이스도 괜찮은 환경이론을 끄집어 낼 수 있을 거예요. 나쁜 피란 속일 수가 없으니까요. 지나를 좀 보세요.」

「지나는 아름다운 아가씨잖아요.」

마플 양이 말했다.

「품행은 별로 그렇질 못해요.」

스트리트 부인이 대꾸했다.

「어머니를 빼고는 모두 다 그 애와 스티븐 레스태릭의 관계를 알고 있어요. 정말 구역질나는 일이에요. 물론 그 애가 운 나쁜 결혼을 했다는 건 인정해요. 하지만 결혼은 어디까지나 결혼이잖아요. 그러니 참고 견디는 마음도 있어야 해요. 뭐니뭐니해도 지겨운 젊은이하고 결혼하겠다고 나선 건 그 애 자신이잖아요.」

「월터가 그렇게 지겨운가요?」

「제인 아주머니도 참, 말도 마세요. 그 남잔 제가 보기엔 꼭 깡패 같아요. 게다가 무뚝뚝하고 거칠기란. 입을 여는 법도 좀처럼 없어요. 꼴은 또 얼마나 꾀죄죄하고 투박하게요.」

「내가 보기엔 그 사람은 불행한 것 같아요.」

마플 양은 온화한 어조로 말했다.

「그 남자가 불행할 이유는 조금도 없어요—지나의 행실 때문이라면 또 모르지만. 식구들은 그 남자를 위해 해줄 건 다 해주었어요. 루이스가 그 남자한테 이런저런 일을 하면 보람 있지 않겠느냐고 권했답니다. 그런데 그는 그저 슬금슬금 피해 다니면서 아무 일도 안 하려고만 한단 말이에요.」

그러더니 그녀는 갑자기 큰소리를 내기 시작했다.

「아, 이곳은 정말 어쩔 수가 없어요. 이젠 정말 못 참겠어요. 루이스가 생각하는 거라곤 끔찍한 소년 범죄자들뿐이고, 어머닌 또 그런 남편밖에는 관심이 없어요. 루이스가 하는 일이라면 뭐든지 옳다는 거예요. 하지만 이 정원 꼴만 해도 어떤지 보세요. 잡초하며 풀들이 무성히 자란 꼴이라니. 집은 또 어떻고요. 제대로 되어 있는 게 하나도 없어요. 아, 물론 요즘에 가정부를 구하기가 힘들다는 건 알지만, 그래도 구하려 들면 구할 수 있어요. 그럴 만한 돈이 없는 것도 아니구요. 우리 집이 이 꼴인 건 사람들이 무심해서 그런 거예요. 이 집이 진짜 제 집이기만 했어도……..」

밀드레드는 말을 끊었다.

마플 양이 말했다.

「하지만 우린 이런 사실을 직시해야 해요. 모든 일에는 제각기 나름대로의 상황이 있다는 사실을 말이에요. 사실 이런 큰살림을 꾸려 나가기란 대단히 힘든 문제랍니다. 당신으로선 슬픈 일이겠지요. 고향으로 되돌아왔는데 모든 게 달라져 있으니. 당신에겐 여기서 사는 편이 더 나은 거예요. 당신 혼자 어디 딴 곳에서 사는 것보다……..」

밀드레드 스트리트의 얼굴이 붉어졌다.

「어쨌든 이곳은 제 집이니까요. 그리고 아버지의 집이었구요. 그 사실엔 변함이 없어요. 마음만 먹는다면 제겐 이곳에서 살 권리가 있어요. 그리고 현재도 그렇게 하고 있고요. 어머니만 그렇게 못마땅하게 굴지 않는다면 좋을 텐데. 어머닌 옷 한 벌도 제 손으로 사질 않아요. 그 때문에 졸리가 역정을 많이 내지요.」

「참, 빌레버 양에 대해 물어 보려던 참이었어요.」

「그녀가 여기 있는 바람에 편해지긴 했어요. 그녀는 어머니를 아주 좋아하지요. 어머니랑 같이 지낸 지도 꽤 오래됐고요―존 레스태릭 씨가 살아 있을 때 이곳으로 왔으니까요. 그 서글픈 사건이 있을 동안에도 아마 그녀는 침착하게 자기 할 일을 다 했을 거예요. 그 양반이 끔찍스러운 유고슬라비아 여자랑 도망친 얘긴 들으셨죠―그 여잔 정말 방탕한 여자였어요. 남자들도 꽤 많았을 걸요.

하지만 어머닌 아주 침착한 태도로 의연하게 대처하셨어요. 될 수 있는 대로 조용히 이혼도 해주고, 게다가 레스태릭 씨의 아들들이 휴가 때면 이곳에 머물게 해주었지요. 사실은 그럴 필요가 전혀 없었는데. 다른 조처를 취할 수도 있었는데 말이죠. 물론 아이들을 자기 아버지하고 그 여자가 있는 곳으로 보낸다는 것도 있는 수 없는 일이었지만―어쨌든 어머닌 아이들을 여기 살게 해주셨죠. 빌레버 양은 그런 일을 모두 겪으면서도 꿋꿋하고 의연했어요. 때때로 생각하는 건데, 전 어머니를 필요 이상으로 약하게 만드는 게 그녀 탓이 아닌가 하고 여겨진답니다. 현실적인 일은 모두 빌레버 양이 해치워 버리니까요. 하지만 막상 그녀가 없다면 어머니가 어떻게 될지 상상이 안 가요.」

그녀는 말을 끊고 놀랍다는 어조로 말했다.

「루이스가 오는데요. 정말 이상한 일이네요. 정원에는 좀처럼 나오는 일이 없는 양반인데.」

언제나 그렇듯 한 가지 일밖에는 관심이 없다는 태도로 세러콜드 씨가 다가왔다. 그는 밀드레드 쪽은 쳐다보지도 않았다. 루이스가 용건이 있는 쪽은 마플 양이었기 때문이다.

「이거 참, 죄송한 일인데요. 당신을 모시고 감화원 안을 돌아다니면서 이것저것 구경시켜 드리려고 했습니다만―캐롤라인이 제게 부탁했거든요. 하지만 유감스럽게도 지금 리버풀에 가야 할 일이 생겼습니다. 철도 수하물 사무소에서 한 사내아이가 일을 저질렀거든요. 내일 모레쯤에나 돌아올 것 같습니다. 그 아이가 기소되지 않게 해야 할 텐데 말입니다.」

밀드레드 스트리트는 자리에서 일어나 저쪽으로 가버렸다.

하지만 루이스 세러콜드 씨의 눈에는 그녀가 보이지도 않는 모양이었다. 그는 두꺼운 안경 너머로 마플 양의 얼굴을 열심히 지켜보았다.

「아시겠지만, 치안판사들은 대개 오판을 잘 내리거든요. 어떤 때는 너무 가혹하고, 또 어떤 때는 너무 너그럽단 말입니다. 이런 아이들은 몇 달 형을 받아도 그까짓 것쯤은 벌로 여기지도 않아요. 오히려 즐겁게 여기지요. 그리고 그걸 여자친구한테 자랑한답니다. 하지만 중형을 받게 되면 풀이 죽게 되지요. 시시한 짓거리를 하다가 그런 벌을 받는다는 건 억울하다는 겁니다. 그렇지 않다면 오히려 감옥에서 복역하는 편이 더 낫지요. 그럴 경우에는 교정 훈련을 받아야 한답니다—우리가 이곳에서 하고 있는 그런 건설적인 훈련 말입니다.」

마플 양이 단호하게 그의 말에 끼어들었다.

「세러콜드 씨, 당신은 로슨이라는 청년에 대해 만족하고 계신가요? 그 사람은……, 그 사람은 정상이긴 한가요?」

불안한 표정이 루이스 세러콜드 씨의 얼굴에 나타났다.

「그 녀석이 재발한 게 아니어야 하는데. 그가 도대체 뭐라고 하던가요?」

「자신이 윈스턴 처칠의 아들이라고 하면서…….」

「아, 그랬을 겁니다. 노상 지껄이는 말이니까요. 짐작이 가셨겠지만 그 젊은이는 사생아랍니다. 가엾은 젊은이죠. 어릴 적 환경이 아주 안 좋았지요. 그는 런던의 어느 협회에서 나에게로 온 정신질환자였지요. 자신을 미행한다고 어떤 남자를 길거리에서 때려눕힌 겁니다. 그런 환자들의 전형적인 증세였죠—이건 매버릭 박사의 의견이지만 말입니다. 제가 그의 병력(病歷)을 조사해 보았습니다. 그의 어머닌 플리머시 출신인데 빈민계급이긴 해도 성실한 집안 출신이었다더군요. 그의 아버지는 선원이었는데―그의 어머니는 남편 이름도 몰랐다고 합니다. 아이는 불우한 환경에서 컸습니다.

결국 그는 처음에는 아버지에 대해 공상을 하다가, 다음에는 자기자신에 대한 공상을 하기 시작했지요. 그로서는 입어 본 적이 없는 군대 제복이며 받은 적 없는 훈장까지 상상 속에서는 가능했던 겁니다. 그게 다 그런 환자들의 전형적인 증세요. 하지만 매버릭은 그의 증상이 치료될 가망이 있다고 본답니다. 그에게 자신감만 줄 수 있다면 치료될 수 있다고 말입니다. 난 이곳에서 그에게 책임 있는 일을 주어 중요한 건 출신 신분이 아니라 인간 자체라는 사실을 깨닫게 해주려고 노력했지요. 그러니까 자신의 능력에 대해 자신감을 갖게끔 해준 거랍니다. 덕분에 경과가 좋았어요. 저도 한시름 놓고 있었고. 그런데 지금 말씀하시는 것을 들으니…….」

그는 고개를 내저었다.

「위험한 정도는 아니겠지요, 세러콜드 씨?」

「위험하다고요? 아니, 그렇진 않습니다. 자살할 조짐은 보인 적이 없으니까요.」

「난 자살 얘기를 하는 게 아니에요. 그는 자신에겐 적들이 있다고 ―누군가가 자신을 박해한다고 하더군요. 나로선 잘 모르는 일이지만 그건……, 위험한 징조가 아닌가요?」

「그럴 정도까지는 안 됐다고 봅니다. 어쨌든 매버릭에게 말을 해두어야겠군요. 하지만 이제까진 정말 희망적이었는데……, 가능성이 있어보였단 말입니다.」

그는 손목시계를 들여다보았다.

「이젠 가야겠습니다. 아, 저기 졸리 양이 오는군요. 그녀가 당신을 보살펴 드릴 겁니다.」

빌레버 양이 성큼성큼 다가서더니 말했다.

「차가 문 앞에 와 있습니다, 세러콜드 씨. 협회에서 매버릭 박사님한테 전화가 왔습니다. 그래서 제가 마플 양을 모셔가겠다고 했지요. 박사님이 문 앞에서 저희들을 맞으실 거예요.」

「고맙소. 이젠 가야지. 내 서류 가방은?」

「차 안에 두었습니다, 세러콜드 씨.」

루이스 세러콜드는 허겁지겁 가버렸다.

그의 뒷모습을 바라보던 빌레버 양이 말했다.

「저분은 저러시다가 언젠가는 쓰러지고 말 거예요. 쉬질 않고 일만 한다는 건 사람으로선 불가능한 일이거든요. 그런데도 저 분은 하루 네 시간밖에 주무시질 않는다니까요.」

「자기 이상에 혼신의 힘을 기울이는 모양이에요.」

마플 양이 대꾸했다.

「다른 일엔 전혀 관심도 없다니까요.」

빌레버 양은 무뚝뚝한 어조로 말했다.

「아내를 보살펴 준다거나 하는 일은 꿈에도 생각지 않는 분이에요. 카라는 바깥 분의 사랑과 관심을 받을 만한데도 말이죠. 이곳 사람들은 울보 사내아이나 세상을 얼렁뚱땅 살려고만 하고 힘들여 일할 생각은 조금도 없는 젊은애들에 대한 것 말고는 관심이 없어요. 하지만 온전한 가정에서 자란 온전한 아이들 생각은 왜 안 하는 거죠? 그런 애들한테는 왜 아무것도 해주지 않는 건가요? 세러콜드 씨나 매버릭 박사 같은 괴짜들이나 이곳에 사는 반미치광이 감상주의자들한테 성실한 아이들이란 별로 흥밋거리가 되지 못해요. 우선 저하고 제 남동생들만 해도 어려운 환경에서 자라났지만, 지금의 아이들처럼 징징 울거나 하진 않았어요. 요즘 세상 사람들은 아이들한테 너무 물러 터졌어요!」

그들은 정원을 가로질러 울타리 문을 지나 감화원 정문에 다다랐다. 탄탄하고 음침한 벽돌 건물 앞에 세워진 그 문은 에릭 걸브랜드센이 자신의 교육회관 입구를 표시하기 위해 세운 것이었다.

매버릭 박사가 그들을 마중 나와 있었다. 하지만 마플 양이 보기엔 그 자신부터가 벌써 비정상적인 인물이라는 느낌이 들었다.

「고맙소, 빌레버 양.」

그가 말을 걸었다.

「저……, 아참, 마플 양이셨죠. 부인도 이제 우리들이 이곳에서 하는 일에 흥미를 느끼시게 될 겁니다. 이 커다란 문제에 관한 우리들의 연구 자세에 대해서 말입니다. 세러콜드 씨는 통찰력이 대단한 분입니다―이상도 크시죠. 게다가 존 스틸웰 경이 우리들을 후원해 주시거든요―예전에 제 상관이었던 분이죠. 지금은 은퇴하셨지만 그분은 내무성에 계셨답니다. 우리가 이 일을 시작한 것도 다 그분의 영향력이 컸던 덕분이죠. 이건 의학적인 문제거든요―그래서 당국에 양해를 받아야 했습니다. 정신의학은 전쟁 덕분에 가치를 인정받게 되었답니다. 전쟁에서 얻은 이득이라면 이득이랄까? 자, 우선 이 문제에 대한 우리의 제1지침을 읽어봐 주십시오. 저기…….」

마플 양은 아치형의 커다란 출입구 위에 조각된 문장을 올려다보았다.

<이곳에 들어오는 이는 모두들 희망을 되살릴지어다>

「훌륭하지 않습니까? 정말 안성맞춤의 글귀지요? 여기 있는 애들은 꾸짖거나 벌을 주어선 안 됩니다. 저 글귀는 아이들이 쉬는 시간이면 바라보는 글귀죠. 우린 아이들이 자신이 훌륭한 사람이란 걸 느끼게 하고 있답니다.」

「에드거 로슨처럼 말이죠?」

마플 양이 끼어들었다.

「그 사람 역시 재미있는 케이스죠. 그에게 말을 걸어 보셨나요?」

「그 사람이 제게 이것저것 얘기를 해주더군요.」

마플 양이 대답했다. 그리고는 변명하는 듯한 투로 덧붙였다.

「좀 알고 싶은데요. 그 사람 정신이 좀 이상하지 않나요?」

매버릭 박사가 유쾌하게 웃음을 터뜨렸다.

「부인, 우리 인간은 모두 미치광이랍니다.」

그는 그녀를 안내해 문으로 들어서며 말했다.

「그게 바로 존재의 비밀이지요. 인간은 모두 약간은 미쳐 있답니다.」

제 6 장

그날은 하루종일 피곤한 날이었다.

'열성이란 원래 사람을 몹시 지치게 하는 거지.'

마플 양은 마음속으로 생각했다.

그녀는 막연하지만 자기 자신에 대해 그리고 자신의 반응에 대해 불만을 느꼈다. 이 스토니게이츠 저택에는 분명 하나의 생활방식이 있었다—아마 하나가 아니라 몇 개일지도 모른다. 하지만 아직 그 생활방식을, 아니 그 생활방식들을 확연하게 들여다볼 수가 없었다.

그녀가 느낀 불안은 모두 에드거 로슨의 감상적이지만 뚜렷이 잘못을 꼬집어낼 수 없는 성격과 관계된 것이었다. 내가 알고 있는 사람들 중에 그런 유형을 찾아낼 수만 있다면 얼마나 좋을까. 그녀는 애쓴 끝에 배달차 운전사인 셀커크 씨의 이상했던 행동을 기억 속에서 찾아냈다—멍청했던 우편배달부며, 성령강림제의 월요일에 일했던 정원사며, 그리고 여름용 컴비네이션의 기묘한 사건이며 모두를. 에드거 로슨은 분명히 어딘가 잘못되어 있다. 하지만 그게 무엇인지 그녀로서는 꼭 집어낼 수가 없었다. 그녀가 관찰하고 또 사람들한테서 얻어들은 사실만으로는 알아낼 수 없는 그 무엇이 있었던 것이다.

또한 마플 양이 더더욱 알 수 없었던 것이 또 있었다. 에드거 로슨에게서 잘못된 점이 뭔지는 몰라도 그것이 친구인 캐리 루이즈한테 도대체 무슨 영향을 끼칠 것이냐 하는 점이었다. 물론 스토니게이츠 저택에 살고 있는 사람들에겐 각기 나름대로의 문젯거리와 욕망이 어지럽게 뒤엉켜 있었다. 하지만 그렇다고는 해도 마플 양이 보기엔 그 어떤 것도 캐리 루이즈에게까지 영향을 끼칠 만한 것은 없었다.

'캐리 루이즈……'

마플 양은 갑자기 지금 이 자리에 없는 루스를 제외하고는 그녀를 그런 식으로 부르는 사람이 자기 혼자뿐이라는 사실을 깨달았다.

　남편에게 있어서 그녀는 언제나 캐롤라인이었다. 그리고 빌레버 양에게는 카라였다. 스티븐 레스태릭은 언제나 그녀를 마돈나라고 불렀다. 월터는 그녀를 예의바르게 세러콜드 부인이라고 불렀으며, 지나는 그녀를 '그랜담'이라고 불렀다─지나의 설명에 따르면 이 호칭은 귀부인, 즉 그랜드 데임과 할머니, 그러니까 그랜드 마마를 합친 것이라고 했다. 캐롤라인 루이즈 세러콜드를 부르는 여러 가지 호칭 속에서 어떤 특이한 의미가 숨겨져 있는 것은 아닐까? 혹시 그녀는 그 사람들에게 있어 하나의 상징일 뿐 살아 있는 실제의 인물로 여겨지지 못하고 있는 건 아닐까?

　다음날 아침, 캐리 루이즈가 발을 좀 끌면서 정원의 의자에 앉아 있는 친구 옆으로 다가와 무슨 생각을 하고 있느냐고 묻자 마플 양은 즉시 대답했다.

　「당신, 캐리 루이즈를 생각하고 있었지.」

　「날, 왜?」

　「이봐, 솔직하게 얘기해 줘. 당신 무슨 걱정거리가 있는 거지?」

　「걱정거리라고?」

　그녀는 맑고 푸른 눈을 놀란 듯 치켜들며 말했다.

　「아니, 이봐, 제인. 도대체 무슨 걱정거리……, 말이야?」

　「글쎄, 사람들은 대개 싫은 것, 걱정거리 같은 게 있잖아.」

　마플 양의 눈이 반짝 빛났다.

　「나도 있는 걸. 번데기 말이야, 난 그게 정말 싫어. 그리고 린넨 형겊을 제대로 기우지 못하는 게 내 걱정거리야. 그리고 댐슨 진을 만들 만한 설탕과자를 충분히 얻을 수 없는 것, 그게 걱정거리야. 아, 물론 그런 거야 대단찮은 일이지만, 아무리 당신이라도 걱정거리가 전혀 없나는 건 이상한 일인데.」

　「아니, 나한테도 분명히 있긴 있어.」

세러콜드 부인이 모호한 투로 말했다.

「루이스가 너무 많은 일을 하고 있어. 그리고 스티븐은 연극 일에 미쳐 끼니를 거르기가 일쑤고. 게다가 지나는 신경질적인 병세가 심하고…… 하지만 나로선 어떻게 해볼 도리가 없어. 당신이라도 어쩔 수 없을 거야. 그리고 그런 건 대단한 걱정거리가 아니잖아, 안 그래?」

「밀드레드도 별로 행복해 보이지 않던데, 그렇지 않아?」

「아, 그래.」 캐리 루이즈가 대답했다.

「밀드레드 그 앤 정말 행복하지 못하지. 어린애였을 때도 그랬을 걸. 늘 명랑한 피파와는 정말 다른 아이였지.」

「혹시 밀드레드에겐 행복하지 못한 이유가 있는 건 아닐까?」

마플 양은 이렇게 의견을 제시해 보았다.

캐리 루이즈는 조용히 말했다.

「질투심 때문이란 말이지? 그래, 그럴 거야. 하지만 사람의 감정에는 진짜 이유란 필요 없는 거잖아. 그냥 그렇게 느낄 뿐인 거지. 그렇게 생각하지 않아, 제인?」

마플 양은 몬크리프 양에 대해 잠시 생각해 보았다.

그녀는 환자지만 폭군 같았던 자기 어머니의 노예였다. 가엾은 몬크리프 양은 언제나 여행을 하면서 세상 구경을 하는 것이 소망이었다. 마플 양은 다시 생각을 더듬었다. 몬크리프 부인이 죽어 교회 뜰에 묻히고 나서 몬크리프 양이 적지 않은 유산을 손에 넣고 마침내 자유의 몸이 되었을 때, 세인트 메리 미드 사람들이 은근히 기뻐했던 일에 대해서 말이다.

그 뒤 몬크리프 양은 여행길에 올랐지만 프랑스 이에르라는 곳까지 가고는 더 이상 가질 못했다. 그곳에서 그녀는 '어머니의 옛친구' 중 한 분을 방문했는데, 그만 그 노인의 우울증에 마음이 움직인 나머지 여행 계획을 모조리 취소하고는 시골집에 눌러 살면서 다시 힘들게 일하는 처지가 되었던 것이다. 그리고는 또다시 더 넓은 세상을 구경하고 싶다는 갈망을 가슴속에 품었던 것이다.

마플 양이 이윽고 말했다.

「당신 말이 옳아, 캐리 루이즈.」

「물론 내가 이렇게 걱정거리 없이 살 수 있는 건 졸리 덕이 커. 졸리는 정말 고마운 사람이야. 그녀가 이곳에 온 건 조니와 내가 결혼했을 때였는데, 처음부터 그녀는 내게 너무나 잘해주었고 날 의지할 곳 없는 어린애처럼 돌봐주고 있어. 날 위해서라면 무슨 일이건 다 해주지. 그래서 어떨 땐 미안하기도 해. 졸리가 날 위해서라면 살인도 할 거라고 진정으로 믿고 있어, 제인. 이건 좀 끔찍한 말이지만.」

「정말 헌신적인 사람이야.」

마플 양도 맞장구쳤다.

「하지만 화를 낼 때도 많아.」

세러콜드 부인이 은방울 구르는 듯한 소리로 웃었다.

「나보고 멋진 옷을 입고 호화로운 물건으로 치장하라고 늘 잔소리지. 그리고 또 사람들이 나를 귀중하게 여기고 비위를 맞추어야 한다고 생각하는 거야. 그녀야말로 루이스의 열성에 전혀 감동받지 않는 유일한 사람이지. 글쎄, 이곳에 있는 불쌍한 소년들을 그녀는 건방진 소년 죄수들로밖에는 여기지 않는 거야. 돌봐 주려고 골머리를 썩힐 필요도 없는 애들이라나. 그리고 이곳이 습기 때문에 내 류머티즘에 안 좋다고 그러면서 이집트나 어디 따뜻하고 건조한 고장에 가야 한다는 거야.」

「류머티즘이 아주 심한가 보지?」

「요즘에 특히 심해졌어. 걷기도 힘들다니까. 다리에 아주 심한 경련이 오기도 해. 아, 물론…….」

그녀의 얼굴에 다시 매혹적인 요정 같은 미소가 떠올랐다.

「나이야 속일 수 없는 게지.」

빌레버 양이 프랑스식 장문으로 나와 바삐 걸어왔다(프랑스식 창문은 바닥까지 닿아 있어 사람이 드나들 수 있다).

「전보예요, 카라. 지금 전화로 배달되었어요. '금일 오후 도착, 크리스찬 걸브랜드센'이라고 되어 있는데요.」

「크리스찬이라고?」

캐리 루이즈는 깜짝 놀란 모양이었다.

「그 사람이 영국에 있는 줄은 꿈에도 몰랐는데.」

「침실은 떡갈나무 방으로 정하실 거죠?」

「그래, 준비 좀 해줘요, 졸리. 그곳에는 계단이 없으니까.」

빌레버 양은 고개를 끄덕이고는 집 안으로 다시 들어갔다.

「크리스찬 걸브랜드센은 내 의붓아들이야. 에릭의 장남이지. 사실은 나보다 두 살이나 위지만. 그 사람은 우리 협회의 이사 중 한 사람이야—대표이사지. 이럴 때 루이스가 멀리 떨어져 있어 참 곤란하네. 크리스찬은 하룻밤 이상 묵는 경우가 거의 없거든. 아주 바쁜 사람이야. 두 사람이 의논할 일도 아주 많을 텐데.」

크리스찬 걸브랜드센은 오후에 차 마시는 시간에 맞추어 도착했다.

그는 몸집이 크고 진지한 표정을 가진 남자였고, 말투는 느리고 논리정연했다. 그는 애정을 듬뿍 담아 캐리 루이즈에게 인사를 했다.

「어떻게 지내셨어요? 캐리 루이즈. 조금도 늙지 않으셨어요.」

그는 그녀의 어깨 위에 손을 얹고는 미소를 띠며 서 있었다.

누군가 그의 소매를 잡아당겼다.

「크리스찬!」

「아.」 하고 그가 돌아섰다.

「밀드레드? 잘 있었어, 밀드레드?」

「요즘은 별로 좋질 않아요.」

「그것 참 안됐는데.」

크리스찬 걸브랜드센과 여동생 밀드레드는 배다른 남매였지만 닮은 구석이 많았다. 30년에 가까운 나이 차이가 있었기 때문에 그들은 언뜻 보면 부녀 사이로 착각할 만했다. 그가 와줘서 밀드레드는 몹시 기쁜 모양이었다. 우선 얼굴이 붉어지고 수다스러워진 것만 보아도 알 수 있었다.

그리고는 그날 내내 연신

「오빠.」「크리스찬 오빠.」「걸브랜드센 오빠.」 하고 불러댔다.

「그리고 지나는 어떻게 지냈어?」

걸브랜드센은 지나 쪽으로 얼굴을 돌리며 말했다.

「남편도 여기 있기로 했니?」

「그럼요, 아주 여기 눌러 살기로 한 걸요. 안 그래요, 월터?」

「그런 셈이지.」

월터의 대답이었다.

걸브랜드센의 작고 민첩한 눈이 월터를 재빠르게 훑어보았다.

월터는 평상시와 마찬가지로 무뚝뚝하고 냉담한 얼굴이었다.

「그럼, 여긴 가족 전부가 모인 셈이군.」

걸브랜드센이 말했다. 그의 목소리는 아주 다정했다.

하지만 마플 양의 생각엔 실제 그는 그다지 다정한 사람이 아닌 것 같았다. 입가에는 냉혹한 빛이 감돌고 있었고, 그의 태도에도 어딘가 다른 곳에 넋을 빼앗기고 있는 듯한 구석이 있었던 것이다.

마플 양을 소개받자 그는 새로운 방문객을 평가하고 감정이라도 하려는 듯한 태도로 날카롭게 그녀를 훑어보았다.

「우린 당신이 영국에 와 있는 줄은 몰랐어요, 크리스찬.」

세러콜드 부인이 말했다.

「예, 정말 갑자기 오게 됐어요.」

「루이스가 집에 없어서 정말 안됐어요. 얼마나 있을 예정이에요?」

「내일 떠날 예정입니다. 루이스는 언제 돌아올까요?」

「내일 오후나 저녁때쯤.」

「그럼, 하룻밤 더 묵어야겠군요.」

「우리한테 미리 알리고 오지…….」

「이런, 캐리 루이즈, 내 일이란 게 언제나 갑작스럽게 뭘 해야 하는 일이란 걸 아시잖아요.」

「그럼, 루이스가 올 때까지 있겠어요?」

「예, 루이스를 볼 일이 있어서요.」

빌레버 양이 마플 양에게 말했다.

「걸브랜드센 씨와 세러콜드 씨는 걸브랜드센 협회의 이사시랍니다. 그밖에 크로머 주교님과 길포이 씨가 계시지요.」

그렇다면 크리스찬 걸브랜드센이 스토니게이츠 저택에 오게 된 것은 걸브랜드센 협회와 관련된 일 때문일 것이다.

빌레버 양이나 다른 사람들도 그렇게 생각하는 모양이었다. 하지만 마플 양으로서는 아직 의아한 점이 남아 있었다.

크리스찬은 한두 번인가 캐리 루이즈가 눈치채지 못하는 사이 그녀에게 깊은 생각에 잠긴 듯한, 그리고 무엇인가 당황한 듯한 눈길을 던졌다. 그 표정은 그를 바라보고 있던 캐리 루이즈의 친구, 즉 마플 양을 의아하게 만들었다. 그는 캐리 루이즈를 바라보다가 또 갑자기 다른 사람들한테로 시선을 돌려 그들을 하나하나 꼼꼼히 검토하듯 바라보는 것이었다. 정말 이상한 행동이었다.

차를 마신 뒤 마플 양은 다른 사람들로부터 몰래 빠져나와 도서실로 갔다. 그런데 놀랍게도 그녀가 자리를 잡고 뜨개질을 시작했을 때, 크리스찬 걸브랜드센이 들어와 그녀 옆자리에 앉는 것이었다.

「부인은 캐리 루이즈의 오랜 친구분이시죠?」

「우린 이탈리아에서 같은 학교를 다녔답니다, 걸브랜드센 씨. 아주 오래된 일이지요.」

「아, 그렇습니까. 그럼, 그녀를 좋아하시겠군요?」

「예, 정말 좋아해요.」

마플 양이 다정한 어조로 말했다.

「그래요, 아마 다른 사람도 다 그럴 겁니다. 정말 그럴 거예요. 마땅히 그래야 하구요. 참으로 다정하고 매력적인 사람이니까요. 아버지가 그분과 결혼하신 이후로 저와 형제들은 그분을 사랑해 왔지요. 우린 정말 그분을 친누이처럼 여긴답니다. 아버지의 충실한 아내였을 뿐 아니라, 아버지가 갖고 계셨던 이상에 대해서도 충실하게 따랐지요. 정말 자기 생각이라곤 해본 적이 없는 분이죠. 언제나 다른 사람들의 행복만 우선으로 여기는 분이지요.」

「언제나 이상주의자였지요.」

마플 양이 끼어들었다.

「이상주의자라고요? 그래요. 맞습니다. 그렇기 때문에 이 세상엔 악이란 것도 존재한다는 사실을 깨닫지 못하는 거겠지요.」

마플 양은 좀 놀라서 그를 바라보았다.

크리스찬 걸브랜드센의 얼굴은 사뭇 딱딱해져 있었다.

「솔직히 말해주시죠. 그녀의 건강은 어떻습니까?」

마플 양은 다시금 놀라운 심정이었다.

「제가 보기엔 건강한 듯싶은데요, 관절염이 있다는 것만 제외하면 말이죠. 류머티즘도 그렇고.」

「류머티즘이라고요? 그렇군요. 그리고 심장은 어떻답니까? 심장은 튼튼한가요?」

「제가 알고 있기로는 튼튼해요.」

마플 양은 더더욱 놀라운 심정이었다.

「하지만 전 오랫동안 그녀를 만나지 못하다가 어저께야 만났어요. 그러니 그녀의 건강상태가 궁금하다면 다른 집안 식구들한테 물어보셔야 할 거예요. 빌레버 양이라든지…….」

「빌레버 양이라……, 그렇군요. 빌레버 양이나 밀드레드한테 말입니까?」

「예, 밀드레드라도 좋고요.」

마플 양으로선 당황하지 않을 수 없었다.

크리스찬 걸브랜드센이 자신을 뚫어지게 바라보았기 때문이었다.

「모녀 사이에 애정이 별로 없다는 말씀이시죠?」

「예, 그래요, 제 생각에는.」

「저도 동감입니다. 정말 안 된 일이죠―어쨌든 그 앤 그분의 유일한 친자식이니까요. 그리고 빌레버 양 말인데, 부인 생각엔 그녀가 캐리 루이즈를 정말 좋아하는 것 같습니까?」

「예, 무척 좋아하는 모양이에요.」

「그리고 캐리 루이즈 쪽에서도 빌레버 양을 의지하고요?」

「제가 보기엔.」

그러자 크리스찬 걸브랜드센이 얼굴을 찌푸렸다.

그는 말을 계속했지만, 그 말은 마플 양에게 하는 것이라기보다는 자기 자신에게 하는 말처럼 들렸다.

「지나가 있긴 하지만, 너무 어리고. 이거 어려운 일인데…….」

그는 잠시 말을 끊었다. 그리고는 곧 말을 이었다.

「어떻게 해야 가장 좋은지 알아내기 힘든 때가 있는 법이죠. 정말 이럴 땐 최선의 행동을 취해야 하는데. 전 캐리 루이즈가 아무 해도 입지 않고 어떤 불행도 겪지 않기를 진심으로 바라고 있답니다. 하지만 쉽지 않은 일이지요—정말 쉽지 않은 일입니다.」

바로 그때 스트리트 부인이 방 안으로 들어섰다.

「아, 여기 계시는군요, 크리스찬 오빠. 어디 계신가 한참 찾았어요. 매버릭 박사님이 의논하실 일이 있는지 알고 싶어하세요.」

「새로 온 젊은 정신의학자 말이지? 아니, 아니다. 루이스가 돌아올 때까지 기다릴 테다.」

「그분은 지금 루이스의 서재에서 기다리고 있어요. 내가 가서 그렇게 말할까요.」

「아니, 내가 직접 가서 말하마.」

걸브랜드센은 서둘러 도서실을 나섰다.

밀드레드 스트리트는 그의 뒷모습을 지켜보다가 마플 양에게로 시선을 돌렸다.

「무슨 일인지 모르겠어요. 평소 크리스찬 오빠의 모습이 아닌데요……. 무슨 말을 하던가요?」

「당신 어머니의 건강에 대해 물어 보았을 뿐이에요.」

「어머니 건강이라고요? 왜 오빠가 그런 걸 아주머니한테 물어 보았을까요?」

밀드레드는 날카로운 어조로 말했다.

그녀의 넓적하고 네모진 얼굴이 보기 흉하게 빨개졌다.

「글쎄, 나도 모르겠는데.」

「어머닌 건강이 아주 좋으세요. 그 나이의 노인치고는 정말 놀랄 만한 일이죠. 아마 저보다도 훨씬 튼튼하실 걸요.」

그녀는 잠시 말을 끊었다가 다시 이었다.

「아주머니도 그렇게 말씀하셨죠?」

「난 캐리 루이즈의 건강에 대해선 잘 몰라요.」

마플 양이 말했다.

「그리고 그 양반은 어머니의 심장이 어떠냐고도 물어 보던 걸요.」

「심장이라고요?」

「그래요.」

「어머니 심장은 끄덕 없어요. 정말 아무렇지도 않단 말이에요!」

「그 말을 들으니 안심이 되는군요.」

「도대체 크리스챤 오빠는 왜 그런 엉뚱한 생각을 한 걸까요?」

「나도 모르지요.」

마플 양이 대답했다.

제 7 장

1

다음날은 겉으로 보기엔 아무 일도 없이 지나는 것 같았다. 하지만 마플 양이 보기에는 집 안에 보이지 않는 긴장이 감돌고 있었다.

크리스찬 걸브랜드센은 아침 내내 매버릭 박사와 함께 감화원을 둘러보며 감화원의 교육방침이 거두고 있는 일반적 성과에 대해 토론을 거듭하고 있었다. 오후가 되자 지나가 그를 차에 태우고 드라이브를 나갔다. 그러고 나서 그는 빌레버 양을 부추겨 정원으로 뭔가를 보러 나갔다.

하지만 마플 양의 생각으로는 그가 정원으로 나간 것은 완고한 빌레버 양과 무슨 은밀한 이야기를 나누기 위한 계책으로 여겨졌다. 그의 말로는, 자신이 이렇게 갑자기 스토니게이츠 저택을 방문한 것은 순전히 사업상의 문제라고 했다. 그렇다면 집 안 일밖에 모르는 빌레버 양과 뜰에 나갈 이유가 어디 있단 말인가?

하지만 곧 마플 양은 이게 다 너무 이것저것을 공상하기 때문이라고 스스로에게 타일렀다. 그날 일어났던 불안한 사건이라면 4시경에 일어났던 사건뿐이었다. 마플 양은 뜨개질하던 것을 밀어놓고 차를 마시기 전에 산책이라도 하려고 정원엘 나갔다.

석남화가 헝클어져 피어 있는 곳 근처를 돌아오다가 혼자 뭐라고 중얼거리고 있는 에드거 로슨과 부딪칠 뻔했다.

「아, 이거 죄송합니다.」

그는 허둥지둥 이렇게 말했다.

그러나 마플 양은 그와 부딪칠 뻔한 일보다도 뭔가를 정신없이 바라보고 있는 듯한 그의 눈길에 더욱 놀랐다.

「괜찮으세요, 로슨 씨?」

「괜찮으냐고요? 제가 어떻게 괜찮을 수가 있겠습니까? 충격을 받았는데요―정말 심한 충격을 말입니다.」

그는 그녀를 재빨리 바라본 다음 불안한 태도로 좌우를 날카롭게 살폈다. 그런 태도에 마플 양도 괜히 불안해지기 시작했다.

「말씀드려도 될까요?」

그는 자못 의심스럽다는 듯이 그녀를 바라보았다.

「모르겠어요. 정말 모르겠어요. 누군가 절 감시하고 있거든요.」

마플 양은 마음을 굳혀 먹고 그의 팔을 꽉 붙잡았다.

「자, 이 길로 걸어가면……, 저곳에는 나무도 없고 덤불도 없어요. 그러니까 아무도 엿들을 염려가 없을 거예요.」

「예, 예, 그렇겠군요.」

그는 깊이 숨을 들이마시고는 그녀 쪽으로 고개를 숙여 속삭이듯 말했다.

「전 발견했습니다. 정말 끔찍한 발견이죠.」

「그게 뭔데요?」

에드거 로슨은 몸이 후들후들 떨리기 시작했다. 그는 거의 울 것 같은 모습이었다.

「그 사람을 믿고 있었어요! 정말 믿었죠……. 그런데 그게 가짜였던 겁니다―모두 거짓말이었던 거예요. 사실이 탄로 날까 봐 거짓말을 하고 있었던 거라고요. 전 정말 참을 수가 없어요. 너무 극악무도한 짓이에요. 전 정말 그 사람을 신뢰하고 있었는데 이제 보니 그 사람이 모든 걸 지휘하고 있었던 겁니다. 바로 그 사람이 제 적이었던 겁니다! 절 미행하고 감시한 게 바로 그 사람이란 말입니다. 하지만 이젠 더 이상 그런 짓을 못할 겁니다. 제가 폭로해 버릴 테니까요. 그 자가 시금까지 부슨 짓을 해 왔는지 제가 알고 있다는 걸 모두 털어놓을 거란 말입니다.」

「그 사람이라니, 그게 누군데요?」

마플 양이 물었다.

에드거 로슨은 구부렸던 몸을 한껏 쭉 폈다. 감동적이고 위엄 있는 모습을 연출하려 한 모양이었다. 그러나 실제로는 그저 우스꽝스러운 모습일 뿐이었다.

「제 아버지 말씀입니다.」

「몽고메리 경 말인가요, 아니면 윈스턴 처칠 경 말인가요?」

에드거가 흘끗 그녀에게 경멸하는 듯한 눈길을 던졌다.

「그 놈들이 그렇게 믿도록 만든 거예요—제가 사실을 알까 봐 두려워서요. 하지만 이젠 알았어요. 전 친구를 얻었어요—진실한 친구를. 그 친구가 저한테 진상을 얘기해 주었지요. 그리고 제가 어떻게 속아왔는지도 깨닫게 해주었고요. 그러니 이젠 아버지도 저라는 사람을 염두에 둬야 할 겁니다. 제가 그의 면전에서 그의 거짓말을 폭로해 버릴 테니까요! 진실을 갖고 그에게 도전하렵니다. 그리고 그 양반이 뭐라고 하는지 두고 봐야죠.」

그는 갑자기 말을 끊더니 달려서 공원 안으로 사라져 버렸다.

마플 양은 굳은 얼굴로 집 안으로 들어왔다.

「우리 인간은 모두 조금씩 미쳐 있답니다.」

매버릭 박사는 이렇게 말했었다.

그러나 그녀가 보기엔 에드거라는 청년의 경우는 그런 정도가 아니었다.

2

루이스 세러콜드가 도착한 것은 6시 30분이었다. 정문에서 차를 세운 그는 정원을 지나 집으로 걸어왔다. 창 밖을 내다보던 마플 양은 크리스찬 걸브랜드센이 그를 마중 나가 두 사람이 서로 인사를 나눈 뒤 테라스를 이리저리 거닐고 있는 것을 발견했다.

마플 양은 용의주도하게도 이런 경우를 대비해 망원경을 가지고 왔었다. 바로 이럴 때 써먹을 망원경이었다. 저기 멀리 보이는 나무 숲 위에 있는 게 방울새 한 무리일까? 아니면 무엇일까? 망원경을 내렸다가 다시 올리던 그녀는 두 남자의 표정이 심각하고 불안한 표정이라는 것을 발견했다. 마플 양은 몸을 창 밖으로 더 기울였다.

드문드문 그들의 말소리가 그녀의 귀에 들려왔다. 만일 걸브랜드센이나 세러콜드 중 누군가 위를 올려다보았다 해도 자신이 새를 관찰하는 것에 정신이 팔려 있다고 여길 것이 틀림없었다.

「……어떻게 해야 캐리 루이즈가 그 사실을 모르게……」

걸브랜드센의 말소리가 들렸다.

그 다음, 그들이 마플 양이 있는 창문 아래를 지나갈 때 루이스 세러콜드의 말소리가 들렸다.

「……그걸 캐롤라인이 모르고 있다면 좋으련만. 정말 주의해서 보살펴 줘야 해……」

또 다른 말들이 흐릿하게 마플 양의 귀에 들려왔다.

「……정말 심각한 일인데……」

「……적당치 않아……」

「……이거 책임이 너무 큰데……」

마침내 마플 양의 귀에 크리스찬 걸브랜드센이 마지막으로 하는 말소리가 들려왔다.

「에취, 이거 추워지는데. 안으로 들어가야겠소.」

마플 양은 뭐가 뭔지 알 수 없다는 표정을 지으며 고개를 창문 안으로 거둬들였다. 그녀가 들은 말들은 너무 토막 난 것이라서 도저히 연결 지를 수가 없었다—하지만 그것은 그녀의 마음속에서 점차 커져 가고 있던 모호한 불안감과 루스 반 라이독이 그렇게나 뚜렷이 느끼고 있던 불안감을 모두 확인시켜 주는 역할을 했다.

스토니게이츠 저택에 뭐가 잘못되어 있는지는 몰라도, 그 일이 캐리 루이즈에게 영향을 끼칠 일이라는 점만은 이제 명백해졌다.

3

그날 밤 저녁식사는 어쩐지 긴장한 듯한 분위기 속에서 이루어졌다. 걸브랜드센과 루이스는 둘 다 멍하니 자신만의 생각에 빠져 있었다. 월터 허드는 평상시보다 더 얼굴을 찌푸리고 있었고, 지나와 스티븐도 오늘만큼은 상대방에게 할 말이 없는 듯했고, 다른 사람들도 역시 할 말이 없는 모양이었다.

덕분에 식탁에서 대화를 주로 나눈 사람은 치료요법가인 바움가튼, 그리고 그와 함께 전문적인 얘기를 길게 늘어놓고 있는 매버릭 박사뿐이었다. 식사 후, 모두들 중앙홀로 자리를 옮기자 크리스찬 걸브랜드센이 잠깐 실례한다며 자리를 떴다. 중요한 편지를 쓸 일이 있다는 것이었다.

「실례가 안 된다면 난 이만 방으로 가야겠습니다, 캐리 루이즈.」

「필요한 도구는 다 있나요? 졸리, 이봐요…….」

「아니, 아니, 됐어요. 다 있어요. 타이프라이터를 갖다 달라고 했더니 갖다 놓았더군요. 빌레버 양이 친절하게도 세세하게 마음을 써줬거든요.」

그는 중앙홀 왼쪽으로 나 있는 문으로 나갔다.

그 문을 나서 중앙 층계 앞을 지나 긴 복도를 따라 가면 그 끝에 침실과 욕실이 붙어 있는 손님방이 나왔다.

걸브랜드센이 나가버리자 캐리 루이즈가 말했다.

「오늘밤엔 극장에 안 가니, 지나?」

지나는 고개를 내저었다.

그녀는 홀을 가로질러 가더니 창문 옆에 앉아 집 앞에 있는 주차장과 정원을 내려다보았다. 스티븐은 지나를 흘끗 쳐다보고는 커다란 그랜드 피아노 앞으로 다가갔다. 그리고는 의자에 앉더니 나직하게 피아노를 치기 시작했다. 묘하게 애상적인 곡조였다.

치료요법가 바움가튼과 레이시 씨, 그리고 매버릭 박사가 밤 인사를 하고는 물러갔다. 월터가 독서용 스탠드 스위치를 올렸다. 그러자 뭔가 끊어지는 소리가 나면서 홀 안의 불들이 반쯤 꺼지고 말았다.

월터는 으르렁거리는 소리로 내뱉었다.

「이놈의 스위치는 언제나 말썽이야. 가서 새 퓨즈로 갈아야겠군.」

그가 홀을 나가자 캐리 루이즈가 낮게 속삭였다.

「월터는 전기 장치 같은 것들을 다루는 일에 아주 능숙하지. 저 애가 토스터기를 고쳐 준 것이 생각나니?」

「저 사람이 이 집에서 하는 일이라곤 그런 일뿐인데요, 뭘.」

밀드레드 스트리트가 말했다.

「어머니, 강장제 드셨어요?」

빌레버 양이 갑자기 당황한 듯했다.

「이런, 깜박 잊었군 그래.」

그녀는 자리에서 벌떡 일어나 사라졌다가 이윽고 장밋빛 액체가 담긴 작은 유리잔을 들고 들어왔다.

얼굴에 미소를 띤 캐리 루이즈가 하는 수 없다는 듯이 손을 내밀었다.

「지독히 쓴 약인데도 모두들 빼먹지 않고 챙겨 주는군 그래.」

그녀는 얼굴을 찡그리며 말했다.

그러자 뜻밖에도 루이스 세러콜드가 이렇게 말하는 것이었다.

「오늘밤엔 안 먹어도 될 것 같은데, 여보. 그 약이 당신한테 효험이 있는지도 확실히 모르겠고.」

조용히, 그러나 언제나 그에게 뚜렷이 보이는 절제된 에너지를 지닌 모습으로 그는 빌레버 양에게서 유리잔을 빼앗아 참나무로 짠 웨일스 산(產) 화장대 위에 놓았다.

빌레버 양이 뾰족한 목소리로 말했다.

「하지만 세러콜드 씨, 선생님 말씀에는 찬동할 수 없는데요. 저 약을 드신 뒤부터 세러콜드 부인은 몰라보게 좋아지셨답니다…….」

그녀는 말을 끊고 갑자기 몸을 돌렸다.

홀 앞의 문이 거칠게 활짝 열렸기 때문이었다. 그 여세 때문인지 문짝이 계속 흔들리고 있었다. 뒤를 이어 에드거 로슨이 무슨 연극의 주인공 같은 태도로 개선장군처럼 크고 어두컴컴한 홀에 들어섰다.

그는 홀 가운데 버티고 서서는 한껏 거드름을 피웠다. 그 모습은 웃음이 나올 만큼 우스꽝스러운 것이었지만—그렇다고 정말 웃음이 나올 만큼 우스꽝스러운 것도 아니었다.

에드거는 연극이라도 하는 듯한 태도로 입을 열었다.

「이제 겨우 찾아냈다, 내 원수!」

그는 루이스 세러콜드 씨를 향해 말하고 있었다.

루이스는 조금 놀란 얼굴이었다.

「이봐, 에드거, 도대체 무슨 일이지?」

「그런 식으로 나한테 얘기할 수 없을 텐데. 무슨 일인지 당신 자신이 잘 알고 있잖소. 당신은 날 기만하고 감시하고, 게다가 내 적들과 짜고서 날 방해했어.」

루이스가 그의 팔을 붙잡았다.

「이봐, 에드거, 흥분하지 마. 진정하고 무슨 말인지 차분하게 얘기해 보게. 일단 내 서재로 들어가지.」

그는 에드거를 끌고 홀을 가로질러 오른쪽 문을 열어 들어가더니 등 뒤에서 문을 닫았다.

그런 뒤 문을 잠그는 열쇠 소리가 날카롭게 들렸다.

빌레버 양이 마플 양을 바라보았다. 두 사람의 머릿속에 똑같은 생각이 떠올랐다.

'지금 문을 잠근 것은 루이스 세러콜드 씨가 아니야.'

빌레버 양이 날카로운 목소리로 외쳤다.

「저 젊은이는 미친 거예요. 위험해요.」

밀드레드가 말했다.

「정말 제정신이 아니에요. 사람들이 자기한테 해준 일을 조금도 고마워할 줄 모르는 사람이에요. 이젠 정말 어떻게든 결단을 내려야 해요, 어머니.」

가늘게 한숨을 쉬며 캐리 루이즈가 중얼거렸다.

「아니, 해를 끼칠 사람이 아니야. 루이스를 좋아하거든. 아주 좋아하지.」

마플 양은 다소 의아해서 그녀를 바라보았다.

조금 전 에드거가 루이스 세러콜드에게 퍼부은 말들로 보자면 좋아하는 감정 같은 건 눈곱만큼도 없지 않았는가. 전에도 그랬지만 마플 양으로서는 또다시 한 가지 의문에 빠지지 않을 수 없었다.

캐리 루이즈가 일부러 현실에서 눈을 돌리고 있는 건 아닐까 하는 의문이었다.

지나가 날카롭게 말했다.

「저 사람 주머니에 뭔가 들어 있었어요. 에드거 말이에요. 뭔가 만지작거리고 있었단 말이에요.」

스티븐이 피아노 건반에서 손을 떼면서 중얼거렸다.

「영화에서 보니까 대개 리볼버 권총이던데.」

마플 양이 헛기침을 했다.

「내 생각에도 리볼버 권총인 것 같아요.」

그녀는 변명이라도 하는 듯한 어조로 말했다.

문이 닫힌 루이스의 서재에서 웅얼거리는 소리가 들려오더니 갑자기 뚜렷한 말소리가 들려왔다.

루이스 세러콜드의 차근차근한 말투에 비해 에드거 로슨은 소리를 지르고 있었다.

「거짓말이야, 거짓말. 모두 거짓말이야. 당신이 내 아버지야. 난 당신 아들이란 말입니다. 그런데도 당신은 내 권리를 빼앗았어. 난 이곳을 차지해야겠어요. 당신은 날 싫어하는 거지—그래서 날 없애려는 거고!」

루이스가 달래는 듯한 어조로 뭐라고 중얼거렸지만 에드거 로슨은 여전히 신경질적으로 목소리를 높였다. 그리고는 듣기 거북한 욕지거리를 해댔다. 에드거는 급격하게 자제심을 잃어 가는 모양이었다.

그런 가운데 가끔 루이스의 말소리가 들렸다.

「진정하게, 진정해. 그런 게 아니란 걸 자네도 알잖아.」

그러나 그런 말을 한다고 그를 진정시킬 수는 없었다. 오히려 에드거를 더 자극시킬 뿐이었다.

어느새 홀 안에 있던 사람들은 모두 입을 다물고 문이 닫힌 루이스의 서재 안에서 일어나고 있는 일에 열심히 귀를 기울이고 있었다.

에드거가 소리를 질렀다.

「당신 낯짝에서 그 우월감 어린 표정을 벗겨내겠단 말입니다. 복수하고 말 테야. 당신이 내게 안겨 준 고통에 대한 복수.」

그리고 평상시 침착한 목소리와는 다른 루이스의 목소리가 짧막하게 들려왔다.

「그 리볼버 권총을 내려놔!」

지나가 날카롭게 부르짖었다.

「에드거가 루이스를 죽일 거예요. 저 남잔 미쳤어요. 경찰이나 누굴 불러야 하잖아요?」

캐리 루이즈가 여전히 냉정한 채 나직이 말했다.

「걱정할 필요 없어, 지나. 에드거는 루이스를 사랑하고 있어. 에드거는 지금 연극을 하는 것뿐이야.」

에드거의 웃음소리가 문 너머로 들려왔다.

그 소리를 듣자 마플 양으로서도 그가 정말 미쳤다고 생각하지 않을 수 없었다.

「그래, 리볼버 권총이지—장전도 되어 있어요. 아니, 말하지 말아요. 움직이지도 말고. 내 말을 끝까지 들어요. 나에 대한 음모를 꾸민 건 당신이야. 그러니 이제 그 대가를 치러야 돼.」

그때 '총소리가 났고 사람들은 모두 깜짝 놀랐다.

그러나 캐리 루이즈는 여전히 아무렇지도 않은 태도로 말했다.

「아냐, 아무 일도 아니야. 저건 바깥에서 나는 소리야—정원이나 뭐 그런 곳에서 나는 소리라고.」

닫힌 문 뒤에서 에드거가 여전히 목청껏 소리치고 있었다.

「거기 앉아서 날 쳐다보는군—날 쳐다보고 있단 말이지. 아무렇지도 않은 체하면서 말이야. 자, 무릎을 꿇고 살려 달라고 빌어 보시지 그래? 난 쏠 거요. 정말 쏴 죽일 거란 말이야! 난 당신 아들이야. 당신이 인정하질 않고 무시해 버린 아들이란 말이야—당신은 내가 어디론가 가버리길 바랐지. 아주 세상에서 없어졌으면 하고 바랐겠지. 그래서 나한테 스파이를 붙이고, 미행을 시킨 거지. 날 방해하려고 공작을 꾸민 거지? 당신, 내 아버지라는 사람이 말이야! 난 사생아죠, 그렇죠? 사생아란 말입니다. 당신은 나한테 줄곧 거짓말만 늘어놓았어요. 친절한 척하면서 말이에요. 언제나 그랬어요, 언제나……. 당신은 살 가치가 없어. 난 당신을 살려두지 않을 거야.」

그리고는 다시 낮 뜨거운 욕지거리가 들려왔다.

잠시 뒤, 마플 양은 빌레버 양이, '무슨 조치를 취해야겠어.'라고 중얼거리면서 홀을 나가는 것을 알아차렸다.

서재 안에서 에드거는 잠시 숨을 돌리는 듯싶더니 다시 소리를 지르기 시작했다.

「당신을 죽일 거야. 죽일 거란 말이야. 이젠 죽어줘야겠어. 죽으라고, 이 악마, 죽어!」

날카로운 총소리가 두 발 울렸다.

이번에는 정원 쪽이 아니라 분명히 닫힌 문 너머에서 난 소리였다.

누군가 비명을 질렀다.

마플 양이 언뜻 듣기에 그것은 밀드레드의 목소리였다.

「하느님 맙소사, 이설 어째요?」

서재 안에서 둔하게 털썩 쓰러지는 소리가 났다.

지금까지 서재 안에서 들린 것보다 더욱 무서운 소리가 들려왔다. 그것은 누군가 나직하지만 무겁게 흐느끼는 듯한 소리였다.

누군가 마플 양 옆을 성큼성큼 지나서는 서재의 닫힌 문을 흔들어 대기 시작했다.

스티븐 레스태릭이었다.

「문을 열어. 문을 열라고.」

그가 소리쳤다.

그 때 빌레버 양이 홀로 되돌아왔다. 그녀의 손에는 열쇠꾸러미를 들고 있었다.

「이걸로 열어 봐요.」

그녀는 숨가쁜 목소리로 말했다.

바로 그때 퓨즈가 나갔던 전등불들이 다시 켜졌다. 그 동안 무시무 시할 만큼 어두컴컴하던 홀에 생기가 되돌아왔다.

스티븐 레스태릭은 열쇠를 이것저것 끼워 보고 있었다. 그러고 있 는데 문 안쪽에서 열쇠가 뒤틀리는 소리가 났다. 안에서는 격렬하고 절망적인 흐느낌 소리가 여전히 계속되고 있었다. 어슬렁어슬렁 홀로 돌아온 월터 허드가 우뚝 서서는 사람들에게 물었다.

「이런, 도대체 무슨 일이죠?」

밀드레드가 울음이 터질 듯한 목소리로 말했다.

「그 끔찍한 미치광이 녀석이 루이스를 쐈어요.」

「제발 그만둬.」

캐리 루이즈가 말했다.

그녀는 자리에서 일어서더니 서재 문 앞으로 걸어갔다. 그리고는 스티븐 레스태릭의 몸을 부드럽게 밀쳐냈다.

「내가 얘기해 볼게.」

그녀는 나직이 불렀다.

「에드거, 에드거……, 문 좀 열어 봐요. 제발, 에드거.」

열쇠 구멍에 열쇠가 꽂히는 소리가 났다. 그리고는 열쇠가 돌아가더니 문이 스르르 열렸다. 문을 연 사람은 에드거가 아니었다.

그것은 놀랍게도 루이스 세러콜드였다. 그는 뜀박질이라도 한 것처럼 거칠게 숨을 몰아쉬고 있었지만, 한편으로는 침착한 모습이었다.

「아무 일 없었소, 여보.」 그가 말했다.

「정말 아무 일도 없었소.」

「우린 선생님이 총에 맞은 줄로만 알았어요.」

빌레버 양이 거친 목소리로 말했다.

루이스 세러콜드가 얼굴을 찌푸리고는 조금 무뚝뚝하게 말했다.

「내가 총에 맞을 리 있겠소?」

그제야 사람들은 서재 안을 들여다볼 수 있었다.

에드거 로슨이 책상 옆에 쓰러져 있었다.

그는 헐떡이며 흐느껴 울고 있었다.

리볼버 권총은 그의 손에서 떨어져 바닥에 놓여 있었다.

「하지만 총소리를 들은 걸요.」

밀드레드가 말했다.

「아, 그래, 두 발 쐈거든.」

「그런데 못 맞힌 건가요?」

「당연히 못 맞췄지.」

루이스가 짧게 내뱉었다.

하지만 마플 양으로서는 에드거가 잘못 쏠 만큼 거리가 있었다고 여겨지지 않았다. 총은 가까운 거리에서 발사된 것이 틀림없었다.

루이스 세러콜드가 초조한 듯이 말했다.

「매버릭은 어디 있지? 매버릭이 있어야 하는데.」

빌레버 양이 말했다.

「제가 모셔 오지요. 그리고 경찰에도 전화를 걸까요?」

「경찰? 아니, 그럴 필요는 없소.」

「하지만 경찰에 알려야 해요.」

밀드레드가 나섰다.

「저 사람은 위험한 상태잖아요.」

「당치 않은 소리.」

루이스 세러콜드가 대꾸했다.

「가엾은 젊은이일 뿐이야. 저 사람의 어디가 위험해 보이나?」

사실 이때만은 에드거가 위험해 보이지 않았다.

그는 젊고 감상적이고 좀 불쾌한 사람일뿐이었다. 그의 말투에는 평소에 그가 잘하던, 일부러 꾸며낸 듯한 억양이 사라지고 없었다.

「그럴 생각이 아니었어요.」

그는 신음하듯 말했다.

「도대체 무슨 일인지 모르겠습니다……. 그런 소릴 다 하다니, 머리가 어떻게 된 모양입니다.」

밀드레드가 콧방귀를 뀌었다.

「제가 정말 돌았나 봅니다. 이럴 생각은 아니었는데……. 정말이에요, 세러콜드 씨. 이럴 생각이 아니었어요.」

루이스 세러콜드는 그의 어깨를 어루만져 주었다.

「괜찮네. 아무 사고도 없는데 뭐.」

「당신을 죽일 뻔한 걸요. 세러콜드 씨.」

월터 허드가 방을 가로질러 책상 뒤편에 있는 벽을 찬찬히 살펴보았다.

「총알이 여기 박혔군요.」

이렇게 말한 그는 다시 책상과 그 뒤의 의자를 살펴보았다.

「아주 조금 빗나갔어요.」

그는 무뚝뚝하게 덧붙였다.

「제가 정신이 나갔어요. 제가 무슨 짓을 하는 건지도 몰랐습니다. 전 그저 세러콜드 씨가 제 권리를 빼앗은 걸로만 여겼어요. 전, 전…….」

이때 마플 양이 그 동안 꼭 물어 보고 싶었던 말을 그에게 물었다.

「세러콜드 씨가 당신 아버지라고 한 게 누구지요?」

에드거의 어수선한 얼굴에 잠깐 동안 교활한 표정이 나타났다. 하지만 그 표정은 곧 사라져 버렸다.

「누가 말해 준 게 아닙니다. 제가 그걸 깨달은 것뿐이지요.」

월터 허드는 바닥에 굴러다니는 리볼버 권총을 바라보고 있었다.

「도대체 저 총은 어디서 난 거요?」

월터가 물었다.

「총이라고요?」

에드거 역시 그 총을 바라보았다.

「내 총 같은데…….」

월터는 이렇게 말하면서 몸을 구부려 총을 주워들었다.

「이런, 내 총이 맞잖아! 내 방에서 훔쳤군. 이 버러지 같은 놈.」

루이스 세러콜드가 잔뜩 위축된 에드거와 그에게 으르렁거리고 있는 월터 사이로 끼어들었다.

「자, 그런 일은 나중에 따져도 되잖아.」

루이스가 말했다.

「아, 매버릭이 오는군. 매버릭, 이 젊은이를 좀 봐주게.」

매버릭 박사는 직업적인 관심을 드러내며 에드거에게 다가갔다.

「이래선 안 되잖아, 에드거. 이래선 안 된다는 걸 자네도 알잖아.」

「그는 위험한 미치광이예요.」

밀드레드가 날카로운 어조로 내뱉었다.

「총을 쏘아대면서 소리를 질렀다고요. 하마터면 세러콜드 씨를 쏠 뻔했어요.」

에드거가 작게 비명을 지르자 매버릭 박사가 타이르듯 말했다.

「제발 입 좀 다무세요, 스트리트 부인.」

「정말 울화통이 터져서 그래요. 하는 짓을 보니 미쳤단 말이예요! 이 사람은 정신병자라고요.」

에드거는 매버릭 박사에게서 급히 빠져나와 세러콜드 씨의 발밑에 무릎을 꿇었다.

「도와주세요. 살려주세요. 저 사람들이 절 끌고 가서 가두지 못하게 해주세요. 제발…….」

마플 양은 이 광경을 보자 에드거가 정말 불쌍하다고 생각했다.

밀드레드가 화가 나서 소리쳤다.

「글쎄, 이 사람은…….」

그녀의 어머니가 달래는 듯한 어조로 말을 가로막았다.

「제발 그만해, 밀드레드. 지금은 그만둬. 저렇게 괴로워하고 있잖니.」

월터가 중얼거렸다.

「괴로워한다고, 쳇! 여기 사람들은 죄다 어떻게 됐나 봐.」

「자, 에드거는 제가 맡을게요.」 매버릭 박사가 말했다.

「날 따라와요, 에드거. 잠을 푹 자고 안정제를 먹으면 돼―얘기는 내일 아침에 하기로 하고. 날 믿지, 그렇지?」

에드거는 자리에서 일어나 몸을 떨면서 의심스러운 듯 박사를 바라보더니, 그 다음엔 밀드레드 스트리트 쪽을 바라보았다.

「저 부인이……, 절더러 정신병자라고 했어요.」

「아니, 자넨 정신병자가 아니야.」

빌레버 양의 발소리가 의미심장하게 홀 안에 울려 퍼졌다.

그녀는 입을 굳게 다물고 얼굴이 상기된 채 들어섰다.

「경찰에 전화했어요.」

그녀는 엄한 어조로 말했다.

「조금 있으면 도착할 거예요.」

「졸리!」

캐리 루이즈가 두려움에 찬 어조로 소리를 질렀다.

에드거 로슨 역시 비명을 질렀다.

루이스 세러콜드는 분개하며 얼굴을 찡그렸다.

「말했을 텐데, 졸리, 경찰은 개입시키지 말라고. 이건 의학상의 문제란 말이오.」

「그럴지도 모르죠.」

빌레버 양이 대꾸했다.

「저도 그렇게 생각해요. 하지만 경찰을 부르지 않을 수 없었습니다. 걸브랜드센 씨가 총에 맞아 죽었으니까요.」

제 *8* 장

잠시 동안 사람들은 그녀의 말을 이해하지 못했다.

캐리 루이즈가 믿어지지 않는다는 듯이 물었다.

「크리스찬이 총에 맞아? 죽었다고? 아니, 그럴 리 없어, 그런 일이…….」

「내 말이 믿어지지 않으시면…….」

빌레버 양은 다시 입술을 꽉 깨물었다가 캐리 루이즈한테라기보다는 그곳에 모인 사람들에게 말했다.

「가서 직접 보시면 되잖아요.」

그녀는 화가 나 있었다. 날카롭게 내뱉는 어투에는 노여움이 잔뜩 담겨 있었다. 캐리 루이즈가 도저히 믿어지지 않는다는 태도로 느릿느릿 문을 향해 걸음을 떼어놓았다.

그러자 루이스 세러콜드가 그녀의 어깨 위에 손을 얹었다.

「아니, 여보, 내가 가보겠소.」

그는 문을 지나 나갔다.

그러자 매버릭 박사가 에드거에게 흘끗 의심스러운 눈길을 던지더니 뒤를 따랐다. 빌레버 양도 그들을 따라갔다. 마플 양은 가만히 캐리 루이즈를 의자에 앉혔다. 그녀는 앉긴 앉았지만 눈에는 상심하고 괴로운 표정이 담겨 있었다.

「크리스찬이……, 총에 맞았다고?」

그녀는 다시 한 번 뇌까렸다.

그것은 괴로워 어쩔 줄 모르는 어린아이의 말투였다.

월터 허드는 에드거 로슨 옆에 바싹 다가서서 그를 내려다보고 있었다. 손에는 바닥에서 집어들은 총을 아직도 그대로 쥐고 있었다.

세러콜드 부인이 납득이 가지 않는다는 투로 다시 말했다.

「도대체 누가 크리스찬을 쏠 생각을 했단 말이지?」

그것은 대답을 요구하는 질문이 아니었다.

월터는 숨가쁘게 속삭였다.

「미치광이들이에요! 이 녀석들 다 말입니다.」

스티븐은 지나를 보호하려는 듯이 그녀의 옆에 다가섰다. 놀라움에 가득 찬 그녀의 얼굴만이 그래도 방 안에 있는 얼굴 중에서 가장 생생한 얼굴이었다.

갑자기 앞문이 열리면서 커다란 외투를 입은 남자가 차가운 바람을 몰고 들어왔다. 활기에 찬 그의 인사말은 방 안에 있던 사람들에게 심한 충격을 주었다.

「아, 여러분, 안녕하세요? 길에 안개가 짙게 깔려서요. 덕분에 시간을 많이 잡아먹었죠.」

한 순간, 놀라움에 찬 마플 양은 자신이 똑같은 사람을 보고 있다고 생각했다. 물론 똑같은 사람이 하나는 지나 옆에 서 있고, 하나는 문을 열고 들어설 수는 없지만 말이다.

그제야 그녀는 두 사람이 언뜻 보기에 좀 닮았을 뿐, 자세히 들여다보면 그렇게 닮지도 않았다는 사실을 깨닫게 되었다. 두 사람은 분명 서로 닮은 형제였지만 공통점은 단지 그것뿐이었다.

스티븐 레스태릭이 여윈 몸집으로 좀 쇠약하다는 느낌을 주고 있는 반면, 새로 들어오는 남자의 얼굴에는 윤기가 흐르고 있었다. 아스타파칸 식의 깃이 달린 큰 외투가 윤기 흐르는 체구를 아늑하게 감싸고 있었다. 그는 잘생긴 청년이었다. 그리고 위엄과 더불어 인생에 성공한 듯한 분위기를 풍기고 있었다.

그러나 마플 양은 곧 그에 대한 한 가지 사실을 눈치챘다. 홀에 들어선 순간 그의 눈길이 즉시 지나에게로 향했던 것이다.

그는 조금 의아한 듯이 물었다.

「제가 올 줄 모르고 계셨나요? 전보를 못 받았나요?」

그는 캐리 루이즈에게 말하고는 그녀에게로 다가섰다.

그녀는 거의 기계적인 몸짓으로 그에게 손을 내밀었다.

그는 그녀의 손을 잡고 부드럽게 입을 맞추었다. 그 태도에는 깊은 애정과 함께 존경심이 담겨 있었고, 의례적으로 공손한 척하는 태도는 조금도 없었다.

그녀는 중얼거렸다.

「그럼, 알렉스, 알고 있었지. 하지만 지금 일어난 일 때문에…….」

「일이 생겼다고요?」

그러자 밀드레드가 자초지종을 이야기했다. 그 어조가 너무도 무뚝뚝했기 때문에 마플 양은 불쾌해졌다.

「크리스찬 걸브랜드센, 내 오빠인 크리스찬 걸브랜드센이 총에 맞아 돌아가신 채 발견됐어요.」

「아니, 이런!」

알렉스가 좀 과장스럽게 놀라움을 나타냈다.

「그러니까 자살이란 말입니까?」

캐리 루이즈가 재빠르게 끼어들었다.

「아니, 아니야. 자살일 리가 없어. 크리스찬이 자살을 하다니! 아니야, 절대 그렇지 않아.」

그녀가 말했다.

「크리스찬 외숙부님이 자살할 리가 없어요, 틀림없어요.」

지나가 말했다.

알렉스 레스태릭은 사람들을 하나씩 건너다보았다.

스티븐을 바라보자, 동생은 그 말이 확실하다는 듯이 짧게 고개를 끄덕여 보였다. 월터 허드는 화난 표정으로 그의 시선을 맞받았다.

알렉스의 시선이 마플 양에게 이르자 그는 갑자기 얼굴을 찌푸렸다. 마치 무대장치에서 불필요한 버팀목이라도 발견한 듯한 얼굴이었다. 그는 누군가 그녀에 대해 설명해주기를 바라는 표정이었다. 그러나 아무도 설명해주질 않는 바람에 마플 양이 그의 눈에는 가엾게도 당황해서 어쩔 줄 모르는 토실토실한 할머니로만 보였다.

「그게 언제 일이지요?」 알렉스가 물었다.

「그러니까 그게 언제 일어난 일이냔 말입니다.」

「당신이 도착하기 조금 전이에요.」

지나가 대답했다.

「아마……, 한 3, 4분쯤 전이었을 거예요. 아니, 물론 우리들도 총소리를 들었죠. 신경 쓰지 않았을 뿐이지—정말 신경 쓰지 않았어요.」

「신경을 쓰지 않았다니? 아니, 어째서?」

「저기, 저 다른 일이 좀 생겨서…….」

지나는 머뭇거리며 대답했다.

「그래, 다른 일이 좀 있었소.」

월터가 강조하듯 말했다.

줄리엣 빌레버 양이 도서실에서 돌아와 홀 안으로 들어섰다.

「모두 도서실에서 기다리라고 세러콜드 씨가 말씀하십니다. 그게 경찰이 일하기에 편할 거라고요. 단, 세러콜드 부인만 빼고요. 부인한테는 충격이 심할 거예요, 카라. 침대에 탕파를 넣어두라고 일렀어요. 그러니 올라가서…….」

캐리 루이즈는 몸을 일으키며 고개를 내저었다.

「난 우선 크리스찬을 봐야겠어.」

그녀가 말했다.

「저런, 그건 안 돼요. 흥분해선 안 돼요…….」

캐리 루이즈는 조용히 그녀를 밀쳐냈다.

「이봐, 졸리, 당신은 몰라요.」

그녀는 주위를 두리번거리며 말했다.

「제인?」

마플 양은 이미 그녀 옆으로 다가서고 있었다.

「나랑 같이 가주는 거지, 제인?」

두 사람은 나란히 문을 향해 걸어갔다.

그때 매버릭 박사가 들어오는 바람에 그들은 서로 부딪칠 뻔했다.

빌레버 양이 소리쳤다.

「매버릭 박사님, 저 분을 붙잡아요. 바보 같은 짓이에요.」

캐리 루이즈는 젊은 박사를 차분하게 바라보았다. 입가에는 희미하게 미소까지 띠고 있었다.

매버릭 박사가 말했다.

「가서……, 직접 보고 싶으신 거군요?」

「물론 그래야지요.」

「알았습니다.」 그는 한 옆으로 비켜섰다.

「정 그러시겠다면 할 수 없지요, 세러콜드 부인. 하지만 그 뒤엔 자리에 누우셔서 빌레버 양의 보살핌을 받으셔야 합니다. 지금은 충격을 안 받을지 몰라도 곧 그렇게 될 테니까요.」

「그래요. 당신 말이 옳을 거예요. 나도 잘 알고 있어요. 갑시다, 제인.」

두 노부인은 문을 나가 중앙 계단 앞을 지나 복도를 따라갔다. 복도 오른쪽에는 식당이 있었고 왼쪽에는 주방으로 향하는 겹 문이 나 있었다. 그리고는 테라스로 향하는 옆문을 지나 크리스찬 걸브랜드센이 묵던 떡갈나무 방문에 다다랐다.

그 방은 침실이라기보다는 거실이라고 하는 편이 어울리게 가구들이 들어서 있었다. 방 한쪽 우묵하게 들어간 자리에 침대가 놓여 있었고, 화장실 겸 욕실로 통하는 문이 나 있었다.

캐리 루이즈는 문지방에서 발을 멈추었다. 크리스찬 걸브랜드센은 커다란 마호가니 책상 앞에 앉아 있었다. 그의 앞에는 작은 휴대용 타이프라이터가 뚜껑이 열린 채 놓여 있었다. 그는 의자에 약간 옆으로 몸을 기울인 채 앉아 있었다. 의자의 높은 팔걸이 덕분에 바닥으로 떨어지지 않았던 모양이다.

루이스 세러콜드는 창가에 서 있었다. 커튼을 조금 열어 놓은 채

밖의 어두운 밤 경치를 내다보고 있었다.

그는 몸을 돌려 그들을 발견하고는 얼굴을 찌푸렸다.

「이런, 여보, 당신은 여기 오면 안 돼.」

그가 그녀에게로 다가서자 그녀는 그에게 한쪽 손을 내밀었다.

마플 양은 한두 걸음 뒤로 물러섰다.

「아니, 아니에요, 루이스. 난……, 크리스찬을 좀 봐야겠어요. 도대체 어떻게 된 건지 정확히 알아야 하잖아요.」

그녀는 천천히 걸어 책상 앞으로 다가섰다.

루이스가 경고하듯 말했다.

「아무것도 만져선 안 돼. 경찰이 와서 볼 때 지금하고 똑같은 상태로 있어야 하니까.」

「물론 그렇겠죠. 이 사람, 누군가에게 계획적으로 살해된 거죠?」

「그래, 맞았소.」

루이스 세러콜드는 캐리 루이즈가 그런 질문을 하자 놀란 듯했다.

「내 생각엔 그런데……, 당신도 그렇게 생각하오?」

「그래요. 크리스찬은 자살할 사람이 아니니까요. 더구나 꼼꼼한 사람이기 때문에 우연히 오발 사고가 났을 리도 없어요. 그러니 그밖에 가능성이라곤…….」

그녀는 잠시 주저하다가 말을 이었다.

「살인밖에 없잖아요.」

그녀는 책상 뒤로 돌아가더니 죽은 사람을 내려다보고 서 있었다.

캐리 루이즈의 얼굴에 슬픔과 애정이 떠올랐다.

「불쌍한 크리스찬.」 그녀가 입을 열었다.

「나한테 언제나 다정하게 대해 주었는데.」

그녀는 손가락으로 가만히 그의 머리를 어루만졌다.

「하느님의 은총이 있기를. 그리고 감사했어요, 크리스찬.」

그녀가 말했다.

루이스 세러콜드가 진한 감정이 담긴 말로 그녀에게 대꾸했다.

마플 양으로서는 본 적이 없는 모습이었다.

「당신한테 이런 일이 생기지 않도록 하느님에게 빌겠소, 캐롤라인.」

그의 아내가 가만히 고개를 내저었다.

「아무도 그런 일을 막을 순 없어요.」 그녀의 말이었다.

「누구나 언젠가는 맞닥뜨려야 할 일인걸요. 그렇다면 오히려 빠른 편이 낫지요. 자, 이젠 가서 누워야겠어요. 루이스, 당신은 경찰이 올 때까지 여기 있겠죠?」

「그렇소.」

캐리 루이즈는 몸을 돌렸다.

마플 양은 그녀에게 팔을 둘렀다.

제 *9* 장

커리 경감과 그의 부하들이 도착했을 때는 중앙홀에 빌레버 양만이 혼자 남아 있었다. 그녀는 당당한 태도로 앞으로 나섰다.

「전 줄리엣 빌레버라고 합니다. 세러콜드 부인의 말동무이자 비서지요.」

「시체를 발견하고 저희한테 전화하신 분이 당신입니까?」

「예. 식구들은 모두 도서실에 있습니다─저쪽 문으로 나가시면 됩니다. 세러콜드 씨는 현장을 보존하기 위해 걸브랜드센 씨 방에 계세요. 시체를 검시하신 매버릭 박사님은 이제 곧 이리로 오실 겁니다. 그분은 저……, 환자 한 명을 별채로 옮겼거든요. 제가 안내해 드릴까요?」

「괜찮다면.」

‘아주 든든한 여잔데.’ 경감은 속으로 이렇게 생각했다.

‘빈틈이 없는 여자야.’

그는 그녀를 따라 복도를 걸어갔다. 그 다음 20분간 경찰에서 으레 하는 일이 지루하게 진행되었다. 사진사가 필요한 사진을 찍었다. 그리고 경찰의가 도착해서 매버릭 박사와 함께 일을 거들었다. 30분 뒤, 앰뷸런스가 크리스찬 걸브랜드센의 유해를 싣고 가버리자 커리 경감이 직무상 필요한 심문을 시작했다. 루이스 세러콜드가 그를 도서실로 안내하자 경감은 거기 모인 사람들을 날카롭게 훑어보며 마음속으로 그들의 인상을 간략하게 메모했다.

백발의 노부인 한 명, 중년 부인 한 명, 시골길을 드라이브하는 것을 본 적이 있는 예쁜 여성과 괴상한 인상을 주는 그녀의 미국인 남편, 외관상 어딘가 모르게 닮아 있는 두 젊은이. 그리고 경찰에 전화를 걸고 마중 나와 준 든든한 빌레버 양.

커리 경감은 이미 사람들한테 할 말을 생각해 두었기 때문에 곧 그 사람들을 향해 말을 꺼냈다.

「이번 일로 모두 당황하셨을 줄 압니다. 그러니 오늘밤엔 여러분을 너무 오래 붙잡아 두지는 않겠습니다. 내일이라도 철저하게 조사할 수 있으니까요. 걸브랜드센 씨가 죽어 있는 것을 발견한 분이 빌레버 양이니 우선 빌레버 양이 제게 대략의 상황을 알려주시면 번거롭게 물어 보는 일을 생략해도 되겠지요. 세러콜드 씨, 부인께 올라가고 싶다면 그렇게 하세요. 빌레버 양과 얘기가 끝나면 당신과 할 얘기가 있습니다. 자, 이제 제 말을 다 아셨지요? 그럼, 어디 작은 방이라도 있으면…….」

루이스 세러콜드가 말했다.

「내 서재가 어떨까, 졸리.」

빌레버 양이 고개를 끄덕이며 말했다.

「나도 그곳을 권하려던 참이었어요.」

그녀는 중앙홀을 가로질러 앞장섰다. 커리 경감과 그의 부하인 경사가 그 뒤를 따랐다. 빌레버 양은 일을 척척 처리하고 있었다. 마치 수사를 맡고 있는 게 커리 경감이 아니라 그녀 같은 형세였다. 그러나 이제 주도권이 그에게로 넘어가야 할 순간이 왔다.

커리 경감은 기분 좋은 느낌을 주는 목소리와 태도를 지니고 있었다. 조용하고 진지한 인상이었으며 공손한 데가 있었다. 그래서 사람들은 종종 그를 과소평가하는 실수를 저지르기도 했다.

빌레버 양이 자신이 맡은 일에 유능한 일꾼인 것과 마찬가지로, 그역시 자기 분야에 있어선 유능한 인물이었다. 하지만 그는 자신의 이런저런 공을 늘어놓는 것을 그리 좋아하지 않았다.

그는 헛기침을 했다.

「중요한 몇 가지 사실은 세러콜드 씨한테 대략 들었습니다. 크리스찬 걸브랜드센 씨는 고(故) 에릭 걸브랜드센 씨의 장남이더군요. 그분은 걸브랜드센 신용기금과 장학회의 설립자이시고요. 그밖에도 여러 가지가 있지만 말입니다. 크리스찬 씨는 또 이곳 이사회의 이사였고요. 그가 갑작스레 여기 온 건 어제였고. 제 말이 맞습니까?」

「그렇습니다.」

커리 경감은 그녀의 간결한 대답에 흡족해했다.

「세러콜드 씨는 리버풀에 계시느라 집에 안 계셨고 오늘 저녁 6시 30분 기차로 돌아오셨죠.」

「예.」

「아까 저녁식사 뒤 걸브랜드센 씨는 자신의 방에서 일할 게 있다면서 차를 마신 뒤 홀을 떠났습니다, 맞습니까?」

「예.」

「자, 빌레버 양, 이젠 당신이 어떻게 해서 그의 시체를 발견하게 되었는지 말씀해 주시죠.」

「아까 저녁때 불쾌한 사건이 있었어요. 정신병자인 젊은이 하나가 갑자기 제정신을 잃고 리볼버 권총으로 세러콜드 씨를 위협한 사건이었죠. 두 사람은 문을 잠근 채 이 방에 있었습니다. 그 젊은이가 마침내 총을 쐈구요. 저기 벽을 보시면 총알구멍이 나 있는 게 보일 거예요. 다행히도 세러콜드 씨는 아무 데도 다치시질 않았죠. 총을 쏘고 나자 젊은이는 완전히 정신이 빠져 있었지요.

그래서 세러콜드 씨가 저더러 매버릭 박사를 찾아오라고 심부름을 보냈답니다. 전 실내 전화로 그분을 불렀지만, 방에 계시질 않았어요. 찾아보니 동료분이랑 계시기에 전 걸브랜드센 씨의 방으로 가보았죠. 뭐 시키실 일이 없나 해서―주무시기 전에 뜨거운 우유나 위스키 같은 걸 드시지 않을까 해서 말입니다. 문을 두드려 보았지만 대답이 없기에 문을 열어보았어요. 그랬더니 그분이 죽어 있는 게 아니겠어요. 그래서 경찰에 연락한 겁니다.」

「저택으로 들어오는 출입구와 비상구는 어떻게 되어 있습니까? 안전하게 잠겨 있는 겁니까? 외부 사람이 몰래 들어올 수 있습니까?」

「테라스 옆문으로 들어올 수 있어요. 그 문은 잠자리에 들기 전까지는 잠그지 않는답니다. 식구들이 그 문으로 감화원 건물에 왔다 갔다 하니까요.」

「그 감화원에는 200명 내지 250명 정도의 소년 범죄자들이 수용되어 있는 걸로 아는데요?」

「그렇습니다. 하지만 감화원은 문단속이 철저하게 되어 있고, 또 순찰도 도는 걸요. 사람들 눈에 들키지 않고 건물을 빠져나오기란 도저히 불가능합니다.」

「그건 저희가 조사해 봐야겠지요. 걸브랜드센 씨는 혹시 누군가에게……, 글쎄, 뭐라 해야 할지, 원한을 산 적은 없습니까? 아니면, 사업상 사람들에게 원망을 들은 일을 했다거나 말입니다.」

빌레버 양은 고개를 내저었다.

「아니, 그렇지 않습니다. 걸브랜드센 씨는 감화원 운영에는 전혀 개입하지 않았어요. 행정면에서도 그렇고요.」

「그럼, 그가 이번에 방문한 목적은 뭡니까?」

「글쎄, 전 모르겠어요.」

「하지만 그는 세러콜드 씨가 집에 없다는 걸 알고는 세러콜드 씨가 돌아올 때까지 기다리겠다고 말했다면서요?」

「예.」

「그럼, 걸브랜드센 씨는 세러콜드 씨에게 볼일이 있어서 이곳에 온 거로군요?」

「그렇습니다. 하지만 그 일은 아마……, 협회 일일 거예요.」

「아, 그렇겠지요. 그럼, 그는 세러콜드 씨가 돌아오신 뒤 같이 의논을 했습니까?」

「아뇨, 그럴 틈이 없었어요. 세러콜드 씨가 도착한 건 저녁식사를 하기 직전이었으니까요.」

「하지만 저녁식사 뒤 걸브랜드센 씨는 중요한 편지를 쓸 일이 있다면서 방으로 가버렸다고 하시지 않았습니까. 세러콜드 씨랑 얘기할

게 있다고는 하지 않았나요?」

빌레버 양은 조금 머뭇거렸다.

「아뇨, 그런 말은 안 했어요.」

「그건 좀 이상한데요—그는 세러콜드 씨를 만나려고 초조하게 기다리고 있었다면서요?」

「그러고 보니 좀 이상하군요.」

그때서야 빌레버 양은 이상하다는 생각이 든 모양이었다.

「세러콜드 씨는 걸브랜드센 씨가 방으로 돌아갈 때 같이 가지 않았나요?」

「아뇨, 세러콜드 씨는 홀에 그냥 계셨어요.」

「걸브랜드센 씨가 살해된 시각이 언제인지 모르시겠습니까?」

「제 생각엔 아마, 그게 우리가 총소리를 들었을 때가 아닌가 해요. 만일 그렇다면 9시 23분 경이었을 거예요.」

「총소리를 들었다고요? 그런데도 놀라지 않았단 말입니까?」

「그땐 그럴 수밖에 없었거든요.」

그녀는 마침 그때 벌어지고 있었던 루이스 세러콜드와 에드거 로슨의 말다툼을 상세히 설명했다.

「그러니까 총소리가 집 안에서 난 것이라고는 아무도 생각하지 못했다는 거로군요?」

「아뇨, 그렇지 않았어요. 오히려 우린 총소리가 서재 안에서 난 게 아니라서 안심한 걸요.」

빌레버 양은 좀 엄한 어조로 다시 덧붙였다.

「사실 같은 날 밤, 같은 집에서 하나는 우연히, 그리고 하나는 계획적으로 살인사건이 일어나리라고는 생각할 수 없잖아요.」

커리 경감으로서도 그 말이 사실임은 수긍하지 않을 수 없었다.

「하지만……」 하고 빌레버 양이 갑자기 말을 꺼냈다.

「세가 그 뒤에 걸브랜드센 씨의 방에 가본 건 바로 그 때문이었어요. 물론 필요한 게 없나 하고 물어 보려고 간 것도 있지만, 사실 정말 아무 일도 없는 건지 확인하기 위한 구실이었죠.」

커리 경감은 잠시 그녀를 뚫어지게 바라보았다.

「혹시 무슨 일이 난 게 아닌가 하고 생각했나요?」

「글쎄, 모르겠어요. 처음엔 총소리를 밖에서 난 걸로만 생각하고 넘겨 버렸어요. 그리고 당시에는 별로 마음 쓰지도 않았고요. 그런데 시간이 갈수록 그게 자꾸 마음에 걸리는 거예요. 그래서 전 아마 레스태릭 씨의 차 엔진에 불이라도 붙은 게지 하고 속으로 타일렀죠.」

「레스태릭 씨의 차라고요?」

「예. 알렉스 레스태릭 씨 말입니다. 그 사람이 저녁때쯤 차를 타고 왔거든요―그 소동이 있은 직후에 도착했죠.」

「알겠습니다. 그건 그렇고, 걸브랜드센 씨의 시체를 발견했을 때 방 안에 있는 물건에 손댄 적이 있습니까?」

「물론 그런 일은 없어요.」

빌레버 양은 힐난하는 듯한 어조로 대꾸했다.

「아무것도 건드리거나 옮겨선 안 된다는 것쯤은 저도 알고 있었으니까요.」

「그럼, 당신이 우릴 그 방으로 안내했을 때 모든 것이 당신이 시체를 발견했을 때 상태 그대로였단 말이죠?」

빌레버 양은 곰곰이 생각에 잠겼다.

그리고 눈을 가늘게 뜨고 의자 뒤에 등을 기대고 물러앉았다. 그녀는 분명 사진기와 같은 기억력을 가진 인물이리라고 커리 경감은 내심 생각했다.

「아니, 한 가지 틀린 것이 있었어요.」

그녀가 이윽고 말을 꺼냈다.

「타이프라이터에 아무것도 끼워져 있질 않았어요.」

「그러니까…….」 하고 커리 경감이 그녀의 말을 맞받았다.

「그러니까 당신이 처음 그 방에 들어갔을 땐 걸브랜드센 씨가 타이프라이터로 편지를 치고 있었는데, 그 뒤에 가보니 그 편지지가 치위졌다는 말인가요?」

「그래요. 흰 종이가 삐죽 타이프라이터에서 올라와 있는 걸 확실히 본 것 같아요.」

「고맙습니다, 빌레버 양. 그런데 우리가 도착하기 전에 누구 다른 사람이 그 방으로 들어간 적이 있었나요?」

「그야 세러콜드 씨가 들어가셨죠. 제가 당신을 마중 나갔을 때도 그분은 그곳에 남아 계셨어요. 그리고 세러콜드 부인과 마플 양도 그 방에 갔었구요. 세러콜드 부인이 가야겠다고 우겨서요.」

「세러콜드 부인과 마플 양이라…….」 커리 경감은 중얼거렸다.

「마플 양이 어느 분이셨던가요?」

「머리가 하얗게 센 노부인이세요. 그분은 세러콜드 부인하고는 학교 동창 사이시죠. 한 나흘 전쯤에 여기 오셨어요.」

「예, 감사합니다, 빌레버 양. 말씀하신 내용을 잘 알아들었습니다. 이젠 세러콜드 씨와 몇 마디 나누어야겠군요. 아참, 마플 양이 백발의 노부인이라고 하셨죠? 그렇다면 우선 그분과 얘길 나누어야겠군요. 그래야 빨리 끝내고 주무시러 갈 수 있을 테니까. 그런 노부인을 늦게까지 못 주무시게 하는 건 괴로운 일이라서요.」

커리 경감이 친절한 어조로 말했다.

「이번 일이 부인한테는 대단한 충격이었을 테니.」

「그럼, 제가 가서 이리로 오시라고 할까요?」

「그래 주시면 고맙겠습니다.」

빌레버 양은 방을 나갔다.

커리 경감은 천장을 올려다보았다.

「걸브랜드센?」 하고 그가 중얼거렸다.

「왜 걸브랜드센이 살해된 거지? 이 저택 안에는 200명이나 되는 소년 범죄자들이 우글거리고 있어. 그 녀석들이 그런 짓을 하지 않았으리란 증거는 아무데도 없고 말이야. 아마 틀림없이 그 녀석들 중 한 놈 짓일 거야. 하지만 왜 하필이면 걸브랜드센이냐 말이지? 그 사람은 이 집에 온 손님일 뿐인데.」

레이크 경사가 말했다.

「아직 알아낸 건 하나도 없지 않습니까?」

커리 경감이 대꾸했다.

「지금까지는 그래. 아무것도 알아내질 못했지.」

그는 마플 양이 들어오자 벌떡 자리에서 일어나 정중한 태도로 그녀를 맞아들였다. 그녀는 좀 흥분한 모습이었다.

그래서 그는 서둘러 그녀를 안심시키려고 애썼다.

「자, 그렇게 흥분하시지 않아도 됩니다, 부인.」

이런 노부인들은 자신을 부인이라고 부르는 것을 좋아하는 법이라고 그는 내심 생각했다. 사실 이러한 노부인들에게 경찰관들이란 확실히 그들보다 낮은 계층이므로, 상류계급에 대한 존경심을 나타내 보여야 하는 것이다.

「물론 매우 슬픈 일인 줄은 압니다. 하지만 그러니만큼 사실을 분명히 알아야 하거든요. 모든 걸 명백하게 말입니다.」

「아, 물론 나도 알고 있어요.」 마플 양이 말했다.

「하지만 정말 어려운 일이에요. 모든 걸 명백히 밝혀낸다는 게 말입니다. 한쪽 사실만 보면 다른 쪽 사실은 못 보게 되니까요. 사람들은 흔히 잘못된 쪽만을 보는 경우가 많답니다. 우연히 그렇게 된 건지, 아니면 일부러 그랬는지를 꼭 집어 말할 수 없지만 말이에요. 마술사들은 그걸 '사람들의 착각 현상'이라고 한다지요? 정말 똑똑한 사람들이죠. 그런데 난 마술사들이 금붕어 어항 마술을 어떻게 하는지 도통 알 수가 없어요—정말 그렇게 작아질 수 없을 텐데 말이에요, 안 그래요?」

커리 경감은 잠시 눈을 깜빡거리고는 그녀를 달래듯이 말했다.

「정말 그렇습니다, 부인. 오늘밤 일어난 일들에 대해서는 빌레버 양에게서 대략 설명을 들었습니다. 모두 불안해하고 있겠지요.」

「그래요, 그랬어요. 너무나 극적인 장면들이었죠.」

「처음에 세러콜드 씨하고…….」

여기까지 얘기하고 그는 잠깐 자신이 써놓은 메모를 내려다보았다.

「에드거 로슨이라는 사람 사이에서 일이 벌어졌다가…….」

「예, 아주 이상한 젊은이죠.」

마플 양이 말했다.

「그 동안 느낀 건데, 그 젊은이는 어딘가 분명히 잘못됐어요.」

「그렇겠지요.」 커리 경감이 맞장구를 쳤다.

「그러고 나서 두 사람이 벌인 일로 인한 흥분이 가시자 이번에는 걸브랜드센 씨가 살해되었구요. 부인은 세러콜드 부인과 함께 시체를 보러 가셨다지요?」

「예, 그랬어요. 그녀가 같이 가달라고 그랬거든요. 우린 옛날부터 절친한 친구였어요.」

「아, 그렇군요. 그래서 걸브랜드센 씨의 방에 같이 가주신 거군요. 그런데 두 분이 방 안에 계셨을 때 뭘 만지거나 하신 일은 없습니까?」

「아뇨, 절대로요. 세러콜드 씨가 우리한테 그래선 안 된다고 엄중히 경고했거든요.」

「혹시 부인, 타이프라이터에 편지지나 종이쪽지 같은 게 끼워져 있는 걸 보신 적 있습니까?」

「그런 건 없었어요.」

마플 양이 즉시 대답했다.

「난 즉시 그러한 사실을 눈치채고는 좀 이상한 일이라고 생각했지요. 걸브랜드센 씨는 타이프라이터 앞에 앉아 있었거든요. 그러니 분명히 무언가를 타이핑하고 있었을 텐데 말이에요. 예, 정말 이상한 일이었죠.」

커리 경감은 날카로운 눈초리로 그녀를 바라보면서 말을 이었다.

「걸브랜드센 씨가 이곳에 계시는 동안 그분과 이야기를 나누셨나요?」

「거의 안 했어요.」

「뭐 특별히 기억에 남아 있는 그런 얘기는 없었습니까?」

마플 양은 곰곰이 생각에 잠겼다가 말했다.

「나한테 캐리 루이즈의 건강이 어떠냐고 물었어요. 특히 그녀의 심장이 어떠냐고요.」

「심장이라고요. 그분은 심장이 나쁜가요?」

「아니, 나쁘다는 말은 듣지 못했습니다만.」

커리 경감은 한 동안 말을 끊었다가 다시 말을 이었다.

「부인도 오늘밤 세러콜드 씨와 에드거 로슨이 말다툼을 벌이고 있는 동안 총소리를 들으셨나요?」

「내 귀로 직접 듣지는 못했어요. 난 귀가 좀 어둡거든요. 그런데 캐리 루이즈가 그 소리가 정원에서 난 거라고 하더군요.」

「걸브랜드센 씨가 자리를 뜬 건 저녁식사를 마치고 중앙홀로 자리를 옮긴 직후였다지요?」

「예. 급히 편지를 쓸 일이 있다고 하면서요.」

「그가 세러콜드 씨와 사업상 일로 뭔가 의논하려는 기색은 없었던가요?」

「아뇨, 없었어요.」

그리고 나서 마플 양은 곧 덧붙였다.

「두 사람은 벌써 그전에 얘기를 나누었거든요.」

「얘기를 나누었다고요? 그게 언제였지요? 제가 듣기론 세러콜드 씨가 돌아온 건 저녁식사 직후였다고 하던데요.」

「그건 그래요. 하지만 그 양반이 정원으로 걸어올 때 걸브랜드센 씨가 마중 나갔거든요. 그리고는 같이 테라스를 천천히 왔다 갔다 했어요.」

「그 사실을 알고 있는 사람이 누가 또 있습니까?」

「다른 사람들은 아무도 모르리라고 생각해요.」

마플 양이 말했다.

「물론 세러콜드 씨가 나중에 아내에게 말하지 않았다면 말이에요. 그때 나는 우연히 창 밖을 내다보고 있었어요—새를 좀 보려고요.」

「새라고요?」

「예, 새요.」 마플 양은 잠시 말을 멈추었다가 덧붙였다.

「내 생각엔 그게 방울새였던 것 같아요.」

커리 경감은 방울새 같은 것에는 관심이 없었다.

「혹시…….」 하고 그는 은근히 물어 보았다.

「저……, 그 사람들이 하는 얘길 듣거나 하진 않으셨습니까?」

도자기 같이 푸르고 천진한 눈이 커리 경감의 눈과 맞부딪쳤다.

「몇 마디밖엔 못 들었어요.」

마플 양은 조용히 말했다.

「몇 마디가 어떤 거였습니까?」

마플 양은 잠시 침묵을 지키더니 말을 꺼냈다.

「두 사람이 무슨 내용의 얘길 하는 거였는지는 확실히 모르겠어요. 하지만 내가 듣기로는 두 사람이 주로 관심을 쏟고 얘기한 건 캐리 루이즈에게는 비밀로 하자는 내용인 것 같았어요. 그녀한테는 모르게 하자—걸브랜드센 씨가 그렇게 말하니까 세러콜드 씨가 그녀에게 주의를 기울여야 한다는 건 동감이라고. 그리고 또 두 사람이 책임지기에는 너무 중대한 일이라는 말도 했어요. 그래서 외부 사람의 충고를 들어야 한다는 말도 했고요.」

그녀는 말을 잠시 멈췄다.

「하지만 거기에 대해선 세러콜드 씨한테 직접 물어 보시는 게 나을 것 같군요.」

「물론, 그렇게 하겠습니다. 그밖에 오늘밤 일어난 일 중에서 이상하다 싶은 일이 없었습니까?」

마플 양은 잠시 생각을 더듬었다.

「내 말을 알아늘으셨다면 그게 다 이상한 일이란 걸 아셨을 텐데…….」

「예, 그렇죠. 그렇습니다.」

갑자기 마플 양의 뇌리에 뭔가 떠올랐다.

「좀 이상한 일이 하나 있었어요. 세러콜드 씨가 부인한테 약을 먹지 말라고 했거든요. 빌레버 양이 그 때문에 화를 냈고요.」

그녀는 양해해 달라는 듯한 미소를 띠었다.

「하지만 이런 일이야 별일 아니겠지만…….」

「예, 그럼요. 하여튼 감사했습니다, 마플 양.」

마플 양이 방에서 나가자 레이크 경사가 말했다.

「나이는 먹었어도 꽤 날카로운 할머니로군요.」

제 *10* 장

　루이스 세러콜드가 서재로 들어오자 방 안에 있던 경사와 경사의 관심은 곧 그에게로 옮겨갔다. 루이스 세러콜드는 몸을 돌려 문을 닫았는데, 그 동작에는 사람들에게 비밀을 지키려는 듯한 태도가 담겨 있었다. 그는 방을 가로질러 걸어와 방금 마플 양이 앉았다가 떠난 의자에 앉지 않고 책상 뒤에 있는 자신의 의자에 앉았다.

　빌레버 양은 책상 한쪽에 커리 경감이 앉을 의자를 갖다 놓았었다. 그건 마치 그녀가 무의식적으로나마 세러콜드가 왔을 때를 대비해 그의 자리를 준비해둔 듯한 상황이었다. 자리에 앉은 루이스 세러콜드는 두 경찰관들을 생각에 잠긴 눈초리로 바라보았다. 그의 얼굴에는 주름살이 그어져 있었고 피곤한 기색이 어려 있었다. 마치 심한 시련을 겪고 있는 듯한 사람의 얼굴이었다.

　때문에 커리 경감은 내심 좀 놀랐다. 물론 크리스찬 걸브랜드센의 죽음은 루이스 세러콜드에게 있어서 분명히 충격적인 일이었을 것이다. 하지만 아무리 그렇다고 해도 따지고 보면 걸브랜드센은 그와 가까운 친구나 친척도 아니고, 단지 캐리 루이즈와 결혼했기 때문에 생긴 사돈의 팔촌 같은 사이가 아닌가.

　게다가 두 사람이 앉아 있는 모습은 아무래도 주객이 뒤바뀐 듯한 느낌이었다. 즉 두 사람이 앉아 있는 형국을 보면 루이스 세러콜드가 경찰의 심문에 답변하기 위해 서재에 들어왔다는 느낌은 조금도 들지 않았다. 아니, 오히려 루이스 세러콜드가 이 방에 들어 온 것은 법정의 심문 상황을 주관하기 위해 재판관 자격으로 온 게 아닌가 하는 느낌까지 주고 있는 상황이었다. 덕분에 커리 경감은 초조한 기분이 들었다.

그는 재빠르게 말했다.

「자, 세러콜드 씨…….」

루이스 세러콜드는 아직도 자신만의 생각에 골똘히 빠져 있었다. 그는 한숨을 쉬며 말했다.

「어떻게 해야 할지 알아내기란 정말 어려운 문젭니다.」

커리 경감이 말했다.

「그건 저희들이 판단할 문젭니다, 세러콜드 씨. 우선 걸브랜드센 씨 말인데요, 제가 알기론 그는 갑자기 이곳에 왔다지요?」

「정말 뜻밖이었지요.」

「당신은 그가 오리란 걸 모르고 계셨나요?」

「조금도 몰랐습니다.」

「그러면 그가 여기 왜 왔는지도 모른단 말씀입니까?」

루이스 세러콜드가 조용하게 말했다.

「아니오. 알고 있었습니다. 그가 나한테 얘기해 주었거든요.」

「그게 언제였지요?」

「내가 역에서 막 돌아왔을 때였습니다. 그 사람은 집 안에서 보고 있다가 나를 마중 나왔더군요. 그때 나한테 자신이 왜 여기 왔는지 얘기해주었습니다.」

「걸브랜드센 협회와 관련된 업무 때문이었겠지요?」

「아니, 그렇지 않습니다. 걸브랜드센 협회와는 상관없는 일이었습니다.」

「빌레버 양은 그렇게 생각하는 것 같던데요.」

「그렇겠죠. 그렇게 생각하는 것이 당연합니다. 걸브랜드센 역시 그런 것처럼 행동했고요. 나도 그랬지요.」

「그건 왜죠, 세러콜드 씨?」

루이스 세러콜드가 느릿느릿 대답했다.

「그가 이곳에 온 진짜 목적을 다른 사람들이 눈치채지 못하게 하는 것이 우리 둘에겐 중요한 일이었으니까요.」

「그럼, 그 진짜 목적이란 뭡니까?」

루이스 세러콜드는 잠시 동안 말이 없었다. 그리고는 한숨을 내쉬었다.

「걸브랜드센은 이사회 회의 때문에 1년에 두 번씩 이곳에 옵니다. 지난번 모임을 가진 건 불과 한 달 전이었죠. 그러니 앞으로 다섯 달 동안은 이곳에 다시 올 일이 없었던 겁니다. 때문에 다른 사람들은 모두 그가 여기 온 것이 급한 용무 때문일 거라고 생각했을 테지요. 그러니까 내 생각엔 사람들이 그의 이번 방문을 사업상 방문이다. 그리고 사업상 용건이란 건 아마 걸브랜드센 신용기금에 관한 용건일 거라고 생각한 게 당연하다는 겁니다. 물론 그게 얼마나 긴급한 용건인지는 몰라도 말입니다. 어쨌든 내가 아는 한 걸브랜드센은 사람들의 생각에 어긋난 행동은 전혀 하질 않았습니다. 아니, 그럴 마음이 없었다고 해야겠지요. 예, 아마 내 말이 거의 맞을 겁니다—그는 그럴 마음이 없었던 거예요.」

「죄송합니다만, 세러콜드 씨, 당신 말씀이 이해가 가지 않는군요.」

루이스 세러콜드는 그 말에 즉시 대답하지 않았다. 그러다가 그는 엄숙한 목소리로 다시 말을 꺼냈다.

「나도 잘 압니다. 그러니까 걸브랜드센의 죽음에 관해—살인이라고 해야겠지요. 이건 분명히 살인이니까요. 그가 살해된 일에 대해 모든 사실을 다 털어놓아야 한다는 걸 말입니다. 하지만 솔직히 말씀드려서 나는 내 아내의 행복과 마음의 평화에 대해 우려하지 않을 수 없습니다. 나로선 경감님, 당신에게 이래라저래라 할 수는 없겠지요. 하지만 만일 당신이 몇 가지 사실을 내 아내에게 비밀로 해주신다면 나로서는 정말 감사하겠습니다. 아시겠습니까, 커리 경감님? 사실 크리스찬 걸브랜드센이 이곳에 온 이유는 내 아내가 서서히, 그리고 잔인하게 독살되어 가고 있다는 걸 알려주기 위해서였습니다.」

「뭐라고요?」

커리 경감은 믿을 수 없다는 듯이 몸을 앞으로 쑥 내밀었다.

세러콜드가 고개를 끄덕였다.

「예, 경감님도 상상이 가시겠지만 정말 그 말은 내겐 대단한 충격이었습니다. 나로선 그런 일을 도저히 생각조차 할 수 없었거든요. 하지만 크리스찬의 말을 듣고 보니 곧 깨닫게 되었습니다. 그러니까 요즘 들어 아내가 호소하던 몇 가지 증상들이 그의 애기와 부합된다는 사실을 말입니다. 아내는 그걸 류머티즘이나 관절염, 통증, 가끔씩 나는 구토증 정도로만 알고 있었지만 말입니다. 하지만 그 증상들을 살펴보면 그게 다 비소중독증으로 인한 증상하고 너무나 꼭 들어맞는 겁니다.」

「마플 양 말로는 크리스찬 걸브랜드센이 세러콜드 부인의 심장상태가 어떠냐고 물어 보았다던데요?」

「그랬나요? 그것 재미있는 사실이네요. 아마 크리스찬은 집사람한테 심장을 마비시키는 독약이 사용된 줄로 알고 있던 모양입니다. 그런 독약은 미처 알지도 못하는 사이에 갑작스럽게 죽음을 불러들이니까요. 하지만 내 생각엔 아무래도 비소가 아닌가 싶어요.」

「그러니까 당신은 크리스찬 걸브랜드센의 의혹에 충분한 근거가 있다고 보시는군요?」

「예, 그렇습니다. 내 생각에 한 가지 들 수 있는 증거는 걸브랜드센은 뭔가 확실한 사실을 알아내지 않고서는 그런 일을 나한테 애기하러 올 사람이 아니라는 겁니다. 아주 신중하고 냉철한 사람이거든요. 쉽사리 아무거나 믿지도 않고 말입니다. 아주 날카로운 사람이었어요.」

「그 사람이 증거로 뭘 내놓던가요?」

「그런 것까지 애기할 틈은 없었습니다. 우리가 대화를 나눈 건 아주 잠깐이거든요. 우린 그가 왜 이곳에 왔는지에 대해서만 애길 나누었죠. 그리고 확실한 증거를 잡기까진 아내에겐 비밀로 하자고 약속했을 뿐 다른 애긴 할 틈이 없었습니다.」

「걸브랜드 씨는 독약에 대해서 누구한테 혐의를 두고 있었습니까?」

「그런 말은 하지 않았습니다. 그리고 내가 보기에도 그가 거기까지 알고 있지는 않은 것 같았어요. 아마 누군가에게 의심을 품긴 품었을 겁니다. 지금 생각하니 확실히 그랬던 것 같아요—그렇지 않으면 도대체 그가 왜 살해되었겠습니까?」

「하지만 그는 당신한테 그게 누구라고 밝히진 않았습니까?」

「물론 누구라고 이름을 밝히지 않았습니다. 우린 그 일을 철저하게 조사해 보자고 의견을 모았습니다. 그는 크로머의 주교 갤브레이스 박사한테 조언을 받고 협조도 구하는 게 어떠냐고 하더군요. 갤브레이스 박사는 걸브랜드센 가문 사람들과는 오랜 친구 사이인데다 협회 이사 중 한 사람이니까요. 게다가 그분은 매우 현명하고 경험도 풍부하니까 내 아내에게도 커다란 도움과 위안이 되어줄 겁니다. 만일……, 만일 내 아내에게 우리가 갖고 있는 의혹을 털어놓아야 할 경우가 온다면 말입니다. 이 일을 경찰에 알려야 하느냐 마느냐 하는 점에 대해서요.」

「그것 참 놀라운 일이로군요.」

커리 경감이 끼어들었다.

「걸브랜드센 씨가 저녁식사 뒤 갤브레이스 박사한테 편지를 쓰려고 자리를 떴습니까? 총에 맞았을 때 그는 타이프라이터로 편지를 쓰고 있던 중이었지요.」

「그걸 어떻게 아셨습니까?」

루이스가 조용히 말했다.

「내가 그 편지를 타이프라이터에서 빼냈기 때문입니다. 이게 그 편지입니다.」

그는 윗도리 주머니에서 접힌 타이프라이터 용지를 꺼내 커리 경감에게 건네주었다.

커리 경감이 날카로운 어조로 말했다.

「그걸 빼내다니 안 될 말입니다. 방 안에 있던 물건에는 손대지 말

앉아야 했습니다.」

「다른 것은 손대지 않았습니다. 경감님 표정을 보니 이걸 빼낸 것이 대단히 나쁜 짓이라는 걸 알겠습니다. 하지만 나에겐 그럴 만한 충분한 이유가 있습니다. 난 아내가 분명히 그 방으로 들어오겠다고 하리라는 걸 알았죠. 그렇기 때문에 내가 잘못한 건 인정하지만, 이런 일이 다시 없을 거라고는 못하겠군요. 난 아내의 불행을 막기 위해서는 무슨 일이라도—정말 무슨 일이라도 할 작정이니까요.」

커리 경감은 잠시 아무 말도 하지 않았다. 그리고는 타이프라이터로 글자가 찍힌 편지를 읽기 시작했다.

친애하는 갤브레이스 박사님.

이 편지를 받으시는 대로 되도록 빨리 스토니게이츠 저택으로 와주셨으면 감사하겠습니다. 아주 중대한 사태가 발생했는데, 저로선 그 일을 어떻게 처리해야 할지 몰라 갈팡질팡하고 있을 따름입니다. 당신이 캐리 루이즈에게 깊은 애정을 갖고 계시다는 것을 알고 있습니다. 그리고 그녀에게 일어나는 모든 일에 대해 얼마나 깊은 관심을 갖고 계신가에 대해서도 잘 알고 있습니다. 하지만 그녀에게 어느 정도까지 알려야 할지, 또는 그녀에게 어느 정도까지 숨겨야 하는지, 지금의 저로서는 그러한 의문에 도저히 해답을 찾을 수 없는 형편입니다. 덤불 근처를 막연히 더듬어서 사냥감을 찾아내려는 게 아닙니다. 전 착하고 천진난만한 캐리 루이즈가 지금 서서히 독살당하고 있다고 믿을 만한 이유를 찾아냈습니다. 제가 처음 이 일에 의혹을 품게 된 건……

편지는 여기서 갑자기 끊겨 있었다.

「그러니까 걸브랜드센 씨는 여기까지 쓰다가 살해된 거로군요?」

커리 경감이 말했다.

「그렇습니다.」

「하지만 도대체 어떻게 이 편지가 타이프라이터에 그대로 남겨져 있었을까요?」

「나로선 두 가지 이유를 가정해볼 뿐입니다. 하나는 살인자가 걸브랜드센이 누구한테 편지를 쓰는지, 또는 편지 내용이 무엇인지 몰랐기 때문이라는 겁니다. 그리고 또 다른 하나는 그가 편지를 빼낼 시간이 없었다는 거지요. 아마 누군가 방으로 오는 소리를 듣고는 미처 편지를 빼낼 시간이 없었던 게지요.」

「걸브랜드센 씨는 자신이 누굴 의심하고 있는지 아무런 힌트도 주지 않습니까—만일 누군가를 의심하고 있었다면 말입니다.」

루이스는 대답을 하기 전에 아주 잠깐 주저하는 듯싶었다.

「아뇨, 아무 힌트도 주지 않았습니다.」

그리고 다소 모호한 말투로 덧붙였다.

「크리스찬은 아주 공정한 사람이었으니까.」

「당신은 독약이—그게 비소인지 뭔지는 아직 모르지만— 어떤 방법으로 투여되었다고, 아니 투여되고 있다고 보십니까?」

「저녁식사를 하기 위해 옷을 갈아입는 동안 나도 그 문제에 대해 생각해 보았습니다. 그 결과 아무래도 내 아내가 복용하고 있는 약, 그러니까 강장제 같은 것을 통해 독이 투여된 것 같다는 생각이 들었습니다. 음식물도 생각해 보았습니다만, 이 집에서는 모두 같은 접시에서 자기 몫을 덜어 먹고 있는데다가, 특별히 아내를 위해 요리를 따로 준비하는 것도 아니니까 음식에 대해선 의심할 여지가 없습니다. 하지만 약병에다가 비소를 넣는 일이야 누구라도 할 수 있는 일 아니겠습니까?」

「그렇다면 그 약을 가져다가 분석해 봐야겠군요.」

루이스가 조용히 가로막았다.

「내가 벌써 그 약을 조금 덜어놓았습니다. 저녁식사 전예요.」

그는 책상 서랍 하나를 열더니 붉은색의 액체가 담겨 있는 코르크 마개 병을 꺼냈다.

커리 경감은 새삼스러운 눈길로 그를 바라보며 말했다.

「정말 빈틈이 없으시군요, 세러콜드 씨.」

「행동을 빨리 취하는 게 좋다고 여겼기 때문입니다. 그래서 오늘밤 아내가 언제나처럼 약을 마시려고 하기에 말린 거고. 약이 담긴 잔이 아직 홀 안 떡갈나무 화장대 위에 놓여 있을 겁니다—강장제가 담긴 병은 응접실에 있고요.」

커리 경감은 책상 위로 조금 몸을 기울였다. 그리고는 목소리를 낮춘 채 자신의 직업도 잊은 듯 비밀스럽게 말을 건넸다.

「저, 실례의 말씀입니다만, 세러콜드 씨. 도대체 왜 그렇게 애써서 이러한 사실을 부인에게 숨기려고 하시는 겁니까? 부인이 두려워할까 봐 그러시는 건가요? 차라리 부인에게 경고를 하시는 편이 부인 자신을 위해서는 더 좋을 텐데요.」

「예, 그래요. 그렇게 하는 편이 좋을지도 모르죠. 아직 내 말을 못 알아들으시는 모양입니다. 아내 캐롤라인이란 사람을 모르시니까 당연히 그렇겠지만. 커리 경감님, 내 아내는 이상주의자인데다 사람을 무턱대고 믿는답니다. 아내야말로 정말 악이라곤 보지도 듣지도 않고, 말하지도 않는 사람이지요. 그러니 누군가 자신을 죽이려고 한다고 해도 아내는 믿지 않을 겁니다. 하지만 상황은 그 정도가 아닙니다. 이건……, 당신도 잘 아시겠지만 분명 아내와 아주 가깝고 친한 사람의 짓입니다.」

「그게 당신 생각이십니까?」

「우린 사실을 직면해야 합니다. 가까이에만 해도 난폭하고 무분별한 폭력으로 자신을 과시해온 200명의 비뚤어지고 발육이 부진한 아이들이 있지 않습니까. 그러나 사건의 성질로 볼 때 그 애들 중 누군가 이런 짓을 했다고는 볼 수 없습니다. 독을 서서히 먹일 수 있는 사람이란 가족처럼 가까이 살고 있는 사람일 테니까요. 그렇다면 이 집에 살고 있는 사람들을 생각해 보세요. 독살되고 있는 여자의 남편, 즉 나를 말씀드리는 겁니다. 그녀의 딸, 손녀, 손녀의 남편, 그리고 아내가 자기 자식처럼 아끼는 의붓아들들, 빌레버 양, 아내의 오래된 충실한 친구. 모두들 아내와는 아주 가깝고 다정한 사람들입니다—하지만 우리로선 누군가 한 사람을 의심해야 하는 처지지요. 그러니까 그 한 사람이란 이들 중 하나일 테니까요.」

커리 경감이 느릿느릿 말했다.

「외부 사람들도 있지요…….」

「예, 외부 사람들도 있지요. 매버릭 박사, 종종 우리와 함께 지내는 직원 한두 사람, 그리고 하인들—하지만 솔직히 말해 그런 사람에게 무슨 동기가 있겠습니까?」

커리 경감이 말했다.

「그리고 젊은이—그 사람 이름이 뭐더라— 아 참, 에드거 로슨이라는 젊은이도 있지 않습니까?」

「그렇죠. 하지만 그는 아주 최근에 여기 살게 된 사람입니다. 그에게는 도대체 동기라곤 없습니다. 게다가 그 젊은이는 캐롤라인을 무척 좋아하고 있거든요—다른 사람들과 마찬가지로 말입니다.」

「하지만 그는 제정신이 아니지 않습니까? 오늘밤만 해도 당신을 위협했고요?」

세러콜드는 초조한 듯이 그 말을 부정했다.

「그건 그냥 어린애같이 유치한 장난이었습니다. 그에겐 날 해칠 의도라곤 전혀 없었으니까요.」

「이렇게 벽에 총알구멍을 두 개나 냈는데도 그럴 생각이 없었단 말씀입니까? 분명히 당신을 쏘았습니다, 그렇지 않습니까?」

「그는 정말 날 쏠 생각이 없었습니다. 그냥 연극을 한 겁니다. 그 이상은 아무것도 아닙니다.」

「그것 참 위험한 연극이로군요, 세러콜드 씨.」

「잘못 알아들으시는군요. 우선 정신의학자인 매버릭 박사의 말을 한 번 들어보세요. 에드거는 사생아랍니다. 그는 자신이 유명한 사람의 아들인 척하면서 자신에게 아버지가 없다는 사실과 비천한 출신을 무마하려고 해온 겁니다. 말씀드리지만 이건 정신의학에서는 널리 알려진 증세지요. 요즘 그는 많이 나아지고 있는 중이었어요. 그런데 무슨 이유 때문인지 병이 도진 겁니다. 그 때문에 날 자기 아버지로 알고는 신파극처럼 나한테 덤벼든 겁니다. 리볼버 권총을 휘두르고 욕설을 퍼부으면서 말이죠. 하지만 난 조금도 놀라지 않았습니다. 총을 쏘고 나자 그는 맥없이 주저앉아 흐느끼고 말았습니다. 그래서 매버릭 박사가 그를 데려가 안정제를 준겁니다. 아마 내일 아침이면 틀림없이 정상을 되찾을 겁니다.」

「그러면 당신은 그를 고발할 생각이 없단 말씀이군요?」

「그건 정말 해서는 안 되는 일입니다. 그 젊은이를 위해서도 말이죠.」

「솔직히 말씀드려서 세러콜드 씨, 저로선 그를 가둬야 하지 않나 생각합니다. 자신의 이기심을 채우기 위해 마구 권총을 쏘아대는 사람이 아닙니까? 사회란 걸 염두에 둔다면 그럴 수 없는 거지요?」

「그 문제에 대해선 매버릭 박사하고 얘기해 보십시오.」

루이스는 계속 이렇게 주장했다.

「아마 직업적인 견지에서 자신의 의견을 말해줄 겁니다. 하지만 어쨌든…….」 하고 그는 덧붙였다.

「불쌍한 에드거는 절대로 걸브랜드센을 쏘지 않았습니다. 날 쏘겠다고 위협하면서 이 방 안에 있었으니까요.」

「제가 말하고 싶은 것도 바로 그 점입니다, 세러콜드 씨. 우린 집 바깥쪽을 검사해 보았습니다. 그런데 우리가 보기엔 아무래도 바깥에서 들어와 걸브랜드센을 쏠 수 있는 형편이거든요. 왜냐하면 테라스 문은 언제나 열려 있으니까요. 집 안 사람이 그럴 수 있는 가능성은

희박합니다. 당신 말로 미루어 봐서는 저에겐 이 점이 무척 중요하다고 생각됩니다. 그리고 저─누구더라─ 아 참, 그렇지, 마플 양이─우연히 침실 창 밖을 내다보고 있던 마플 양만 빼놓고는 당신과 크리스챤 걸브랜드센이 집 안으로 들어오기 전에 이미 비밀리 이야기를 나누었다는 사실을 아무도 모릅니다. 그러니 당신이 걸브랜드센과 이미 얘기를 나누었다는 걸 모르는 누군가 걸브랜드센이 당신에게 의혹을 털어놓는 것을 막기 위해 그를 쏴 죽였을지도 모르니까요. 제가 듣기론 걸브랜드센 씨는 재산가라고 하던데요?」

「예, 대단한 재산가지요. 그리고 아들딸에다가 손자들까지 있답니다─그가 죽었으니 모두 재산을 물려받게 되겠지요. 하지만 내가 알기론 영국에 있는 식구들은 하나도 없습니다. 게다가 그 사람들은 모두들 건실하고 존경받고 있는 사람들이지요. 내가 아는 한 그 사람들 가운데 흑심 같은 걸 품고 있는 사람은 한 사람도 없습니다.」

「적은 없었나요?」

「절대로 없을 겁니다. 그 사람은 정말이지 적을 가질 만한 위인이 아니었으니까요.」

「그렇다면 결국 혐의는 이 집안사람들한테 있는 거로군요? 이 집안사람 누군가가 그를 죽일 수 있었다는 겁니까?」

루이스 세러콜드가 천천히 답변했다.

「나로선 뭐라 말하기 어렵습니다. 이 집에는 하인들과 식구들, 그리고 손님들뿐이니까요. 물론 당신이 볼 땐 모두 살인을 할 수 있는 사람들이겠지요. 하지만 내가 아는 한 이것만은 자신 있게 말씀드릴 수 있습니다. 그러니까 크리스챤이 중앙홀을 뜨고 내가 그 자리에 있는 동안에는 하인들만 빼고 모든 사람들이 홀에 있었다는 사실 말입니다. 정말 아무도 그곳을 뜨지 않았어요.」

「한 사람도요?」

「예, 그렇습니다.」

그러다가 루이스 세러콜드는 뭔가 기억난 듯이 얼굴을 찌푸렸다.

「아, 전등 퓨즈가 나가서……, 월터 허드가 홀을 나갔지요.」

「젊은 미국인 말입니까?」

「그렇습니다, 물론 에드거와 내가 이 방에 들어온 이후의 일은 모릅니다.」

「다른 일은 의심나는 게 없습니까, 세러콜드 씨?」

루이스 세러콜드는 머리를 내저었다.

「아뇨, 이젠 정말 더 이상 도움을 드리지 못하겠는데요. 이번 일은……, 정말 도저히 믿어지지 않는 일뿐입니다.」

커리 경감은 한숨을 내쉬고는 말했다.

「자, 이젠 다른 사람들에게 전부 자러 가도 좋다고 전해 주십시오. 다른 사람들 얘기는 내일 듣기로 하죠.」

세러콜드가 방을 나서자 커리 경감이 레이크 경사에게 말했다.

「저기, 자넨 저 사람 어떻게 생각해?」

「저 사람은 범인을 알고 있습니다―아니, 자신이 알고 있다고 생각하고 있지요.」

레이크 경사의 대답이었다.

「그래, 나도 자네 말에 동감이야. 루이스 세러콜드 씨는 자신이 범인을 알고 있다는 사실에 대해 불만을 품고 있어…….」

제 *11* 장

1

다음날 아침, 마플 양이 아침식사를 하러 층계를 내려오자 지나가 인사 대신 폭포수 같은 말을 퍼부었다.

「글쎄, 경찰이 다시 왔어요.」

지나는 이렇게 말을 꺼냈다.

「이번엔 도서실에 있어요. 월터는 그 사람들한테 정신을 홀딱 빼앗긴 모양이에요. 그 사람들이 어떻게 그렇게 침착하고 초연한지 모르겠다는 거예요. 정말 그인 이번 일로 너무 들뜬 것 같아요. 하지만 전 안 그래요. 전 살인사건은 딱 질색이에요. 끔찍한 일이잖아요? 그런데 제가 왜 이렇게 흥분한 줄 아세요? 그건 제가 반은 이탈리아인이기 때문이에요.」

「아마 그럴 거예요. 그건 당신 자신이 느끼는 걸 솔직하게 드러냈는지에 대한 설명도 되지요.」

마플 양은 이렇게 말하면서 입가에 미소를 머금었다.

「졸리는 잔뜩 화가 나 있어요.」

지나는 마플 양의 팔짱을 끼고 식당으로 안내하면서 계속 떠들어댔다.

「그건 아마 경찰이 이 집 안을 멋대로 휘두르고 있기 때문일 거예요. 게다가 다른 사람들을 다루는 것처럼 경찰관들을 '다룰' 수 없으니 화가 날 만도 하죠.」

「알렉스와 스티븐은 말이죠…….」

지나는 격렬한 투로 말을 계속했다.

그들이 식당에 들어가니 마침 두 형제가 아침식사를 끝내던 참이었다.

「도통 관심이 없는 것 같아요.」

「이봐요, 지나.」

알렉스가 대꾸했다.

「당신 정말 불친절하군 그래. 안녕히 주무셨습니까, 마플 양? 난 사실 무척 걱정하고 있어. 당신 외숙부인 크리스찬을 잘 모른다는 사실만 제외하고는 나야말로 첫 번째 용의자니까 말이야. 당신도 그걸 좀 알아줬으면 좋겠는데.」

「그건 왜죠?」

「글쎄, 내가 사건이 일어나던 바로 그 시각에 차를 타고 이 집에 도착했으니까 그렇겠지. 경찰들이 시간에 대해 여러 가지 조사를 하더군. 그런데 내가 정문에서 집까지 오는 데 너무 많은 시간이 걸렸다는 거야. 그러니까 그 시간에 내가 자동차에서 내려 테라스까지 달려와서는 옆문으로 집 안에 들어와, 크리스찬의 방으로 가 그를 쏜 다음 밖으로 뛰어나가 다시 자동차로 돌아갈 만한 충분한 시간이라는 거지.」

「그렇다면 실제로 당신은 그 시간 동안 어디서 뭘 하고 있었죠?」

「내가 알기론 아가씨들은 어렸을 적부터 그런 무신경한 질문은 하는 게 아니라고 배우는 줄 아는데. 난 몇 분 동안 자동차 헤드라이트 속으로 비치는 안개 효과를 감상하고 있었어. 그걸 무대에 올려 효과를 보려면 어떤 방법을 써야 할까 생각하면서 말이야. 내 신작 발레 작품인 '라임하우스의 밤'을 위해서.」

「그렇다면 경찰한테 그렇게 얘기할 수 있잖아요!」

「물론 그렇지. 하지만 경찰관들이 어떤 사람들인지 당신도 알잖아. 그들은 입으로는 아주 정중하게, '감사합니다.'라고 해놓곤 그 말을 모조리 적어 놓는단 말이야. 그러니 그 사람들이 무슨 생각을 하는지 알 게 뭐야. 경찰들은 의심이 많구나 하고 생각하는 것 말고는 말이야.」

「형이 혐의를 받고 있다니 아주 재미있는데.」

스티븐이 잔인한 듯한 엷은 미소를 띠고는 이렇게 말했다.

「하지만 난 전혀 그런 혐의를 받을 만한 이유가 없어. 어젯밤에 난 홀을 떠난 일이 없거든.」

지나가 소리쳤다.

「그 사람들이 설마 우리들 중 누군가를 범인으로 생각하는 건 아닐 테죠!」

그녀의 검은 눈은 두려움에 차 커다랗게 떠져 있었다.

「그렇다고 근처의 부랑자 짓은 아닐 거 아니야.」

알렉스는 이렇게 말하면서 마멀레이드를 듬뿍 빵에 발랐다.

「그건 너무 진부한 생각이잖아.」

빌레버 양이 식당 입구에 모습을 나타내더니 말했다.

「마플 양, 아침식사를 다 드신 후 도서실로 가주시겠어요?」

「또 아주머니군요.」 지나가 말했다.

「항상 우리보다 먼저 부르는군요.」

그녀는 기분이 상한 모양이었다.

「아니, 이게 무슨 소리지?」

알렉스가 갑자기 이렇게 물었다.

「난 아무 소리도 못 들었는데.」

스티븐이 대꾸했다.

「권총 소리였어.」

「크리스찬 외숙부님이 살해된 방에서 경찰들이 총을 쏘고 있는 거예요.」

지나가 이렇게 설명했다.

「왜 그런 짓을 하는지는 나도 모르겠지만, 게다가 집 바깥에서도 총을 쏴대고 있어요.」

문이 다시 열리더니 밀드레드 스트리트가 들어왔다.

그녀는 얼룩무늬 마노 구슬이 달린 검은 옷을 입고 있었다. 그녀는 다른 사람들은 쳐다보지도 않은 채 입 속으로 중얼중얼 아침 인사를 하고는 식탁에 앉았다. 그리고는 목이 쉰 소리로 말했다.

「차를 좀 줘, 지나. 다른 건 별로 먹고 싶지 않아—토스트만 조금 주겠니?」

그녀는 한쪽 손에 들고 있던 손수건으로 코와 눈 가장자리를 조심 스레 닦아냈다. 그러더니 갑자기 눈을 치켜뜨고 스티븐과 알렉스 두 형제를 사나운 눈초리로 바라보았다.

덕분에 스티븐과 알렉스는 자리에 앉아 있기가 불편해졌다. 두 형제는 목소리를 낮추어 속삭이듯 얘기하더니 곧 자리에서 일어나 식당을 나갔다.

밀드레드 스트리트가 온 세상 사람들한테 얘기하는 건지 마플 양한테 얘기하는 건지 확실치 않은 어조로 내뱉었다.

「검은 넥타이 하나 매질 않았으니!」

「글쎄, 내 생각엔…….」

하고 마플 양이 변명하듯 말했다.

「저 사람들은 설마 살인사건이 일어나리라고는 짐작도 못했을 거예요.」

지나가 숨이 막힌다는 듯한 소리를 내자 밀드레드 스트리트는 이번엔 그녀를 날카롭게 쏘아보았다.

「월터는 오늘 아침 어디 있는 거니?」

밀드레드가 말했다.

지나의 얼굴이 빨개졌다.

「글쎄, 모르겠어요. 오늘 아침엔 못 봤거든요.」

그녀는 마치 죄라도 지은 어린애처럼 불편한 태도로 앉아 있었다.

마플 양은 자리에서 몸을 일으켰다.

「자, 이젠 도서실에 가봐야겠어요.」

2

　루이스 세러콜드는 도서실 창 옆에 서 있었다. 방 안에는 그밖에 아무도 없었다. 그는 마플 양이 들어오자 그녀를 맞으러 앞으로 걸음을 내딛고는 손을 내밀어 그녀의 손을 잡았다.

　「제발 충격 때문에 놀라진 마세요. 이렇게 가까운 곳에서 살인사건이 일어난다는 건 이런 일에 익숙하지 않은 사람한테는 정말 커다란 긴장을 안겨 주는 일이니까요.」

　마플 양이 그때 살인사건엔 이미 도통했다고 얘기하지 않은 것은 겸손 때문이었다. 그녀는 다만 세인트 메리 미드에서의 생활이란 다른 곳에 사는 사람들이 여기는 것처럼 그렇게 무사안일한 것은 아니라고 대답했을 뿐이다.

　「그런 시골 마을에서도 추잡한 일들이 일어난답니다.」

　그녀는 단지 이렇게 말했다.

　「그런 곳에서 살다 보면 도시에서는 절대 배울 수 없는 일들을 배우게 되지요.」

　루이스 세러콜드는 너그러운 태도로 그녀의 말을 듣고 있는 체했지만 실상은 그녀의 말을 반도 귀담아듣지 않았다. 그리고는 간단히 대꾸할 뿐이었다.

　「당신의 도움이 필요합니다.」

　「물론 제가 도울 수 있는 일이라면 뭐든지 도와드려야지요, 세로콜드 씨.」

　「이건 내 아내, 캐롤라인과 관계있는 일이랍니다. 당신은 정말 내 아내를 아껴 주시는 거지요?」

　「예, 그럼요. 다른 사람들도 다 마찬가지고요.」

　「나도 그렇게 믿고 있었습니다. 그런데 내 생각이 틀린 것 같아요. 커리 경감이 허락한 일이니 이젠 당신한테 말하겠습니다. 아직 아무도 모르는 일이지만 말입니다. 아니, 오직 한 사람은 알고 있다고 해야겠군요.」

그러고 나서 어젯밤 그가 커리 경감에게 한 이야기를 간략하게 들려주었다. 마플 양은 두려운 모양이었다.

「전 도저히 믿을 수가 없어요, 세러콜드 씨. 정말 도저히 믿어지지 않는 일이에요.」

「나도 크리스찬 걸브랜드센이 그 얘길 했을 때 똑같은 심정이었습니다.」

「이 세상에 캐리 루이즈의 적이 있다니 도저히 믿어지지 않아요.」

「예, 아내에게 적이 있다니 정말 믿을 수 없는 일이지요. 하지만 이 암시는 당신도 아시겠지요? 독살, 그것도 서서히 독을 먹여 살해하는 일은 가까운 가족들이 아니고는 할 수 없는 일이란 말입니다. 이건 분명히 가까운 우리 식구들 중 누군가 한 짓일 겁니다.」

「그게 사실이라면 그렇겠지요. 하지만 걸브랜드센 씨가 잘못 알고 있었던 거라고는 생각지 않으세요?」

「크리스찬은 잘못 알고 있었던 게 아닙니다. 그 사람은 신중한 사람이라 확실한 근거 없이 그런 말을 할 사람이 아니거든요. 게다가 경찰이 이미 캐롤라인의 강장약 병과 내용물을 따로따로 가져가 조사해 보았습니다. 그랬더니 두 군데 다 비소가 검출되었다는 겁니다. 약사가 그 약을 처방할 땐 비소라고는 넣지 않았는데 말입니다. 실제 정량(定量) 분석은 좀더 시간이 걸릴 테지만…… 아무튼 그 약에 비소가 섞여 있다는 사실은 확실히 증명된 셈이죠.」

「그럼 그 류머티즘은, 걷기가 힘들었던 이유가……, 그게 다…….」

「그렇습니다. 내가 알기론 비소 중독에는 관절염 증세가 전형적으로 나타난다는 겁니다. 게다가 당신이 이곳에 오기 전에 캐롤라인은 한두 번 심한 위통을 겪었거든요—하지만 크리스찬이 와서 얘기할 때까진 난 그런 일은 꿈에도…….」

그는 잠시 말을 멈추었다.

마플 양이 온화한 어조로 말했다.

「루스 말이 맞았군요!」

「루스라고요?」

세러콜드는 놀란 듯이 물었다.

마플 양의 얼굴이 좀 붉어졌다.

「저한테도 아직 당신에게 말하지 않은 것이 있답니다. 제가 여기 온 것은 결코 우연이 아니랍니다. 제가 설명을 할 테니 들어주시겠어요. 전 얘기를 잘 못합니다만, 참고 들어주세요.」

마플 양이 루스가 느낀 불안감과 초조함을 들려주는 동안 루이스 세러콜드는 그녀의 말에 진지하게 귀를 기울이고 있었다.

「그것 참 믿어지지 않는 일인데요.」

말을 다 듣고 난 뒤 그가 말했다.

「그런 줄은 꿈에도 몰랐습니다.」

「너무 애매모호한 이야기였으니까요.」

마플 양이 말을 이었다.

「루스 자신도 자신이 왜 그런 생각을 하게 되었는지 모르고 있었어요. 물론 거기엔 까닭이 있겠지만—제 경험으로 미루어 보면 그런 일엔 언제나 까닭이 있거든요. 하지만 그녀로서도 기껏 생각해낼 수 있다는 게 '뭔가 잘못 되었다'라는 것뿐이었지요.」

루이스 세러콜드가 엄숙한 어조로 말을 꺼냈다.

「그래요, 그녀 말이 옳았던 듯싶습니다. 마플 양, 그러면 이제 내 처지를 이해하시겠지요? 그러니 도대체 이 일을 캐롤라인에게 얘기해야 할까요, 아니면……?」

마플 양은 성급히 그의 말에 대답했다.

「아니, 안 돼요.」

그녀는 괴로운 어조로 이렇게 말하고는 얼굴을 붉히며 의심스러운 듯이 루이스를 바라보았다.

그러자 그가 고개를 끄덕였다.

「당신도 나와 같은 생각이시군요? 크리스찬 걸브랜드센도 마찬가지였지요. 하지만 집사람같이 평범한 여자한테도 그런 생각이 통용될까요?」

「캐리 루이즈는 평범한 여자가 아니에요. 그녀는 인간성에 대한 신뢰와 믿음을 갖고 사는 여자예요—아니, 아니, 저로선 도저히 표현이 안 되는군요. 하여튼 범인에 대해 확실한 것을 알기 전까지는…….」

「예, 그게 바로 어려운 점입니다. 하지만 마플 양, 당신도 아시다시피 아무 말도 안 하는 게 더 위험할 수도 있으니까요.」

「그러니까 저한테……, 뭐라고 하면 좋을까? 그녀를 잘 살펴 달라고 하고 싶으신 건가요?」

「예, 그렇습니다. 내가 믿을 수 있는 사람은 당신밖에 없으니.」

루이스 세러콜드의 간결한 대답이었다.

「물론 이 집 안에 있는 사람들도 다 캐롤라인을 사랑하는 것처럼 보이긴 합니다. 하지만 진짜 그럴까요? 그에 비해 당신은 벌써 몇십 년 전부터 그녀와 깊이 사귀어 온 사람 아닙니까?」

「게다가 전 불과 며칠 전에 이곳으로 온 사람이니까요.」

마플 양이 그의 말에 적절히 맞장구를 쳤다.

루이스 세러콜드는 그녀의 말에 미소를 지었다.

「바로 그렇죠.」

「저, 이건 금전적인 질문인데요.」

마플 양이 궁금하다는 듯이 말을 꺼냈다.

「만약 캐리 루이즈가 죽게 되면 누가 금전적으로 이익을 얻게 될까요?」

「돈!」

루이스는 쓰디쓰게 내뱉었다.

「결국 언제나 돈 문제로 귀착이 되는군요, 안 그렇습니까?」

「하지만 이 경우엔 그럴 수밖에 없다고 생각해요. 왜냐하면 캐리 루이즈는 아주 매력적이고 착한 사람이니 누가 그녀를 싫어해서 이런 일을 벌인 거라고는 도저히 상상할 수 없으니까요. 그녀에게 적이란 도저히 있을 수 없어요. 그렇다면 결국 당신이 말했듯이 돈 문제 밖에 거론될 게 없지요. 뭐 굳이 말할 필요도 없는 일이지만, 사람들은 돈을 위해서라면 무슨 짓이라도 하니까요.」

「나도 동감입니다.」

그러고 나서 그는 계속 말을 이었다.

「물론 커리 경감도 그 점에 대해서는 벌써 조치를 취해 두었습니다. 길포이 씨가 오늘 런던에서 오면 자세한 것을 알 수 있을 겁니다. 길포이—길포이 제임스 앤드 길포이 사무소를 말하는 겁니다. 거긴 아주 명성이 높은 변호사 사무실이죠. 길포이 씨의 아버지는 이 협회의 창업 이사 중 한 분이었죠. 캐롤라인의 유언장이랑 에릭 걸브랜드센의 유언장 원본도 다 그 사람들이 작성했지요. 당신을 위해 간단하게 설명 드리면……..」

「고맙습니다.」 마플 양은 아주 고맙다는 듯이 말했다.

「언제나 느끼는 거지만 법률이란 너무 어려운 것이라서.」

「에릭 걸브랜드센은 감화원을 비롯해서 여러 조합이며 신용기금, 그리고 그 밖에 여러 자선 단체에 유산을 남겼고, 또 자신의 친딸 밀드레드와 양딸 피파—지나의 어머니 말씀입니다—에게도 똑같은 액수의 유산을 남겼습니다. 그리고 그의 막대한 유산 중 나머지는 모두 위탁했는데, 거기서 생기는 수입은 모두 캐롤라인이 죽을 때까지 그녀 앞으로 오게 되어 있답니다.」

「그러면 그녀가 죽은 뒤에는?」

「그녀가 죽은 뒤엔 밀드레드와 피파—만일 그 두 사람이 캐롤라인보다 먼저 죽을 경우엔 두 사람의 자녀들에게 공평하게 나누어주게 되어 있지요.」

「그렇다면 실상은 스트리트 부인과 지나한테 가는 거나 마찬가지 군요.」

「그렇습니다. 캐롤라인은 자기 재산도 상당히 많습니다—걸브랜드센한테서 물려받은 정도는 안 되지만 말입니다. 4년 전에 그녀는 자신의 재산 반을 나한테 이미 양도해 주었지요. 나머지 재산 중에서 1만 파운드를 줄리엣 빌레버한테 남겨 주었고, 그 나머지는 또 의붓아들인 알렉스와 스티븐 레스태릭한테 공평히 나누어주기로 했고요.」

「아, 이런…….」

마플 양이 엉겁결에 소리를 질렀다.

「그건 좋지 않은 소식인데요. 아주 나쁜 소식이에요.」

「무슨 말씀이시죠?」

「그렇다면 이 집안사람들 모두가 금전적 동기를 갖고 있다는 말씀이잖아요.」

「예, 그렇습니다. 하지만 나로선 아무리 그렇다 해도 식구들 중 누군가 살인까지 저질렀다고는 도저히 믿어지지 않습니다. 정말 믿을 수 없는 일이에요……. 우선 밀드레드는 친딸이고요—게다가 벌써 상당한 재산을 물려받지 않았습니까. 지나 역시 할머니를 극진히 사랑하고 있지요. 그 애는 마음씨가 곱고, 낭비벽이 있긴 하지만 탐욕스럽진 않거든요. 또 줄리엣 빌레버 양을 말하자면 지나칠 정도로 캐롤라인을 사랑하고 있답니다. 레스태릭 형제들만 해도 마치 캐롤라인을 친어머니나 되는 것처럼 아끼고 있습니다. 그들은 자기 재산이라곤 별로 없지만, 그래도 캐롤라인의 수입 대부분이 그 두 형제가 하는 일에 쓰이고 있거든요—특히 알렉스가 하는 일에 말입니다. 그러니 나로선 그 두 형제 중 누가 캐롤라인이 죽은 뒤에 유산을 물려받으려고 일부러 아내를 독살하리라고는 도저히 생각할 수 없습니다. 마플 양, 나로선 정말 그런 일은 믿을 수 없어요.」

「지나의 남편도 있잖아요?」

「그렇죠.」

루이스가 엄숙한 어조로 말했다.

「지나의 남편이 있지요.」

「당신은 그 사람에 대해 잘 모르고 계신 듯해요. 하지만 누가 보기에도 그는 불행한 사람이에요.」

루이스는 한숨을 내쉬었다.

「그 사람은 이곳과는 어울리지 않아요—전혀. 우리가 하는 일에 전혀 관심도 없고 호의도 갖고 있질 않거든요. 하지만 생각해 보면 그것도 당연해요. 그 사람은 젊고 패기만만한데다 인생에 얼마나 성공을 거두었느냐는 것만이 평가의 기준이 되는 나라에서 건너온 사람이니까요.」

「그 반면에 이곳에서는 실패자만을 아끼고 있지요.」

마플 양이 말했다.

루이스 세러콜드가 그녀를 의아한 눈길로 바라보았다.

마플 양은 얼굴이 붉어진 채 앞뒤가 맞지 않는 소리를 중얼거렸다.

「전 때때로 생각하지만, 사람들은 틀린 방향의 일을 과하게 하는 경우가 있는 것 같아요. 그러니까 제 말은 좋은 혈통에 좋은 가정에서 좋은 교육을 받고 자라난 젊은이를 말하는 거예요—게다가 용기와 기백도 있고 인생에 맞설 능력도 갖고 있는 젊은이들, 그런 젊은이들이야말로 진짜 무슨 일이 났을 때, 나라에서 필요로 하는 젊은이들이지요.」

루이스가 얼굴을 찌푸리는 바람에 마플 양은 허겁지겁 말을 계속했다. 그녀의 얼굴은 점점 더 새빨개졌고 말도 조리를 잃었다.

「물론 저도—진정입니다만— 당신과 캐리 루이즈가 하는 일도 정말 고귀한 일이지요—정말 그렇게 느끼고 있어요. 마땅히 그래야 하고요. 왜냐하면 사람들이 좌우되는 게 바로 그런 거니까요—행운이나 불운 말입니다. 게다가 사람들은 운 좋은 쪽을 훨씬 더 기대하고, 또 그게 당연한 거지요. 하지만 저로선 사람에게 평형감각이 있어야 한다고 생각한답니다—아, 이건 당신을 염두에 두고 하는 말은 아닙니다, 세러콜드 씨. 아유, 정말 제가 지금 무슨 소릴 하고 있는지 모르겠군요—어쨌든 그런 점에서 볼 때 영국 사람들이란 좀 이상해요.

전쟁만 해도 그렇지요. 영국 사람들은 승리한 것보다 패배하고 퇴각한 일에 훨씬 더 자부심을 느끼거든요. 외국 사람들은 왜 우리가 덩케르크의 패전(덩케르크는 도버해협에 있는 프랑스의 도시. 1940년 영국 군이 독일군에게 포위당해 이곳에서 철수했다)을 자랑스럽게 여기는지 도저히 이해하지 못할 거예요. 외국 사람들이라면 차마 그런 일을 자신들 입으로 떠들지 못할 테니까 말이죠. 하지만 우리 영국 사람들은 언제나 보면 승리에 대해서는 당황해 어쩔 줄 모르는 것 같아요—게다가 승리를 뽐낸다는 건 정말 할 짓이 못 된다고 여기거든요. 우선 시인들을 보세요! '기병대의 습격'이란 시 아시죠. '스패니시 메인에서 복수가 행해졌노라'(여기서 '스패니시 메인'은 남미 북안(北岸)과 카리브해를 가리킨다) 같은 시 말이에요. 정말 그런 걸 생각하면 괴상망측한 국민성 아닌가요?」

마플 양은 여기서 말을 끊고 한숨을 돌렸다.

「그러니까 제 말은 이곳에서 일어나는 일들은 모두 저 월터 허드라는 젊은이에겐 이상하게 비칠 거라는 겁니다.」

「그렇군요.」

루이스는 수긍했다.

「당신 말은 알겠습니다. 게다가 월터는 전공(戰功)도 뛰어난 사람이니까요. 그의 용감성에 대해서는 의심의 여지가 없지요.」

「하지만 그런 건 도움이 안 돼요.」

마플 양은 솔직하게 말했다.

「전쟁과 일상생활은 아주 별개의 것이니까요. 사실 살인에는 정말 커다란 용기가 필요하거든요—아니, 그보다는 그냥 자만심이라고 하는 편이 낫겠군요. 예, 자만심이 있어야 해요.」

「하지만 월터 허드에게 그럴 듯한 동기가 있다고 보긴 어렵지 않습니까?」

「그러세요?」

마플 양이 대꾸했다.

「하지만 그 젊은이는 이곳을 대단히 싫어하지요. 될 수 있는 대로 벗어나고 싶어하죠. 그는 지나를 데리고 도망가고 싶어한답니다. 만일 그가 원하는 게 진짜로 돈이라면 지나가, 저……, 그 어떤 남자와 깊은 애정 관계를 맺기 전에 돈을 탐내게 하는 일이 아주 중요한 일이 되는 거지요.」

「딴 남자와 애정 관계를 맺다니요?」

루이스가 놀란 목소리로 이렇게 반문했다.

마플 양은 이 열렬한 사회개혁주의자가 세상 물정에는 도통 어두운 것을 알고는 의아한 심정이었다.

「예, 바로 그 말이에요. 레스태릭 형제가 모두 그녀를 사랑하고 있거든요.」

「이런, 난 전혀 몰랐는데.」

루이스가 멍한 어조로 말했다.

「스티븐은 우리 일에 무척 쓸모 있는 사람입니다—아주 쓸모가 많지요. 소년들이 연극에 열렬한 관심을 갖게 만드는 그의 수완을 보면 정말 대단하죠. 지난달엔 정말 멋있는 연극을 보여 주었습니다. 무대 장치며 의상이며 모든 게 다 완벽했어요. 내가 매버릭 박사한테 언제나 하는 말이지만, 그런 연극을 보면 아이들을 범죄로 이끄는 건 그들의 생활에 드라마가 결핍되어 있기 때문이라는 것을 확실히 알 수 있어요. 자신을 주인공으로 꾸민다는 건 청소년들의 자연스러운 본능이거든요. 매버릭 말을—아 참, 매버릭이 있었지.」

루이스는 잠시 말을 끊었다.

「매버릭한테 에드거 일로 커리 경감을 만나 보라고 하려던 참이었습니다. 정말이지 모든 것이, 너무나 우스운 일밖에 없어요.」

「세러콜드 씨, 당신은 에드거 로슨에 대해 진짜 어떤 것을 알고 계시나요?」

「죄다 알고 있지요.」

루이스는 자신 있다는 듯이 대답했다.

「죄다 말입니다. 알아야 할 사항은 모두 알고 있지요. 그의 출생 배경이며 성장과정, 자신에 대한 뿌리 깊은 불신감…….」

마플 양이 그의 말을 가로막았다.

「에드거 로슨이 당신 부인에게 독을 먹일 수는 없었을까요?」

「거의 불가능합니다. 그가 이곳에 온 건 몇 주일밖에 안 되니까요. 게다가 우스꽝스럽지 않습니까? 도대체 에드거가 내 아내를 독살할 이유가 어디 있겠습니까? 그래서 얻는 소득이 뭐란 말입니까?」

「그야 물질적으로는 아무 소득이 없지요. 하지만 그 역시……, 어떤 묘한 동기가 있을지도 모르는 일이에요. 그 사람이 좀 묘한 건 사실이잖아요.」

「정신이상자란 말입니까?」

「저로선 그렇게 생각됩니다. 아니, 확실히……, 확실히 그렇다고는 할 수 없지만. 하지만 어쨌든 그는 틀림없이 뭔가 잘못되었어요.」

그 말은 마플 양의 느낌을 꼭 집어 설명하지는 못했다. 하지만 루이스 세러콜드는 그 말을 액면 그대로 받아들이는 모양이었다.

「예, 그렇습니다.」

그는 한숨을 내쉬며 말했다.

「그는 온통 뒤죽박죽이에요. 불쌍한 젊은이지요. 하지만 요즘에 놀랄 정도로 좋아지고 있었는데. 이번에 갑자기 왜 그렇게 발작을 했는지 나로선 정말 이해가 가지 않아요.」

마플 양은 아주 열심인 태도로 몸을 앞으로 내밀었다.

「예, 제가 의아하게 생각하는 것도 바로 그거예요. 만일…….」

마침 커리 경감이 방 안으로 들어왔기 때문에 그녀는 말을 멈추었다.

제 *12* 장

1

루이스 세러콜드가 방에서 나가자 커리 경감은 자리에 앉고는 마플 양에게 뭔가 특별한 뜻이 있는 듯한 미소를 보냈다.

「세러콜드 씨가 당신에게 감시하는 역할을 부탁한 겁니까?」

「예, 그래요.」

그녀는 변명이라도 하듯이 말했다.

「제발 마음 쓰지 않으셨으면 하는데…….」

「아니, 마음 쓰지 않습니다. 아주 좋은 생각이라고 여기는 걸요. 그런데 세러콜드 씨는 당신이 그 역할에 아주 적임자라는 사실을 알고 있는 겁니까?」

「무슨 말씀인지 잘 모르겠는데요, 경감님.」

「알겠습니다. 그러니까 그 양반은 당신이 아내와 학교 동창인 마음 씨 좋은 노부인인 줄로만 알고 있는 거군요.」

그는 그녀에게 머리를 내저어 보였다.

「하지만 우린 당신이 그 이상의 인물임을 알고 있답니다, 안 그렇습니까? 범죄야말로 당신 전문이니까요. 세러콜드 씨는 범죄의 한쪽 면만을 알고 있을 뿐이죠—하지만 비전문가치고는 장래성이 있습니다. 어떨 때는 절 좀 역겹게 하기도 하지만, 물론 제 생각이고 구식이라고 할 수도 있겠지요. 품행이 방정하고 좋은 젊은이들이 많지 않습니까? 인생을 힘차게 출발할 수 있는 젊은이들 말입니다. 사실 정직이란 그것만으로도 마땅한 대가를 받아야 하는데…….」

그런데도 백만장자들은 진짜 가치가 있는 걸 돕기 위해 기금을 맡기는 일이 없으니까요. 아, 물론 제 말에는 신경 쓰지 마세요. 저야 구식이니까요. 하지만 전 모든 것이 불우하면서도―나쁜 가정에 불운과 역경이 겹쳤으면서도― 그런 것을 꿋꿋이 이겨 나갈 용기를 가진 소년들―소녀들도 마찬가집니다―을 많이 봐왔습니다. 그런 아이들이야말로 제 주식이라도 물려주고 싶은 아이들이지요. 물론 저한테 주식이 있다면 그렇다는 말입니다만. 하지만 저로서는 그런 건 평생 가져 보지 못하겠지요. 있는 거라곤 연금과 작은 정원 정도니까요.」

그는 마플 양을 향해 고개를 끄덕여 보였다.

「사실은 어젯밤에 블레이커 총경님이 부인에 관한 얘기를 해주셨습니다. 총경님 말씀이 부인은 인간의 어두운 면에 대해 여러 가지로 경험이 많으시다고 하더군요. 그래서 이렇게 당신 의견을 바라는 겁니다. 혐의를 둘 사람이 누굴까요? 그 미국인일까요? 지나의 남편 말입니다.」

「그렇게 되면…….」 하고 마플 양이 대답했다.

「모두에게 아주 편리할 테지요.」

커리 경감은 내심 슬쩍 웃었다.

「저도 미군한테 애인을 뺏긴 적이 있습니다.」

그는 추억이라도 더듬는 듯한 어조로 말했다.

「그래서 제가 그 미국인한테 편견을 갖고 있는지도 모르지요. 더구나 그의 태도에는 별다른 수상한 점이 없거든요. 그러니 아마추어로서 의견을 들려주시죠. 세러콜드 부인에게 몰래 정기적으로 독을 먹인 사람이 도대체 누구일까요?」

「글쎄요.」

마플 양은 공평한 태도를 견지하며 말했다.

「사람들은 이럴 때면 남편을 의심하더군요. 인간성이란 원래 그런 것이니까요. 만일 그 반대의 경우라면 아내를 의심하고요. 그게 독약 사건일 경우 제일 먼저 해보는 가정 아닐까요, 어떠세요?」

「저도 당신 의견에 전적으로 동감입니다.」

커리 경감이 말했다.

「하지만 사실, 이런 경우엔…….」

마플 양은 고개를 내저었다.

「아니, 솔직히 말씀드려서 나로선 세러콜드 씨에게 중대한 혐의를 둘 수가 없어요. 왜냐하면 경감님, 당신도 보시다시피 그 양반은 아내를 진실로 사랑하고 있거든요. 물론 그런 체하는 건지도 모르지만 세러콜드 씨의 경우엔 그런 체하는 게 아닙니다. 사실 별 내색을 하지는 않지만, 그 양반이 아내를 사랑하는 마음은 진짜예요. 그 사람은 정말 아내를 사랑하고 있답니다. 때문에 나로선 그가 아내에게 독을 먹일 리는 없다고 확신합니다.」

「그 양반에게 그럴 만한 동기가 없다는 건 두말 하면 잔소리겠지요. 사실 세러콜드 부인은 이미 많은 돈을 그에게 넘겨줬으니까요.」

「물론…….」

마플 양은 딱딱한 어조로 말했다.

「한 남자가 부인을 없애려 하는 데는 다른 이유도 있지요. 예를 들어 젊은 여성을 사랑하게 되었다던가 하는 경우지요. 하지만 이 경우엔 그럴 만한 징조는 하나도 보이지 않아요. 세러콜드 씨가 연애에 빠진 듯한 행동을 한 적이 전혀 없으니까요. 유감이지만…….」

하고 그녀는 정말 유감이라는 듯이 말했다.

「그에게 혐의를 둘 수가 없어요.」

「정말 유감입니다, 안 그렇습니까?」

경감도 맞받아 대꾸했다.

그는 빙그레 미소를 짓고 서 있었다.

「어쨌든 그 사람은 걸브랜드센 씨를 죽일 수 없는 상황이었으니까요. 한 가지 사실을 밝혀내면 다른 한 가지도 틀림없이 밝혀질 텐데 말입니다. 그러니까 세러콜드 부인에게 독을 먹인 사람이 걸브랜드센 씨를 죽인 게 아닐까요? 그 사람이 사실을 폭로하는 걸 막으려고 말입니다. 이제 우리가 밝혀야 할 것은 어젯밤 누가 걸브랜드센 씨를 죽일 기회를 갖고 있었느냐 하는 점입니다. 사실 우리가 첫 번째 용의자로 꼽고 있는 사람은—말할 필요도 없는 일이지만— 월터 허드라는 청년입니다. 독서용 조명에 불을 켜서 퓨즈를 나가게 한 사람이니까요. 그 덕분에 그는 홀을 나가 퓨즈 상자가 있는 곳으로 갈 수 있었지요. 퓨즈 상자는 복도에서 들어갈 수 있는 주방 통로에 있더군요. 그리고 총소리가 들린 것도 그가 중앙홀에 없을 때였고. 그러니그를 첫 번째 살인 용의자로 꼽는 것도 당연하지요. 범행을 저지를만한 완벽한 여건을 갖추고 있으니까요.」

「그럼, 두 번째 용의자는 누구지요?」

마플 양이 물었다.

「두 번째 용의자는 알렉스 레스태릭입니다. 그 사람은 정문과 집사이에서 혼자 차를 타고 있었고 또 집까지 오는데도 시간이 너무많이 걸렸거든요.」

「그밖에 다른 용의자는요?」

마플 양은 흥미 있다는 듯이 몸을 앞으로 내밀었다. 그리고는 이렇게 덧붙이는 것도 잊지 않았다.

「내게 이런 말씀을 다 해주시니 정말 친절하시군요.」

「친절이 아닙니다.」

커리 경감이 말했다.

「저로선 부인의 도움을 받아야 하니까요. '그밖에 또 다른 용의자는요?' 하고 부인이 말씀하셨지만 그게 바로 당신이 도와주셔야 할점입니다. 왜냐하면 그 점에 있어서 저는 부인의 도움에 의지해야 하니까요. 어젯밤 부인은 중앙홀에 계셨으니까 누가 홀을 떠났는지 말씀해주실 수 있을 테니까요.」

「예……, 그렇죠. 그래야 할 테지요. 하지만 어쩌죠? 경감님도 아시다시피 그 당시 여건이란 게…….」

「그러니까 부인은 세러콜드 씨와 에드거 로슨이 있던 서재 안에서벌어지고 있는 말다툼에만 온통 정신을 쏟고 있었단 말씀이시죠?」

마플 양은 열심히 고개를 끄덕거려 보였다.

「예. 아시다시피 우린 모두 너무 놀라 정신이 없었거든요. 로슨 씨는 정말, 너무나 심하게 발작 증상을 보였어요. 캐리 루이즈만 빼놓고—그녀는 아주 침착해 보였거든요. 우린 모두 에드거가 세러콜드를 해칠까 봐 가슴을 졸였지요. 그 사람은 소리를 지르면서 갖은 욕설을 퍼붓고 있었어요—우린 그 소릴 똑똑히 들을 수 있었죠. 게다가 전등이 거의 꺼졌기 때문에—다른 것은 볼 수가 없었어요.」

「그러니까 부인 말씀은 그 소동이 벌어지고 있는 동안 아무라도 홀을 몰래 빠져나가 복도를 걸어가 걸브랜드센 씨를 쏴 죽이고 살짝 돌아올 수 있었다는 말씀입니까?」

「예, 그런 일도 가능하리라고 봅니다만.」

「그렇다면 그 시간에 계속 중앙홀에 있었다고 당신이 확실하게 말할 수 있는 사람은 누구죠?」

마플 양은 생각에 잠겼다.

「캐리 루이즈는 분명히 있었어요—왜냐하면 내가 그녀를 지켜보고 있었으니까요. 그녀는 서재 문 바로 옆에 앉아 있었는데, 자리에서 꼼짝도 하지 않았지요. 어떻게 그토록 침착할 수 있었는지 나로선 정말 놀랄 일이지요.」

「그리고 다른 사람들은 어떻습니까?」

「빌레버 양이 홀을 나갔었어요—내 생각엔. 거의 확실하게 생각나는데—그녀가 홀을 나간 건 총소리가 난 뒤였어요. 밀드레드 부인? 그건 잘 모르겠어요. 그녀는 내 뒤에 앉아 있었죠. 그녀 역시 계속 거기 앉아 있었던 것 같은데, 확실하게 잘라 말할 순 없어요. 스티븐은 피아노 앞에 앉아 있었어요. 하지만 세러콜드와 에드거가 말다툼을 벌이기 시작하자 피아노 치는 걸 그만두었지요.」

「부인이 총소리를 들은 시간에만 얽매여 있다간 안 되겠습니다.」

커리 경감이 말했다.

「부인도 아시겠지만 그런 속임수야 이 사건 전에도 수없이 나타난 수법이니까요. 그러니까 가짜로 총을 쏘고는 범행시간을 틀리게 추정하도록 하는 거지요. 만일 빌레버 양이 그런 종류의 속임수를 쓴 거라면—물론 거리가 먼 추정이긴 하지만 혹시 모르는 일 아닙니까—총소리가 난 다음 그녀는 떳떳하게 홀을 나갈 수 있습니다.

그러니 총소리만 갖고 왈가왈부해선 안 됩니다. 그러니까 시간의 경계선은 크리스찬 걸브랜드센이 홀을 나간 순간부터 빌레버 양이 그의 시체를 발견할 때까지의 사이인 겁니다. 그러니 그 동안에 범행을 저지를 기회를 갖지 못했다고 여겨지는 사람들만 제외시키면 됩니다. 거기에 해당되는 사람은 서재에 있었던 루이스 세러콜드 씨와 에드거 로슨 청년, 그리고 홀에 있었던 세러콜드 부인입니다. 사실 세러콜드 씨하고 로슨이 대소동이 일으킨 날 밤에 걸브랜드센 씨가 총에 맞아 죽었다는 것 자체가 불행한 일이었죠.」

「그게 그냥 불행한 일일뿐일까요?」

마플 양이 이렇게 중얼거렸다.

「예? 그럼, 부인은 어떻게 생각하시는데요?」

「나로선 아무래도…….」

마플 양이 여전히 중얼거리는 어조로 말했다.

「그게 일부러 꾸민 일 같다는 생각이 들어요.」

「그게 부인 생각이십니까?」

「글쎄요. 하지만 모두들 에드거 로슨이 그렇게 갑자기 발작한 걸 이상하게 생각하는 것 같았어요. 사실 그 젊은이는 누군지 모를 자기 아버지에 대해 이상한 콤플렉스를—전문적인 용어로는 뭐라고 하는지 모르겠습니다만— 갖고 있지요. 윈스턴 처칠이라는 둥, 몽고메리 경이라는 둥—그게 다 그의 정신상태에서 나옴직한 말이지요. 그냥 아무나 유명한 사람을 떠올린 거예요. 하지만 누군가 그의 머릿속에 루이스 세러콜드가 진짜 아버지라는 것, 그리고 그를 학대해 온 것이 실은 루이스 세러콜드라는 것—그리고 그 청년에게 스토니게이츠 저택뿐 아니라 영국 황태자가 될 권리가 있다는 등등의 말을 불어넣어

주었다고 생각해 보세요. 가뜩이나 허약한 정신상태에서 그가 그러한 말을 액면 그대로 받아들일 건 뻔한 일 아닐까요? 그가 광란상태를 일으켜 조만간 어젯밤과 같은 소동을 벌이리란 건 더욱 뻔한 일이고요. 게다가 눈가림하기엔 얼마나 좋은 구실이에요! 모두들 그 사람이 벌이는 위험한 소동에 정신을 쏟고 있을 테니—게다가 누군가 계획적으로 그 청년한테 총까지 쥐어 주었다고 생각하면 말입니다.」

「예, 그래요. 월터 허드의 총이었죠.」

「예, 나도 그 점에 대해 생각해 보았어요. 물론 아시다시피 월터란 사람은 말이 없는데다가 음울하고 무뚝뚝한 사람이긴 하지만, 나로선 그 사람이 그토록 어리석으리라고는 도저히 생각되지 않아요.」

「그렇다면 당신은 월터를 범인으로 생각하고 계시질 않는군요?」

「물론 범인이 월터라고 밝혀지면 모두들 마음을 놓겠지요. 무정한 소리로 들릴지 모르겠지만 그가 외부인이기 때문에 그건 어쩔 수 없어요.」

「그럼, 그의 부인은 어떻습니까?」

커리 경감이 물었다.

「그녀도 역시 마음을 놓을까요?」

마플 양은 그 물음에 대답하지 않았다.

그녀는 자신이 처음 여기 왔을 때, 지나와 스티븐 레스태릭이 나란히 서 있던 모습을 생각하고 있었다. 그리고는 어젯밤 알렉스 레스태릭이 홀에 처음 들어와서 곧장 지나에게 눈길을 주던 모습도 생각해 보았다. 그렇다면 지나의 태도는 그때 어떠했던가?

2

그로부터 두 시간 뒤, 커리 경감은 앉아 있던 의자를 뒤로 밀고는 한숨을 내쉬었다.

「자, 이제 여러 가지를 밝힌 셈이군.」

레이크 경사가 맞장구를 쳤다.

「하인들에 대한 것도 다 끝났습니다.」 그가 말했다.

「그 사람들은 모두 어려운 시절을 같이 겪은 사람들이죠—다 이곳에서 먹고 자는 사람들이고요. 여기 살지 않는 사람들은 모두 고향으로 갔다고 합니다.」

커리 경감은 고개를 끄덕였다.

그는 정신적인 과로 때문에 머리가 몹시 아팠다.

지금까지 심리요법 의사들이며 교직원들, 그리고 어젯밤 저녁식사에 초대받았던 '두 어린 죄수—경감은 마음속으로 그들을 이렇게 불렀다—'를 만나 보았다. 그들이 말하는 것은 모두가 앞뒤가 꼭 들어맞았다. 별로 적어둘 만한 것도 없었다. 그들의 행동과 습관은 모두 단체 규율에 따른 것들이었다. 그러니까 개인적인 행동은 전혀 끼어들 여지가 없었던 것이다. 그리고 이러한 사실은 알리바이로 써먹기엔 아주 편리한 것이었다. 커리 경감은 자신이 판단하는 한 감화원의 총책임자로 여겨지는 매버릭 박사에 대한 심문을 맨 마지막 순서로 남겨놓았다.

「이제 박사가 올 거야, 레이크.」

말이 끝나자마자 젊은 박사가 성큼성큼 방 안으로 들어왔다.

그는 깔끔하고 말쑥한 옷차림을 하고 있었으며 코안경 너머로 보이는 그의 인상은 왠지 비인간적이고 냉정한 느낌을 주고 있었다.

매버릭 박사는 교직원들이 한 말을 재차 확인해주었고, 커리 경감이 이것저것 찾아낸 사실에 대해서도 동감을 표했다. 감화원이라는 난공불락의 요새에는 아무런 허술한 구석이 없었던 것이다.

크리스찬 걸브랜드센의 죽음을 커리 경감이 말하는 식으로 하면, '어린 환자들' 소행으로 이야기한 것은 감화원을 둘러싸고 있는 의학적인 분위기에 저도 모르게 휩싸인 덕분이었다.

「하지만 환자들은 그저 환자들일 뿐이죠, 경감님.」

매버릭 박사가 얼굴에 희미한 웃음을 띠고 말했다.

그 웃음은 우월감을 나타내는 미소였다. 때문에 만일 커리 경감이 거기에 대해 분개하지 않았다면 그야말로 초인간적인 사람이었을 것이다. 하지만 그는 그런 분개를 꾹 누르고 사무적인 어조로 물었다.

「그럼, 당신의 행동은 어떻습니까, 매버릭 박사? 우리한테 설명해 주시겠습니까?」

「물론이죠. 대략 그 시간까지 적어두었습니다. 여러분들에게 들려 드리기 위해서요.」

매버릭 박사가 레이시 씨, 그리고 바움가튼 박사와 함께 중앙홀을 떠난 것은 9시 15분이었다. 이들은 바움가튼 박사의 사무실로 가서 환자 치료 과정에 대해 이것저것 토론을 벌이고 있었는데 갑자기 빌 레버 양이 허겁지겁 달려오더니 중앙홀로 와달라는 것이었다.

그 시각은 대략 9시 30분쯤. 매버릭 박사가 곧 중앙홀로 달려가 보니 에드거 로슨이 탈진상태에 있었다는 것이다.

커리 경감은 몸을 조금 움직였다.

「잠깐만요, 매버릭 박사. 당신이 보기엔 어떻습니까, 그 젊은이는 분명히 정신질환자인가요?」

매버릭 박사가 다시 그 우월감이 넘친 미소를 얼굴에 띠었다.

「인간은 모두 정신질환자지요, 커리 경감님.」

'이건 동문서답이잖아.' 경감은 머릿속으로 생각했다.

'난 결코 정신질환 환자가 아니란 말이야, 매버릭 박사 당신이야 그런지 몰라도!'

「그는 자신의 행동에 책임을 져야 할까요? 내가 보기엔 자신이 한 짓을 다 알고 있는 것 같은데요?」

「다 알고 있죠.」

「그렇다면 그가 세러콜드 씨에게 리볼버 권총을 쏜 건 분명히 계획적인 살인행위 아닙니까?」

「아뇨, 그렇지 않습니다, 커리 경감님. 절대 그런 게 아니에요.」

「하지만 말입니다, 매버릭 박사. 벽에 총알구멍이 두 개나 난 걸 내 눈으로 똑똑히 확인했어요. 자칫 잘못했으면 세러콜드 씨 머리를 맞출 뻔했습니다.」

「그럴지도 모르죠. 하지만 로슨에겐 세러콜드 씨를 죽일 의도라곤 추호도 없었습니다. 아니, 죽이기는커녕 부상을 입힐 의도도 없었을 겁니다. 그 젊은인 세러콜드 씨를 좋아하고 있으니까요.」

「좋아하는 걸 그런 식으로 나타내다니 좀 별나지 않습니까?」

매버릭 박사가 다시 미소를 띠었다.

커리 경감은 그 미소가 억지로 짓는 미소임을 알았다.

「인간이 하는 일에는 모두 어떤 의도가 숨겨져 있습니다. 경감님, 당신이 어떤 이름이나 얼굴을 잊어버리는 경우가 있다면 그건 당신이 무의식적으로 그것들을 잊어버리고 싶었기 때문이죠.」

커리 경감은 못 믿겠다는 표정이었다.

「당신이 말을 잘못했을 경우, 그 역시 어떤 의도를 갖고 있는 겁니다. 에드거 로슨은 세러콜드 씨한테서 불과 몇 피트 떨어지지 않은 곳에 서 있었습니다. 그러니 쉽게 그를 쏴 죽일 수도 있었습니다. 그런데 그는 그렇게 하질 않았습니다. 왜 그랬을까요? 그건 바로 처음부터 세러콜드 씨를 쏘고 싶지 않기 때문입니다. 아주 간단한 이야기죠. 때문에 세러콜드 씨는 전혀 위험하질 않았던 겁니다. 그리고 세러콜드 씨 자신도 그러한 사실을 잘 알고 있었습니다. 그는 에드거의 행동이 무엇 때문인지 잘 알고 있었던 겁니다—에드거의 그런 행동이 어린 아이의 생활에 꼭 필요한 보호와 애정을 그에게 베풀기를 거부한 세상에 대한 반항과 분노를 표현한 것에 불과합니다.」

「그 청년을 한 번 만나보고 싶은데요.」

「언제든지 만나세요. 어젯밤 발작은 그에게 설사약 같은 효과를 갖다 주었습니다. 덕분에 오늘은 아주 좋아졌고요. 세러콜드 씨도 만족할 겁니다.」

커리 경감은 그를 뚫어지게 바라보았다.

하지만 매버릭 박사는 언제나처럼 진지한 표정이었다.

커리 경감은 한숨을 내쉬었다.

「혹시 비소를 갖고 계신가요?」 그는 이렇게 물었다.

「비소라고요?」

매버릭 박사는 그 질문에 놀란 듯했다.

그에겐 분명히 뜻밖의 질문이었을 것이다.

「그것 참 괴상한 질문이군요. 비소라니, 왜 그런 걸 물어 보시는 겁니까?」

「그냥 질문에 대답만 해주십시오.」

「아니, 난 없습니다. 내가 갖고 있는 약 중에 비소 같은 건 없습니다.」

「하지만 마취제 같은 건 갖고 계시겠지요?」

「아, 물론이죠. 진정제, 모르핀, 뭐 흔히 쓰이는 것들이지요.」

「세러콜드 부인도 당신이 진찰하시나요?」

「아닙니다. 마켓 킴블의 군터 박사가 이 집안 주치의죠. 물론 나도 의학 학위를 갖고 있긴 합니다만, 지금으로선 순전히 정신의학자로서만 일하고 있습니다.」

「알겠습니다. 어쨌든 대단히 감사했습니다, 매버릭 박사.」

매버릭 박사가 방에서 나가자 커리 경감은 정신의학자들 때문에 목에 쥐가 날 지경이라고 레이크 경사에게 투덜거렸다.

「이젠 가족들을 만나 봐야겠어.」 그가 말했다.

「우선 월터 허드라는 젊은이부터 보기로 할까?」

월터 허드의 태도는 신중했다.

그는 주도면밀한 표정으로 경찰관들을 관찰하고 있는 듯한 모습이었다. 하지만 심문에는 대단히 협조적이었다. 스토니게이츠 저택의 배선 상태는 손볼 곳이 많다―전체적인 전기 배선도 아주 구식이다. 요즘 미국 사람들은 그런 배선 구조는 쓰지도 않는다 등등.

「내 생각엔 그것들은 전기가 아직 신기한 발명품으로 여겨지던 때

에릭 걸브랜드센 씨가 설치한 것 같더군요.」

「제 생각에도 그렇습니다. 영국 사람들이란 정말 봉건적이에요. 지금까지 그걸 고치지 않고 놔두다니 말입니다.」

중앙홀의 전등불 대부분이 이어진 퓨즈가 끊어졌기 때문에 그는 그걸 점검하러 퓨즈 상자가 있는 곳으로 갔다. 그리고 퓨즈를 고치고는 홀로 되돌아왔다고 했다.

「당신이 홀에서 나가 있던 시간은 어느 정도였습니까?」

「글쎄, 그걸 정확하게 말씀드릴 수는 없군요. 퓨즈 상자가 아주 손대기 어려운 곳에 있었거든요. 그래서 사다리를 놓고 촛불까지 켜들고 올라가야 했습니다. 아마 그게 10분쯤 걸렸을 겁니다. 아니, 한 15분쯤이나.」

「총소리를 들었나요?」

「아뇨, 전혀. 총소리 같은 건 듣지 못했습니다. 주방으로 들어가는 곳은 이중문으로 되어 있는데다가, 그중 하나는 펠트 헝겊이 가장자리에 씌워져 있거든요.」

「알겠습니다. 그렇다면 중앙홀로 돌아왔을 때 상황은 어땠나요?」

「사람들이 모두 세러콜드 씨의 서재 문 주위에 몰려 있더군요. 스트리트 부인 말은 세러콜드 씨가 총에 맞았다고—하지만 실상은 그렇지 않았죠. 세러콜드 씨는 아주 멀쩡했습니다. 총알이 빗나갔거든요.」

「그 리볼버 권총을 곧 알아보았습니까?」

「그럼요, 물론이죠. 제 총이었습니다.」

「그 총을 마지막으로 본 게 언제였습니까?」

「2~3일 전이었습니다.」

「그걸 어디다 보관해 두었나요?」

「내 방 책상 서랍예요.」

「당신이 그걸 거기에 넣어두었다는 사실을 누가 알고 있습니까?」

「저로선 이 집안사람들이 뭘 알고 있는지 도통 알 수가 없어요.」

「그게 무슨 말입니까, 허드 씨?」

「아, 예, 모두들 미치광이라는 뜻이지요.」

「당신이 중앙홀로 돌아왔을 때 다른 사람들은 모두 거기 있던가요?」

「다른 사람들이라뇨, 어떤 사람들 말입니까?」

「당신이 퓨즈를 고치러 나가기 전 홀 안에 있던 사람들 말입니다.」

「지나가 있었죠. 그리고 백발의 노부인도 있었고, 빌레버 양, 글쎄특별히 눈여겨보질 않아서……, 그 여자도 있었던 것 같군요.」

「걸브랜드센 씨는 그저께 느닷없이 이곳에 오셨지요?」

「그런 모양입니다. 내가 알기론 그런 일은 좀처럼 하지 않는다던…….」

「그 사람의 방문에 대해 누군가 당황한 것 같지 않습니까?」

월터 허드는 잠시 망설이다 대답했다.

「아뇨, 그런 일은 없었습니다.」

그의 태도에 다시 한 번 신중한 기색이 떠올랐다.

「그가 왜 이곳에 왔는지 뭐 짚이는 데가 없습니까?」

「그 '소중한' 걸브랜드센 신용기금에 관한 일 때문이었을 겁니다. 아무튼 이곳에 있는 교육기관이란 건 미친 짓거리니까요.」

「미국에도 당신이 말한 그런 '교육기관'들이 있지 않습니까?」

「하지만 계획적인 설비를 하는 것과 이곳에서 하는 소위 인간적인 운영이라는 것과는 전혀 별개의 것이지요. 나도 군대에서 정신의학자들을 많이 보았습니다. 이곳에도 그런 사람들이 득실거리죠. 어린 악당들한테 종려나무 바구니를 만드는 방법이라든지 파이프 걸이를 조각하는 방법 같은 걸 가르친다는 겁니다. 게다가 아이들의 장난까지 거들고! 정말 여자나 하는 일 아닙니까?」

커리 경감은 그의 신랄한 말에 대해 아무 대꾸도 하지 않았다. 그걸로 보아 경감 역시 그의 말에 동감인 모양이었다.

그는 월터 허드를 주의 깊게 바라보며 말했다.

「그렇다면 당신은 누가 걸브랜드센 씨를 죽였는지 전혀 짚이는 데가 없단 말이죠?」

「걸브랜드센 씨한테 그 기술이란 걸 교육받고 있는 감화원의 영리한 소년들 중 한 놈이 아닌가 합니다만.」

「아니오, 허드 씨. 소년들은 이미 조사를 마쳤습니다. 감화원은 신경 써서 자유로운 분위기로 보이고 있긴 하지만 역시 수용소임에는 틀림없으니까요. 그리고 운영방식 역시 그런 식입니다. 그러니 어두워진 뒤에는 아무도 몰래 그곳으로 숨어들 수도, 밖으로 나올 수도 없어요. 살인을 한다는 건 더구나 있을 수 없는 일이지요.」

「하지만 나라면 그 애들을 그냥 아무렇지 않게 넘겨 버리진 않을 겁니다! 글쎄……, 경감님은 이 집안사람들 쪽으로 용의자를 한정시키고 싶으신 모양인데, 그렇다면 경감님이 제일 혐의를 두고 있는 사람은 알렉스 레스태릭이겠군요.」

「어째서 그렇게 생각합니까?」

「그에겐 그럴 기회가 있었으니까요. 혼자 차를 타고 정원으로 왔으니까요.」

「그렇다면 그가 크리스찬 걸브랜드센을 죽여야 할 동기가 어디에 있는 걸까요?」

월터는 어깨를 으쓱해 보였다.

「글쎄, 난 이 집에서는 이방인이라서. 이 집안사람들이 서로 어떤 관계로 얽혀 있는지 모릅니다. 아마 그 노인이 알렉스에 대한 얘기를 듣고는 그걸 세러콜드 씨 가족들에게 폭로하려고 해서 그랬는지도 모르지요.」

「그렇다면 결과가 어떨까요?」

「식구들이 돈줄을 끊어버릴 테지요. 사실 그는 이 집안사람들의 돈을 쓰고 있으니까요—여기저기 대단히 많은 돈을 쓰거든요.」

「당신 말은……, 그러니까 연극 사업에 그렇게 많은 돈을 쓰고 있다는 겁니까?」
　「허어, 그가 그렇게 말하던가요?」
　「그렇다면 뭔가 다른 곳에 쓴다는 말인가요?」
　윌터 허드는 다시 한 번 어깨를 으쓱거렸다.
　「글쎄, 난 모르겠습니다.」

제 *13* 장

1

알렉스 레스태릭은 입심이 좋은 남자였다.

「예, 예, 압니다! 나야말로 완벽한 용의자죠. 난 혼자 차를 타고 왔어요. 그리고 집으로 돌아오는 도중 창조적인 영감을 얻은 겁니다. 경감님은 이해 못하실 테지요. 경감님이 어떻게 이해하시겠습니까?」

「그럴지도 모르죠.」

커리 경감이 냉정하게 대꾸했다.

하지만 알렉스 레스태릭은 개의치 않고 계속 말해 나갔다.

「그게 바로 그런 겁니다! 그런 영감이란 언제, 어떻게 오는 줄도 모르는 사이에 갑작스럽게 다가오는 거니까요. 어떤 효과며—아이디어가 떠오르면— 그밖에 것은 모두 바람 속으로 사라져 버리는 겁니다. 난 다음 달에 있을 '라임하우스의 밤' 공연을 연출하고 있습니다.

그런데 갑자기—어젯밤에— 멋진 무대장치가 떠오른 겁니다. 완벽한 조명과 함께 말입니다. 안개……, 그리고 안개 속에 흐르는 자동차 헤드라이트 불빛, 그리고 그것이 반사되는 모습. 그러자 높은 건물의 모습이 희미하게 비추어지고 모든 것이 쓸 만했지요! 총소리, 뛰어가는 발소리, 그리고 '탕탕' 하고 울려대는 전기동력 엔진 소리……, 이게 모두 템스 강에 띄운 배를 연출할 수 있는 소리지요. 그래서 난 생각했습니다—그래 바로 이거다. 하지만 이런 효과를 얻으려면 도대체 어떤 걸 사용해야 할지…….」

커리 경감이 그의 말에 끼어들었다.

「총소리를 들었다고요? 그게 어디서였습니까?」

「안개 속에서요, 경감님.」

알렉스는 허공에 대고 손을 내저어 보였다. 통통하고 손질이 잘 된 손이었다.

「안개 속에서였어요. 그게 또 아주 멋진 효과를 내주었지요.」

「뭔가 이상하다는 생각이 들진 않던가요?」

「이상하다고요? 왜 그런 생각을 하죠?」

「총소리란 게 그렇게 자주 일어나는 겁니까?」

「아, 못 알아들으실 줄 알았습니다. 총소리는 내가 떠올리고 있던 장면에 꼭 어울렸단 말입니다. 난 총소리가 필요했거든요. 위험, 아편, 미친 짓거리들. 그게 진짜로 무슨 소리였든지 간에 내가 상관할 게 뭐란 말입니까? 길 위를 달리는 자동차의 내연 기관이 역화(逆火)하는 소리? 토끼를 쫓는 밀렵자의 총소리?」

「이 근처에서는 대개 토끼를 덫으로 잡습니다.」

알렉스는 계속 말해 나갔다.

「아이들이 불장난하는 소리? 난 그 소리가 총소리라고는 꿈에도 생각지 않았습니다. '라임하우스의 밤' 공연 생각에 푹 빠져 있었거든요—아니, 차라리 극장의 일등석 뒤에 서 있었다고 하는 게 더 낫겠군요. '라임하우스의 밤' 공연을 지켜보면서 말입니다.」

「총소리는 몇 번이나 났습니까?」

「글쎄, 모르겠습니다.」

알렉스는 초조한 듯이 말했다.

「두 번인가 세 번이었던 걸로 기억됩니다. 두 번은 연달아났어요. 그건 기억하고 있습니다.」

커리 경감이 고개를 끄덕였다.

「그리고 뛰어가는 발소리를 들었다고 한 것 같은데? 그 소리는 어디에서 났습니까?」

「그 소리 역시 안개 속에서 났어요. 집 근처였던 것 같습니다.」

커리 경감이 부드러운 어조로 말했다.

「그렇다면 크리스찬 걸브랜드센 씨를 죽인 사람은 집 바깥에서 왔다는 얘기군요.」

「물론이죠. 당연하지 않습니까? 경감님은 설마 살인자가 집 안에 있다는 말씀은 아니시겠지요?」

커리 경감은 여전히 온화한 어조로 말했다.

「우리는 이것저것 모든 경우를 생각해야 하니까요.」

「그러시겠지요.」

알렉스 레스태릭이 짐짓 관대한 태도로 말했다.

「사실, 경감님, 당신 직업이야말로 얼마나 영혼을 피곤하게 하는 직업입니까? 세세한 일들, 여러 가지 시간, 장소, 별로 쓸데없는 것들을 죄다 염두에 두어야 하니까요. 그러나 결국 그래 봤자 남는 게 뭡니까? 가엾은 크리스찬 걸브랜드센 씨를 다시 살려내기라도 한다는 겁니까?」

「범인을 잡는 것도 대단히 만족스러운 일이거든요, 레스태릭 씨.」

「미국 서부극 영화 같은 투로군요!」

「걸브랜드센 씨를 평소에 잘 알고 있었습니까?」

「그를 살해해야 할 정도로 잘 알고 있진 못합니다, 경감님. 어렸을 때 이 집에서 살았으니까 종종 보기는 했어요. 이 집안에서 하는 사업을 맡은 보스 중 한 사람이었습니다. 하지만 나한테는 흥미없는 타입의 사람이었지요. 내가 알기론 그 사람은 토르발센(덴마크 조각가. 작품으로는 '그리스도와 12사도', '아도니스', '낮과 밤' 등이 있다)의 조각 작품도 꽤 갖고 있었어요.」

알렉스는 생각만 해도 몸서리가 쳐진다는 듯이 몸을 떨었다.

「그것만 봐도 다 알조가 아닙니까? 젠장, 영락없이 부호들 부류였지요.」

커리 경감은 명상이라도 하듯 알렉스의 얼굴을 바라보더니 물었다.

「독약에 관심이 있으십니까, 레스태릭 씨?」

「독약? 그게 무슨 말씀입니까? 그 양반이 처음엔 독을 마시고 그

다음엔 총을 맞아 죽은 건가요? 그거 정말 대단한 탐정소설 같은데 요.」

「물론 그가 독살된 건 아닙니다. 하지만 어쨌든 내 질문에는 아직 답변하지 않았습니다.」

「독약이란 확실히 매력있는 거지요……, 리볼버 권총이며 둔기 같은 거칠고 조잡한 물건하고는 다르니까요. 하지만 나로선 독약에 대한 전문지식이 없습니다, 그런 말씀을 하시는 거라면 말입니다.」

「당신 소지품 중에 비소가 있었던 적은 없습니까?」

「연극이 끝난 뒤, 샌드위치 속에 말입니까? 그건 정말 근사한 생각이로군요. 경감님, 로즈 길든이라는 여배우 모르시죠? 자신이 유명하다고 생각하는 여배우 중 한 사람이죠. 아니, 난 비소에 대해서는 전혀 아는 바가 없습니다. 내가 알기론 잡초제거용 농약이나 파리 잡는 끈끈이종이에서 추출한다면서요.」

「이곳엔 얼마나 자주 오십니까, 레스태릭 씨?」

「경우에 따라 다릅니다, 경감님. 어떨 때는 몇 주일씩 못 오기도 하니까요. 하지만 주말이면 되도록 내려오려고 하지요. 나로선 스토니게이츠 저택이 집과도 같으니까요.」

「세러콜드 부인께서 당신이 그렇게 생각하도록 해주신 건가요?」

「내가 세러콜드 부인께 진 빚은 도저히 무엇으로도 갚을 수 없는 겁니다. 동정, 이해, 애정…….」

「그리고 많은 돈도?」

알렉스의 얼굴에 혐오스러운 듯한 표정이 떠올랐다.

「그분은 날 친아들처럼 대해 주십니다. 내가 하는 일도 전폭적으로 믿어 주시고.」

「그분이 유언장에 대해 당신한테 무슨 말을 한 적이 있습니까?」

「물론 하셨죠. 그런데 대체 이런 질문들을 하시는 요점이 뭡니까, 경감님? 세러콜드 부인한테는 아무 사고도 없었지 않습니까?」

「그런 일은 없어야겠지요.」

커리 경감이 엄숙한 어조로 말했다.

「그건 또 무슨 말입니까?」

「모르고 계신다면 그게 훨씬 좋은 일일 겁니다.」

커리 경감이 대꾸했다.

「하지만 만일 알고 있다면……, 당신에게 경고를 하는 바입니다.」

알렉스가 방을 나가자 레이크 경사가 말했다.

「겉만 멀쩡한 엉터리라고 말씀하실 테죠?」

커리 경감이 고개를 내저었다.

「그렇게 말하긴 어려워. 진짜 창조적인 재능이 있는 건지도 모르니까. 아니, 그냥 아무것도 아니면서 말로만 허풍을 떠는 건지도 모르고. 그거야 알 수 없는 일이지. 발소리를 들었다고 했지? 내 장담하지만 그건 분명히 그 작자가 꾸며낸 말이야.」

「그럴 만한 이유라도 있을까요?」

「분명히 그럴 만한 이유가 있을 거야. 아직은 모르겠지만 알게 될 테지.」

「경감님, 어쩌면 그 영리한 소년들 중 하나가 몰래 감화원 건물을 빠져나온 건지도 모릅니다. 그 녀석들 중에 분명히 어디서건 귀신같이 잘 빠져나오는 녀석이 있을 겁니다. 만일 그렇다면…….」

「그것도 생각해 본 얘기야. 그렇게 생각하면 편리하니까. 하지만 그게 정말 사실이라면, 레이크, 난 이 중절모자도 씹어 먹어 보이겠네.」

2

「전 피아노를 치고 있었습니다.」

스티븐 레스태릭이 말했다.

「그 소동이 벌어지고 있었을 때는 나직한 소리로 두들기고 있었지만. 루이스와 에드거 사이에 일어났던 소동 말입니다.」

「그 일에 대해서는 어떻게 생각하십니까?」

「글쎄요, 솔직히 말씀드리면 난 별로 대수롭지 않게 여기고 있어요. 그 가엾은 작자는 여러 가지 원한을 품고 있지만 실제로는 정신병자가 아니에요. 그 웃기는 짓거리들도 다 뭔가 연막을 피우려는 수작이죠. 그러니까 실상 그는 우리 모두에게 앙갚음을 한 셈입니다―특히 지나에게 말입니다.」

「지나? 허드 부인을 말씀하시는 겁니까? 그가 왜 그녀한테 앙갚음을 해야 한다는 거죠?」

「그녀가 여자이기 때문이죠―게다가 아름다운 여자니까요. 그녀는 또 그 사람을 아주 우습게 여기고 있거든요. 그녀에겐 이탈리아인의 피가 절반 흐르고 있습니다. 아시다시피 이탈리아 사람들은 무의식적이지만 잔인한 면이 있거든요. 그 사람들은 늙은 사람이나 못생긴 사람, 그리고 머리가 좀 이상한 사람한테는 전혀 동정심을 갖지 않으니까요. 게다가 그런 사람들을 손가락질하면서 비웃기까지 하거든요.

당연한 일이지만 지나가 바로 그렇답니다. 그녀는 에드거한테 혐오감을 품고 있어요. 그는 어리석고 젊은데다 거만하고, 또 자기 자신에 대해 근본적으로 불신을 갖고 있어요. 남들한테 뛰어나게 보이려고 애쓰지만 결국엔 바보같이 보일 뿐이죠. 하지만 지나는 그 젊은이가 겪고 있는 고민 같은 것에는 눈곱만큼도 관심이 없어요.」

「당신 말은 에드거 로슨 씨가 허드 부인을 사랑한다는 말입니까?」

커리 경감이 물었다.

스티븐이 명랑하게 대답했다.

「예, 그렇습니다. 사실은 우리 모두 약간씩은 그녀를 사랑하고 있지요. 지나도 그런 우리를 좋아하고요.」

「그녀의 남편 역시 그 사실을 맘에 들어 하나요?」

「그 사람은 잘 모르고 있습니다. 그 사람도 많이 괴로울 겁니다.

불쌍한 친구죠. 아마 오래 가지는 않을 겁니다. 두 사람의 결혼 말입니다. 머지않아 깨지고 말 거예요. 그것도 전쟁이 낳은 결과 중 하나죠.」

「그것 참 재미있는 말이군요.」 경감이 말했다.

「하지만 크리스찬 걸브랜드 씨 살인사건을 얘기하다가 본론에서 벗어난 것 같군요.」

「그렇군요.」

스티븐이 대꾸했다.

「하지만 그 사건에 대해선 별로 말씀드릴 게 없습니다. 난 피아노 앞에 앉아 있다가 졸리가 낡아빠진 열쇠꾸러미를 가져와 서재 문을 열어보려고 하는 동안 계속 피아노 앞을 떠나지 않았으니까요.」

「피아노 앞에 앉아 있었단 말씀이군요. 그러면 계속 피아노를 치고 있었습니까?」

「루이스의 서재 안에서 생사가 걸린 싸움을 하고 있는데 나직하게 반주라도 넣고 있었느냐는 말씀인가요? 아닙니다, 난 그 소동이 막바지에 이르렀을 때 피아노 치는 걸 그만두었습니다. 그 소동의 결과가 어떻게 될까 하고 조마조마했었다는 건 아닙니다. 루이스는 위압적이라고 밖에는 표현할 수 없는 눈을 가진 사람이니까요. 아마 그 눈으로 노려보기만 해도 에드거 같은 사람은 대번에 풀이 죽고 말걸요.」

「하지만 에드거 로슨 씨는 세러콜드 씨를 향해 두 발이나 쐈지 않습니까?」

스티븐은 조용히 머리를 내저었다.

「그건 그냥 연극이었습니다. 그러니까 연기를 즐기고 있었던 거지요. 우리 어머니도 곧잘 그런 짓을 하셨지요. 내가 네 살 때 어머니가 돌아가셨습니다. 아니, 누군가와 사랑에 빠져 달아난 건지도 모르죠. 어쨌든 화나는 일이 있을 때면 어머니가 총을 마구 쏴대던 일이 기억납니다. 언젠가 한 번은 나이트클럽에서 소동을 벌였죠. 덕분에 벽에 온통 총알무늬가 새겨질 정도였답니다. 어머닌 명사수였거든요.

말썽도 많이 일으켰어요. 어머닌 러시아 댄서였지요.」

「그렇습니까. 그런데 레스태릭 씨, 어젯밤 당신이 홀 안에 있는 동안 그곳을 떠난 사람이 누구죠—그 문제의 시간에 말입니다.」

「월터였죠—전등불을 고치러. 그리고 서재 문에 맞는 열쇠를 찾으러 나간 줄리엣 빌레버 양도 있었고요. 그밖에 내가 아는 한 아무도 나간 사람이 없습니다.」

「만일 누군가 나갔다면 그걸 눈치챌 수 있었을까요?」

스티븐은 잠시 생각해 보았다.

「아마 알아차리지 못했을 겁니다. 발꿈치를 들고 슬쩍 나갔다가 돌아왔다면 말입니다. 홀 안은 아주 어두웠거든요—게다가 두 사람이 싸우는 통에 우린 모두 거기에만 정신을 쏟고 있었으니까요.」

「그 동안 계속 홀에 있었다고 말할 수 있는 사람은 누구지요?」

「세러콜드 부인하고……, 그래요, 지나가 있었습니다. 그 사람들이라면 틀림없이 있었습니다.」

「고맙습니다, 레스태릭 씨.」

스티븐은 문쪽으로 갔다. 그리고는 잠시 주저하다가 되돌아왔다.

「그런데 비소 얘기는 어떻게 된 겁니까?」

「비소 얘긴 누구한테 들었나요?」

「형한테요.」

「아……, 그렇군요.」

스티븐이 계속 질문을 해댔다.

「그럼, 누군가 세러콜드 부인한테 비소를 먹이고 있었다는 겁니까?」

「그게 세러콜드 부인인 줄은 또 어떻게 아셨지요?」

「비소 중독으로 일어나는 증상에 대해 읽은 적이 있거든요. 말초신경 아닙니까? 그렇다면 최근 그분이 겪고 있는 증상하고 들어맞게 되거든요. 게다가 어젯밤 루이스가 그분한테서 강장제 잔을 빼앗은 일도 있었으니까요. 그런 일이 진짜 있기는 있는 겁니까?」

「그 일은 현재 조사중에 있습니다.」

커리 경감이 극히 사무적인 태도로 말했다.

「부인도 이 사실을 알고 계십니까?」

「세러콜드 씨는 부인을 놀라게 해선 안 된다고 몹시 걱정하고 있습니다.」

「놀란다는 말이 부인에게는 전혀 어울리지 않습니다, 경감님. 세러콜드 부인은 절대 무슨 일에 놀라거나 할 사람이 아니니까요……. 바로 그게 크리스찬 걸브랜드센의 죽음 뒤에 숨겨진 비밀입니까? 그러니까 세러콜드 부인이 독살되고 있다는 걸 그 사람이 알아낸 겁니까? 그런데 도대체 그걸 그 사람이 어떻게 알아냈을까요? 어쨌든 정말 믿어지지 않는 일들뿐이군요. 도대체 납득이 가지 않아요.」

「이 일로 해서 매우 놀란 모양이군요, 레스태릭 씨?」

「예, 정말입니다. 알렉스 형이 그 얘길 했을 땐 정말 도저히 믿을 수 없었습니다.」

「당신이 보기엔 세러콜드 부인한테 비소를 먹일 만한 사람이 누구일 것 같습니까?」

스티븐 레스태릭의 잘생긴 얼굴에 잠깐 미소가 흘렀다.

「평범한 사람은 아닐 테지요. 그녀의 남편은 의심하지 않아도 될 겁니다. 루이스가 그래 봤자 이득이 될 게 아무것도 없으니까요. 게다가 그 양반은 부인을 숭배하거든요. 아마 부인의 손가락만 조금 다쳐도 안절부절못할 걸요.」

「그렇다면 누가 범인일까요? 누구 짐작 가는 사람이라도 없습니까?」

「아, 예. 분명히.」

「그 말뜻을 설명해주시겠습니까?」

스티븐은 고개를 내저었다.

「심리학적으로 말하면 뭔가 확신이 간다는 겁니다. 다른 말로는 설명이 안 되는군요. 증거도 없고요. 아마 내가 말씀드려봤자 찬성하지 않으실 겁니다.」

스티븐 레스태릭은 말을 끝내고는 방을 나가버렸다.

커리 경감은 자기 앞에 놓인 종이쪽지에 고양이 그림을 그렸다.

그는 세 가지를 생각하고 있었다. 첫째, 스티븐 레스태릭은 자신을 대단한 인물로 생각하고 있다. 둘째, 스티븐 레스태릭과 그의 형은 공동 전선을 벌이고 있다. 셋째, 스티븐 레스태릭이 잘생긴 반면 월터 허드는 못생긴 남자다.

그리고 그는 두 가지 의문을 떠올렸다. 스티븐이 말한 '심리학적으로 말하면'이란 말은 무슨 뜻인가? 그리고 스티븐이 과연 피아노 앞에 앉은 채로 지나를 볼 수 있었을까 하는 것—그로서는 납득이 가지 않는 일이었다.

3

칙칙한 분위기의 고딕풍 도서실에 지나가 들어서자 그곳은 곧 이국적인 광채로 가득 찼다.

커리 경감조차도 탁자에 앉은 채 몸을 내밀며,

「무슨 일이시죠?」

하고 호기심에 찬 눈길로 묻고 있는 이 화려한 여인을 보고 눈을 깜박였을 정도였다. 이어 커리 경감은 그녀의 주홍빛 셔츠와 짙은 초록색 바지를 살펴보며 무뚝뚝한 어조로 말을 꺼냈다.

「상복을 입지 않고 계시는군요, 허드 부인?」

「전 상복이라곤 한 벌도 갖고 있지 않은 걸요.」

지나가 대꾸했다.

「물론 모두 다 검은 상복에 진주 장식을 해야 한다는 건 알아요. 하지만 전 그런 옷이 없어요. 게다가 전 검은색이 싫어해요. 검은색은 소름끼쳐요. 그리고 검정 옷이란 수위들이나 가정부, 뭐 그런 사람들이나 입는 거잖아요. 더구나 크리스찬 걸브랜드센은 저와는 친척 관계도 아니니까요. 할머니의 의붓아들일 뿐이에요.」

「그렇다면 당신은 그 사람을 잘 모른다는 건가요?」

지나는 고개를 흔들었다.

「그분은 제가 어렸을 때 이곳에 서너 번 오셨어요. 그러다가 전쟁이 일어난 뒤엔 전 미국으로 건너가 버렸죠. 여기 와서 살게 된 것도 겨우 여섯 달밖에 안 되고요.」

「여기 눌러 살려고 오신 겁니까? 그냥 들르러 오신 겁니까?」

「그런 건 별로 생각해 보지 않았어요.」

「당신은 어젯밤 걸브랜드센 씨가 방으로 갔을 때 중앙홀에 계셨나요?」

「예, 그래요. 그분은 밤 인사를 하고는 방으로 가버렸어요. 할머니가 뭐 필요한 것 없느냐고 물어 보니까 그런 것 없다고—졸리가 아주 잘 보살펴 준다고 대답했어요. 뭐 꼭 그렇게 말한 건 아니지만 어쨌든 그런 뜻의 말을 했어요. 그리고는 편지 쓸 일이 있다고 하더군요.」

「그러고 나서는?」

지나는 루이스와 에드거 로슨 사이에 벌어졌던 소동에 대해서 상세히 설명했다. 이제까지 커리 경감이 수없이 들은 것과 마찬가지의 내용이었지만 일단 지나가 얘기를 하자 새로운 색채와 취향이 곁들어지게 되었다. 즉 무슨 드라마처럼 되었다는 말이다.

「그건 월터의 총이었어요.」

지나는 계속 말해 나갔다.

「에드거가 월터 방에 몰래 들어가 그걸 훔쳐낼 만한 담력이 있었다니 정말 놀랄 일이에요. 그 남자한테 그런 용기가 있으리라고는 꿈에도 생각지 않았는데.」

「두 사람이 서재로 들어가고 에드거 로슨 씨가 문을 잠갔을 때 놀라셨습니까?」

「아뇨, 전혀.」

지나는 커다란 갈색 눈을 더욱 휘둥그레 뜨면서 말했다.

「오히려 재미있었어요. 하는 짓이 너무 서투른데다 연극이라는 것이 너무나 분명하게 드러났거든요. 에드거가 하는 짓이란 늘 그렇게 우스꽝스럽죠. 그 사람 하는 일 뭐 하나 진지한 게 없어요.」

「하지만 진짜로 총을 쐈지 않습니까?」

「그렇죠. 그땐 정말 그 사람이 루이스를 쏜 줄 알았어요.」

「그래도 재미있었습니까?」

커리 경감은 이렇게 묻지 않고는 배길 수가 없었다.

「아니오, 그때는 정말 무서웠어요. 모두들 그랬죠. 할머니만 빼고는 —할머니는 머리카락 하나 끄떡하지 않았어요.」

「그건 놀라운 일인데요.」

「뭐 꼭 그렇지도 않아요. 할머닌 그런 분이시니까. 도저히 이 세상 사람 같지가 않다니까요. 할머닌 이 세상에 악한 일이 일어난다는 걸 전혀 믿지 않으시는 분이거든요. 너무 마음이 착하세요.」

「그 소동이 벌어지고 있는 동안 홀에는 또 누가 있었습니까?」

「아, 물론 우리 전부 있었지요. 크리스찬 외숙부는 말고요.」

「전부는 아니죠, 허드 부인. 들락날락한 사람이 있었지 않습니까.」

「그런가요?」

지나가 애매모호한 투로 말했다.

「예를 들어 당신 남편 말입니다. 전등불을 고치러 나갔었지요.」

「그렇죠. 월터는 뭘 고치는 데는 선수니까요.」

「내가 알기론 그 사람이 홀에서 나갔을 때 총소리가 들렸다지요. 당신들은 모두 총소리가 정원에서 나는 소리라고 여겼나요?」

「글쎄, 기억은 잘 안 나지만……, 아, 그래요. 전등불이 켜지고 월터가 돌아온 직후였지요.」

「그밖에 홀을 나간 사람은 없었나요?」

「아뇨, 그런 것 같지는 않아요. 기억은 잘 안 나지만요.」

「그때 당신은 어디 앉아 계셨나요, 허드 부인?」

「창가에 앉아 있었어요.」

「서재 옆 창가 말씀이군요?」

「예.」

「당신은 홀을 나가지 않았습니까?」

「나간다고요? 그렇게 흥분해 가지고요? 물론 나가지 않았어요.」

지나는 그 말에 기분이 나쁜 듯이 말했다.

「다른 사람들은 어디에 앉아 있었습니까?」

「대부분 벽난로 주위에 앉아 있었던 것 같아요. 밀드레드 이모는 뜨개질을 하고 계셨고, 제인 아주머니도 마찬가지였지요—마플 양 말씀이에요. 할머니는 그냥 앉아 계셨고요.」

「스티븐 레스태릭 씨는 어디 있었습니까?」

「스티븐? 그 사람은 피아노를 치기 시작했지요. 하지만 그 뒤론 그 사람이 어디로 자리를 옮겼는지는 모르겠어요.」

「빌레버 양은?」

「여느 때처럼 그저 안절부절못하고 있었지요. 그 사람은 앉아 있는 법이 없으니까요. 아마 열쇠나 뭐 그런 걸 찾아다니고 있었을 거예요.」

그러다가 그녀가 느닷없이 말했다.

「참, 할머니의 강장제는 어떻게 된 거죠? 약사가 그걸 만들 때 무슨 실수라도 했나요?」

「왜 그런 생각을 하시죠?」

「그 병이 없어졌거든요. 그래서 졸리가 지금 그걸 찾으러 미친 듯이 돌아다니고 있어요. 알렉스가 그녀한테 경찰관이 그걸 가져갔다고 말하긴 했지만. 정말 경감님이 그걸 가져갔나요?」

그 질문에는 대꾸하지 않고 커리 경감은 계속 질문을 해댔다.

「빌레버 양이 몹시 안절부절못한다고 하셨나요?」

「아, 그거요? 졸리는 언제나 그래요.」

지나는 대수롭지 않은 듯이 말했다.

「소동을 벌이는 걸 좋아하거든요. 어떨 땐 도대체 할머니가 어떻게 그런 걸 견디시나 하고 궁금하다니까요.」

「마지막으로 한 가지만 더 묻겠습니다, 허드 부인. 누가 크리스찬 걸브랜드센 씨를 죽였는지, 그리고 왜 그랬는지에 대해 전혀 생각되는 바가 없습니까?」

「감화원 소년들 중 하나의 짓일 테지요. 진짜 난폭한 살인자라면 훨씬 더 현명했을 테니까요. 그런 사람들은 금고를 털던지 혹은 돈이나 보석류를 훔칠 때나 몽둥이로 사람을 내리칠 뿐이죠—그것도 그냥 재미로는 하지 않아요. 하지만 감화원 소년들 중 하나라면—정신적 부적응이라고 한다지요— 그런 짓을 그냥 재미로 할 거예요, 그렇지 않나요? 왜냐하면 장난이 아니고서야 크리스찬 외숙부를 죽일 이유가 없지 않겠어요? 전 장난으로 하는 말이 아니에요, 정말. 하지만…….」

「그 동기가 뭔지 생각이 안 난다는 말씀이시죠?」

「예, 바로 그 말이에요.」

지나가 즐거운 듯이 말했다.

「뭐 사실 외숙부가 도둑맞은 거라곤 아무것도 없잖아요?」

「하지만, 허드 부인, 감화원 건물은 문단속이 잘 되어 있고 철저히 경비가 되어 있지 않습니까? 허가 없이는 아무도 나가지 못하게 되어 있는 걸요.」

「그렇지도 않아요.」 지나가 명랑하게 웃었다.

「그 애들은 어디서건 빠져나가요! 저한테도 여러 가지 트릭을 많이 가르쳐 준 걸요.」

「활달한 여자로군요.」

지나가 방을 나가자 레이크 경사가 말했다.

「지금 처음으로 자세히 살펴보았습니다. 정말 사랑스럽지 않습니까? 약간 외국 사람 같은 얼굴이긴 하지만…….」

커리 경감은 그녀가 '명랑한 여자'인 것 같다고 덧붙였다.

「이번 일이 아주 즐거운 모양이에요.」

「스티븐 레스태릭은 그녀의 결혼이 곧 깨어질 거라고 하던데, 그 말이야 옳든지 그르든지 간에 난 그녀가 말을 잘못한 걸 눈치챘어. 총소리를 듣기 전에 월터 허드가 중앙홀에 되돌아왔다고 한 말 말이야.」

「다른 사람들 말하고 비교하면 틀리군요, 안 그렇습니까?」

「바로 그렇다네.」

「게다가 그녀는 빌레버 양이 열쇠를 찾으러 홀을 나갔다고도 안 했습니다.」

「안 했지.」 커리 경감은 생각에 잠겨 말했다.

「그런 말은 안 했어…….」

제 *14* 장

1

스트리트 부인은 지나 허드보다는 훨씬 더 도서실 분위기에 어울리는 여자였다. 스트리트 부인에게는 이국적인 분위기라고는 전혀 없었다. 그녀는 얼룩무늬 마노 구슬이 달린 상복을 입고 있었고, 잘 빗어 넘긴 회색 머리 위로 그물망을 쓰고 있었다.

'정말 영국 성공회 참사회 의원의 미망인다운 모습이군.'

커리 경감은 내심 이렇게 중얼거렸다.

그러한 인상은 오히려 이상한 느낌을 주었다. 왜냐하면 자신의 처지에 어울리는 모습을 한 사람이 이 집에는 아주 드물었기 때문이다.

꽉 다문 그녀의 입술에는 고행하는 성직자 같은 분위기가 감돌고 있었다. 그야말로 기독교적인 인내, 기독교적인 불굴의 의지 등을 표상하고 있는 듯한 모습이었다. 하지만 결코 기독교적인 자비심을 보이고 있진 않다고 커리 경감은 생각했다.

스트리트 부인은 분명히 기분이 상한 모양이었다.

「언제 저를 부를지 귀띔을 해주셨어야 한다는 게 제 생각이에요, 경감님. 아침 내내 기다리느라고 자리에서 꼼짝 않고 앉아 있어야 했으니까요.」

'이 여잔 지금 자존심이 상한 거야.'

커리 경감은 이렇게 판단했다.

그는 그녀가 성미가 끓어오르기 전에 빨리 손을 썼다.

「이거 대단히 죄송했습니다, 스트리트 부인. 우리가 이런 일을 어떻게 해나가는지 모르셔서 하는 말씀입니다. 그러니까 우리는 덜 중요한 증인부터 부르기 시작한답니다. 우선 그런 사람들부터 처리해야 하니까요. 신뢰하고 판단을 맡길 수 있는 사람을 마지막으로 남겨 두지요. 관찰력이 대단한, 지금까지 다른 사람들이 한 말을 우리가 점검할 수 있게 해줄 그런 분 말입니다.」

스트리트 부인의 노기가 눈에 뜨이게 누그러졌다.

「아, 그러셨어요. 난 전혀 몰랐네요.」

「부인은 원숙한 판단력을 갖추고 계신 분입니다, 스트리트 부인. 세상물정에 밝으니까요. 게다가 이곳은 부인의 집이 아닙니까─부인이야말로 이 집안 따님이시니까 여기 살고 있는 사람들에 대해 상세히 얘기해 주실 수 있겠지요.」

「그건 분명히 그렇죠.」

밀드레드 스트리트의 말이었다.

「그러니 우리가 크리스찬 걸브랜드센 씨를 죽인 범인이 누구냐는 질문을 드려도 부인이시라면 분명히 우리에게 큰 도움을 주실 겁니다.」

「하지만 그밖에 다른 질문은 없나요? 누가 우리 오라버닐 죽였느냐 하는 건 두말할 필요도 없이 명백한 거 아니에요?」

커리 경감은 의자 뒤로 조금 몸을 기댔다.

그의 손은 깨끗하게 깎은 콧수염을 어루만지고 있었다.

「글쎄요……, 어쨌든 우리는 신중해야 하니까요.」

그는 이렇게 말을 꺼냈다.

「부인 생각엔 범인이 분명하다고 보십니까?」

「물론이죠. 가엾은 지나의 그 끔찍한 미국인 남편이지 누구겠어요. 그 사람이야말로 이곳에서는 유일한 이방인이니까요. 모두들 그에 대해 정말 아무것도 아는 게 없어요. 아마 틀림없이 무시무시한 미국 갱단 중 한 명일 거예요.」

「하지만 그렇다고 해서 그가 크리스찬 걸브랜드센 씨를 죽일 이유는 없지 않습니까? 도대체 그럴 이유가 뭐죠?」

「크리스찬이 그 남자에 대해 뭔가 알아냈기 때문일 거예요. 오빠가 이곳을 방문한 지 얼마 지나지 않았는데 다시 온 것도 다 그 때문이에요.」

「정말 그렇다고 확신하십니까, 스트리트 부인?」

「다시 말씀드리지만 그건 틀림없는 사실이에요. 오빠는 자신의 방문이 신용기금 일과 관계있는 척했지만, 그건 얼토당토않은 소리예요. 그 일로 왔던 게 불과 한 달 전인걸요. 그리고 그 뒤로는 뭐 이렇다 할 일도 없었고요. 그러니 오빠가 온 건 분명히 개인적인 일 때문일 거예요. 지난번에 왔을 때 월터를 보고 그를 알아본 건지도 몰라요. 아니면, 미국에다 그자에 대해 신원조회를 시켰거나—오빠 세계 각지에 대리점을 두고 있으니까요. 그러고 나서 뭔가 좋지 않은 것을 알아낸 거겠지요. 지나는 정말 바보 같은 애예요. 예전에도 늘 그랬지만. 출신도 모르는 남자랑 결혼하다니 정말 그 애다운 짓이지 뭐예요—그 앤 언제나 남자라면 사족을 못 쓰니까요! 경찰이 쫓고 있는 남자인도 모르고, 아니면 이미 결혼한 남자인도 모르는데—아니면 악당들 세계에서 일한다는 인물인지도 모르는데— 하지만 크리스찬 오빠는 그리 호락호락 넘어갈 사람이 아니에요. 내 생각엔 오빠는 분명히 모든 일을 정리하려고 이곳에 왔을 거예요. 월터라는 자의 신분을 폭로하고, 그의 실상을 낱낱이 보여 주려고 말이에요. 그래서 월터가 그걸 알고 오빨 쏴 죽인 거예요.」

커리 경감은 압지에 그린 고양이 한 마리에 아주 기다란 수염을 덧붙여 넣으면서 말했다.

「예……, 그렇겠군요.」

「경감님은 그렇게 된 일이라는 제 생각에 동의하지 않으세요?」

「예……, 그런 셈입니다.」

커리 경감은 솔직히 시인했다.

「그렇다면 다른 해결 방법이 뭐가 있지요? 크리스찬은 적이라곤 없는 사람이에요. 나로선 당신들이 왜 아직 월터를 체포하지 않았는지 도저히 납득이 가질 않아요.」

「하지만 스트리트 부인, 잘 아시겠지만 그러려면 증거가 필요하거든요.」

「그거라면 쉽게 손에 넣으실 수 있잖아요. 미국에 전보를 치기만 하면…….」

「아, 예, 물론 월터 허드에 대해서는 철저히 조사해 볼 작정입니다. 그 점은 안심하셔도 됩니다. 하지만 동기를 알아내기 전엔 달리 손을 쓸 방법이 없거든요. 물론 그 사람에겐 범행을 저지를 만한 시간적 여유가 있었지요, 하지만…….」

「그 남자는 크리스찬이 중앙홀을 나간 직후 오빠를 따라 나갔어요. 전등불 퓨즈가 나갔다는 구실로 말이에요.」

「하지만 퓨즈는 진짜 나가지 않았습니까.」

「그 정도야 미리 쉽게 손을 쓸 수 있잖아요.」

「그건 사실입니다.」

「그 덕분에 그는 구실이 생긴 거예요. 그리고 크리스찬을 따라 오빠 방으로 가선 총을 쏜 다음 퓨즈를 고치고 홀로 돌아온 거예요.」

「그 사람 부인은 당신들이 밖에서 나는 총소리를 듣기 전에 남편이 돌아왔다고 하던데요.」

「말 같지도 않은 소리! 지나는 무슨 말이라도 할 수 있는 애예요. 이탈리아인이란 진실이라곤 눈곱만큼도 없는 사람들이니까요. 게다가 그 앤 로마 가톨릭교도인걸요.」

커리 경감은 교파를 따지는 이 화제에서 슬쩍 말을 돌렸다.

「당신은 허드 부인이 자신의 남편한테 빠져 있다고 생각하십니까?」

밀드레드 스트리트는 잠시 망설였다.

「아뇨……, 그렇게 생각지 않아요.」

그녀의 표정으로 봐서는 그렇게 생각되지 않는다는 사실이 꽤 실망스러운 모양이었다. 그녀가 말을 이었다.

「사실 그게 범행 동기에 무슨 구실을 했을지도 몰라요―지나가 자신에 대해 뭔가 사실을 알아내지 못하게 하기 위해서 말이에요. 그 남자한테 지나가 없어선 안 될 존재니까요.」

「그리고 무척 아름답기도 하고요.」

「예, 그래요. 나도 언제나 지나가 예쁘다고 말하고 있지요. 물론 이탈리아에서야 그런 타입은 아주 흔한 타입이지만. 솔직히 말씀드리면 월터 허드가 노리는 건 돈이에요. 그 때문에 이곳으로 건너와 세러콜드 집에 눌러앉아 살고 있는 거예요.」

「내가 듣기론 허드 부인은 아주 부자라던데…….」

「아직은 아니에요. 아버진 나한테 물려준 것과 똑같은 유산을 지나의 어머니한테 물려주었지요. 하지만 지나의 어머니가 국적을 남편을 따라 바꿨기 때문에―지금은 아마 그 법률이 개정되었을 거예요―게다가 전쟁도 있었고, 그녀의 남편이 파시스트였기 때문에 지나에게는 남겨진 게 별로 없어요. 우리 어머닌 그 애의 요구라면 뭐든지 받아줘서 그 앨 망쳤어요. 게다가 미국에 있는 반 라이독 이모님도 그 애한테 엄청난 돈을 쓰면서 전쟁 중에도 그 애가 필요하다는 것이면 뭐든지 사다 바쳤죠. 하지만 월터의 입장에서 보면 우리 어머니가 돌아가실 때까지는 별로 손에 들어오는 게 없어요. 그때가 되어야 막대한 유산이 지나한테 들어오게 되니까요.」

「당신한테도 마찬가지죠, 스트리트 부인.」

밀드레드 스트리트의 뺨이 희미한 홍조로 붉어졌다.

「예, 그래요, 말씀하신 대로. 사실 남편과 나는 조용히 근검하게 살았어요. 남편은 책에 쓰는 돈 말고는 거의 돈을 쓰지 않았어요―훌륭한 학자였지요. 덕분에 내 재산은 거의 두 배로 불어났어요. 나 혼자 쓰기엔 과분한 정도지요. 하지만 사람은 다른 사람들을 위해서 돈을 써야 해요. 나중에 나한테 돈이 들어오면 난 그걸 하느님이 맡긴 신탁금으로 여길 거예요.」

「하지만 유산이 신탁기금에 들어가는 건 아니겠지요, 안 그렇습니까?」

커리 경감은 일부러 말을 잘못 알아들은 체하며 말했다.

「부인 유산은 전부 부인한테 들어오게 되는 거니까요.」

「아, 예……, 그렇죠. 그래요, 내 몫은 전부 나한테 오게 되어 있지요, 전부.」

그녀가 말한 마지막 말, 즉 '전부'라고 하는 말에는 뭔가 심상치 않은 떨림이 담겨 있었다.

때문에 커리 경감은 번쩍 고개를 들고 그녀를 바라보았다.

스트리트 부인은 그를 보고 있지 않았다. 그녀는 눈을 반짝이면서 길다랗고 얇은 입술에 뭔가 승리를 뽐내는 듯한 미소를 띠고 있었다.

커리 경감은 신중한 목소리로 물었다.

「그렇다면 부인이 보기엔—물론 부인에겐 이것저것 판단을 내릴 기회가 많이 있습니다만— 월터 허드라는 사람은 세러콜드 부인이 죽을 경우 아내한테 굴러 들어올 돈을 노리고 있다는 거군요. 그런데 사실 세러콜드 부인은 지금 그다지 건강하지 못하잖습니까. 안 그렇습니까, 스트리트 부인?」

「우리 어머닌 늘 심약한 사람이었어요.」

「그렇겠지요. 하지만 심약한 사람이 때로는 대단히 건강한 사람만큼이나 오래 살기도 하고, 때로는 더 오래 살기도 하거든요.」

「예, 내 생각에도 그런 것 같아요.」

「어머님 건강이 최근 들어 두드러지게 나빠진 기미는 없었습니까?」

「어머닌 류머티즘으로 고생하고 계세요. 하지만 사람이란 나이를 먹게 되면 뭔가 한 가지씩은 병을 갖게 되잖아요. 난 어쩔 수 없는 병이나 뭐 그런 걸로 법석을 부리는 사람은 동정이 가지 않아요.」

「세러콜드 부인은 법석을 부리십니까?」

밀드레드 스트리트는 잠시 말이 없었다.

「물론 어머니 자신이야 법석을 떨지 않으시죠. 하지만 어머닌 사람들이 자신 때문에 법석을 부리는 일에는 익숙해져 있어요. 의붓아버지는 지나칠 정도로 신경을 쓰고요. 게다가 빌레버 양으로 말하면 정말 터무니없을 만큼 난리고요. 어떤 면으로 볼 땐 빌레버 양은 이 집에 나쁜 영향력을 끼치고 있어요. 그녀가 이 집에 온 건 아주 오래 전이에요. 그리고 어머니한테 바치는 헌신적인 노력은 그 자체만으로는 존경할 만해요. 하지만 어떤 점에서 볼 땐 형벌 같은 것이 되어 버렸어요. 그녀는 문자 그대로 어머니를 휘두르고 있거든요. 게다가 이 집 일 전체를 도맡아 하면서 모든 책임을 떠맡고 있지요. 내 생각엔 루이스도 어떨 때는 그 때문에 화를 내는 것 같아요. 루이스가 설령 그녀한테 나가라고 해도 난 안 놀랄 거예요. 어머닌 술수라고는 몰라요―전혀 말이에요. 덕분에 루이스는 아내가 전제군주적인 여자에게 완전히 짓눌려 있는 모습만 보게 되는 거지요.」

커리 경감은 가만히 고개를 끄덕였다.

「예, 그렇군요……, 그렇군요.」

그러고 나서 그는 주의 깊게 바라보았다.

「그런데 나로선 모를 일이 하나 있습니다, 스트리트 부인. 이 집안에서 레스태릭 형제가 차지하고 있는 위치 말입니다.」

「얼빠진 감상 덕분에 그렇게 된 거지요. 그 형제의 아버지는 돈 때문에 어머니랑 결혼했어요. 2년쯤 지나 그 남잔 형편없는 유고슬라비아 여가수하고 도망가 버렸지요. 정말 일고의 가치도 없는 남자였죠. 그런데 어머닌 마음이 너무 착해서 남겨진 두 소년을 가엾게 여긴 거지요. 어머닌 두 형제가 휴가 때면 형편없는 유고슬라비아 여자랑 지내는 걸 볼 수가 없어 그들을 받아들인 거지요. 그 뒤로 그 형제들은 아주 이곳에서 눌러 살게 되었어요. 예, 우리 집엔 정말 식객들투성이에요.」

「알렉스 레스태릭에겐 크리스찬 걸브랜드센 씨를 죽일 기회가 있었습니다. 그는 혼자 차 안에 있었으니까요―대문에서 집까지 몰고 오는 도중에 말입니다. 그렇다면 스티븐 레스태릭은 어떨까요?」

「스티븐은 우리랑 같이 홀에 있었어요. 알렉스 레스태릭에 대한 경감님 생각에는 찬동할 수 없군요—천박한 인상을 주는데다가 생활도 불규칙한 걸로 알지만. 그렇다고 해서 그가 살인을 했으리라고는 생각지 않아요. 게다가 그가 오빠를 죽일 이유가 도대체 어디 있나요?」

「결국은 언제나 그 문제로 되돌아오는군요, 안 그렇습니까?」

커리 경감이 상냥하게 말했다.

「크리스찬 걸브랜드센 씨는 무얼 알고 있었을까요—누군가에 대해서. 그래서 누군가 그를 죽이지 않을 수 없게 만든 그것이 무엇일까요?」

「그건 분명한 일이에요.」

스트리트 부인은 의기양양하게 말했다.

「그 누군가란 월터 허드가 분명하니까요.」

「범인이 좀더 가까운 집안사람이 아니라면 그렇겠지요.」

커리 경감이 느릿느릿 대답했다.

「그게 무슨 말씀이시죠?」

밀드레드가 날카로운 어조로 되물었다.

「걸브랜드센 씨는 이곳에 있는 동안 세러콜드 부인의 건강에 대해 매우 염려하고 있었다던데요.」

스트리트 부인은 얼굴을 찌푸렸다.

「남자들은 늘 어머니 건강문제라면 법석을 떨지요. 어머닌 정말 연약해 보이니까요. 게다가 내 생각엔 어머니마저 남자들이 그러는 걸 좋아하시는 것 같아요! 그렇지 않다면 크리스찬이 줄리엣 빌레버 양에게서 뭔가 들었기 때문이겠죠.」

「당신은 어머니 건강에 대해서 염려하지 않습니까, 스트리트 부인?」

「물론 염려하고 있지요. 하지만 되도록, 내가 너무 민감해서 그런 게 아닌가 하고 있어요. 사실 어머닌 젊지 않으니까요……」

「죽음은 우리 모두에게 닥치는 겁니다.」

커리 경감이 대꾸했다.

「하지만 제대로 다 살기 전에는 안 되지요. 우린 그걸 막아야 합니다.」

그의 말은 자못 의미심장한 투였다.

밀드레드 스트리트가 갑자기 분노가 솟구치는 듯한 어조로 말했다.

「아, 정말 세상은 악해요—악하고말고요. 이 집안사람들은 아무도 크리스찬이 죽었다는 것에 슬퍼하고 있지 않아요. 사실 그럴 이유가 어디 있겠어요? 크리스찬과 그나마 혈연관계가 있는 건 나뿐인데. 어머니한테야 오빠는 다 자란 의붓아들일 뿐이고 지나와는 완전히 남남이지요. 하지만 나한테는 유일한 오빠란 말이에요.」

「이복남매시죠.」

커리 경감이 이렇게 그녀의 주의를 환기시켰다.

「그래요, 이복남매죠. 하지만 나이 차이가 많긴 해도 우리가 걸브랜드센 남매라는 사실엔 변함이 없어요.」

커리 경감은 나직이 말했다.

「예, 그렇죠, 말씀 잘 알겠습니다…….」

밀드레드 스트리트 부인은 눈에 눈물이 가득 괸 채 방에서 나갔다. 커리 경감은 레이크 경사를 바라보았다.

「저 여자는 범인이 월터 허드라고 확실히 믿고 있군 그래. 범인이 다른 사람이라는 생각은 조금도 떠오르지 않는 모양이야.」

「사실 저 부인 말이 옳을지도 모르죠.」

「물론 그럴지도 모르지. 월터야말로 범인으로서의 모든 가능성에 꼭 맞는 사람이니까. 그 사람이 노리는 게 돈을 빨리 타내는 거라면 부인의 할머니가 빨리 죽어야 하니까 말이야. 그래서 월터가 세러콜드 부인의 강장제에 뭔가 손을 쓰는데 크리스찬 걸브랜드센 씨가 그 장면을 목격했다—아니면, 어떤 다른 경로로 인해 그 사실을 듣는다. 그래, 썩 그럴 듯한 가설이야.」

그는 잠시 말을 끊었다가 이윽고 다시 말을 꺼냈다.

「그런데 말이야, 밀드레드 스트리트 부인 역시 돈을 좋아하거든. 물론 돈을 낭비하지는 않지만 어쨌든 돈을 좋아하는 건 사실이야……. 이유는 모르겠지만 나로선 그런 확신이 가네. 그 여잔 수전노일 가능성이 있어—수전노의 정열을 가지고 있지. 그게 아니라면 돈이 내뿜는 위력을 좋아할지도 모르고. 아마도 자선을 위한 돈이겠지? 그녀는 철두철미하게 걸브랜드센 사람이야. 아마 아버지를 본 따고 싶은 건지도 모르지……..」

「일종의 콤플렉스가 아닐까요?」

레이크 경사는 이렇게 말하고 머리를 긁적였다.

커리 경감이 대꾸했다.

「이젠 정신이 좀 이상한 로슨이라는 젊은이를 만나 보는 게 좋겠군. 그런 다음 중앙홀로 가서 누가 어디 앉아 있었는지—그게 사실이라면 왜— 그리고 언제 앉아 있었는지 등등을 알아보세. 오늘 아침만 해도 벌써 흥미로운 얘기를 한두 가지는 들었으니까 말이야.」

2

다른 사람들이 말한 것만 가지고 누군가를 판단하고 평가한다는 건 정말 어려운 일이야—커리 경감은 속으로 생각했다.

그날 아침 벌써 여러 사람들이 에드거 로슨에 관해 이러쿵저러쿵 하는 이야기한 것을 들었다. 하지만 지금 그를 바라보면서 커리 경감이 받은 인상은 사람들의 말과는 전혀 딴판이었다.

커리 경감이 보기에 에드거는 '이상하지도' 또는 '위험스럽지도' 않았으며, '난폭하거나', '비정상적인' 사람으로 비치지도 않았다.

그는 그저 아주 평범한 젊은이였으며 매우 낙담한 모습이 유라이어 히프(찰스 디킨스의 소설 <데이비드 커퍼필드>에 나오는 사기꾼 남자)

를 연상시키리만큼 겸손하기만 했다. 그는 젊고 매우 평범하며 감상
적인 인물 같은 느낌을 주었고 그저 변명하는 일에만 열심이었다.

「제가 대단히 잘못한 줄은 압니다. 도대체 저한테 무슨 일이 일어
난 건지 모르겠습니다―도통 모르겠어요. 제가 그렇게 소동을 피우고
난리법석을 치다니. 게다가 권총까지 쏘아대고 말입니다. 그것도 저
에게 그렇게나 친절하고 참을성 있게 돌봐 주는 세러콜드 씨한테
요.」

그는 신경질적으로 손을 비틀었다. 뼈가 앙상한 손목에 붙어 있는
그 손들은 차라리 애처로워 보였다.

「만일 그 일 때문에 체포된다면 전 즉시 경감님을 따라 나서겠습
니다. 벌을 받아 마땅해요. 제 죄 값은 마땅히 치르겠습니다.」

「아무도 당신을 고소하지 않았소.」

커리 경감은 힘차게 말했다.

「게다가 당신을 고소할 만한 증거도 없고 말입니다. 세러콜드 씨의
증언에 따르면 권총을 쏜 건 순전히 사고였다고 하더군요.」

「그건 그분이 마음씨가 착한 분이기 때문입니다. 정말이지 세러콜
드 씨만큼 좋은 양반은 어디에도 없을 겁니다! 그분은 저를 위해 안
해주신 게 없어요. 그런데 전 이런 짓으로 그분한테 은혜를 갚고 만
겁니다.」

「어째서 그런 행동을 했습니까?」

커리 경감이 냉정한 목소리로 물었다.

「정말 바보 같은 짓이었습니다.」

에드거는 당황한 모습이었다.

「그런 것 같군요. 당신은 많은 사람들 앞에서 세러콜드 씨가 당신
의 친아버지라고 말했습니다. 그게 사실인가요?」

「아뇨, 그렇지 않습니다.」

「그렇다면 무엇 때문에 그런 생각을 하게 된 건가요? 누군가 당신
에게 귀띔이라도 해준 겁니까?」

「글쎄요, 그건 설명하기가 좀 곤란합니다.」

커리 경감은 생각에 잠긴 얼굴로 그를 바라보다가 다정한 목소리로 말을 꺼냈다.

「한 번 설명해 봐요. 우리는 당신을 불리하게 만들고 싶진 않으니까요.」

「예, 아시겠지만 전 어렸을 때 정말 어렵게 지냈습니다. 다른 아이들은 언제나 절 놀려대기만 했어요. 왜냐하면 저한테는 아버지가 없기 때문이죠. 그 애들 말로는 제가 사생아라는 겁니다―사실이 그랬지만. 어머닌 언제나 술이 취해 있었고, 언제나 남자들을 끌어들이곤 했지요. 제가 듣기론 아버지는 외국 선원이었다고 합니다. 집 안은 언제나 지저분했고 꼭 악마 소굴 같았죠. 그래서 저는 아버지가 이름 없는 외국인 선원이 아니라 대단한 사람이라는 생각을 하게 되었습니다―거기다가 저는 한두 가지 얘기를 더 보충해 꾸며댔지요. 처음에는 그저 어린애 같은 짓거리였어요. 그러니까 나는 태어날 때 다른 아기랑 바뀐 거다―실제로는 어떤 집안의 당당한 상속자다― 뭐 그런 식이었지요. 그런 식으로 새 학교에 가게 되면 아이들한테 저에 대한 거짓 이야기를 해주었습니다. 우리 아버지가 해군 제독이니 뭐니 해가면서 말이죠. 그러다 보니 이젠 저 자신조차 그러한 말들을 진심으로 믿게 되었습니다. 또 막상 그렇게 되니 그다지 기분 나쁘지 않았고 말입니다.」

그는 잠시 말을 멈추더니 다시 계속했다.

「그러고 나서―좀더 나중에― 저는 몇 가지 다른 것들을 생각해냈습니다. 호텔에 묵을 때면 제가 전투비행사라는 둥 아니면 육군정보부에 있는 사람이라는 둥 그런 실없는 소리를 지껄이고 다녔죠. 그러다 보니 저도 모르게 일이 뒤죽박죽되었고, 이젠 거짓말을 그만두고 싶어도 그럴 수가 없게 된 겁니다. 하지만 결코 그런 거짓말로 돈을 빼내려 하지는 않았습니다. 그건 그냥 사람들이 절 조금 더 나은 사람으로 보게 허풍을 떤 것뿐입니다. 다른 사람들을 속일 생각은 전혀 없었어요. 세러콜드 씨라면 제 말을 입증해 주실 겁니다, 매버릭 박사님도요. 그분들은 그 일에 대해 모두 알고 계시니까 말입니다.」

커리 경감은 고개를 끄덕였다.

이미 에드거 로슨의 병력이며 경찰 기록을 조사해 두었기 때문이었다.

「그러던 중 마침내 세러콜드 씨가 혼란스런 나를 바로 잡아 주려고 여기로 데려온 겁니다. 그분 말씀이 자길 도와줄 비서가 필요하다면서요―그래서 전 그분을 도와 드렸습니다! 정말이에요. 그런데 다른 사람들은 절 비웃기만 했어요. 저에 대해선 늘 비웃기만 하는 거예요.」

「다른 사람들이란 누구 말입니까? 세러콜드 부인을 말하는 겁니까?」

「아뇨, 세러콜드 부인은 아니에요. 그분은 숙녀시니까요―저한테는 언제나 온화하고 친절한 분이죠. 그분은 절대 아니에요. 하지만 지나는 저를 쓸모없는 걸레 취급한답니다. 스티븐 레스태릭도 마찬가지고. 게다가 스트리트 부인은 제가 신사가 아니라고 하면서 업신여기고 있지요. 빌레버 양도 마찬가지고―그럼, 그 여자는 뭡니까? 그 여자 역시 월급을 받는 하녀 아닙니까?」

커리 경감은 에드거 로슨이 점차 흥분하고 있음을 알아차렸다.

「그러니까 당신은 그 사람들이 당신을 전혀 동정하지 않는다고 여기는군요?」

에드거는 열띤 목소리로 말했다.

「그게 다 제가 사생아이기 때문이에요. 제게 어엿한 아버지만 있었어도 그 사람들은 그런 식으로 저를 대하지 않을 겁니다.」

「그래서 유명한 사람을 둘이나 당신 아버지로 만들어 버렸군요.」

에드거의 얼굴이 붉어졌다.

「전 언제나 거짓말을 하지 않을 수 없나 봅니다.」

「그래서 마침내 세러콜드 씨가 당신 친아버지라고까지 얘기하게 되었군요. 그건 왜지요?」

「그렇게 되면 사람들이 그 즉시 절 우습게 보지 못할 테니까요, 안 그렇습니까? 만일 세러콜드 씨가 제 친아버지라면 모두들 저한테 허튼 짓을 못하지 않겠지요.」

「그거야 그렇죠. 하지만 그러면서도 당신은 그 사람이 당신의 적이라고—당신을 학대하고 있다고 욕을 퍼부었지요.」

「예, 압니다.」

그는 이마를 손으로 문질렀다.

「전 도통 뭐가 뭔지 몰랐습니다. 때때로 그런 적이 있거든요—제대로 뭘 생각하지 못하는 거죠. 그럴 때면 제 머릿속은 온통 뒤죽박죽이 된답니다.」

「그리고 당신은 월터 허드 씨의 방에서 권총을 훔쳐냈지요?」

에드거는 몹시 당황한 얼굴이었다.

「제가 그랬습니까? 그걸 들고 나온 게 월터의 방이었습니까?」

「그럼, 전혀 기억이 안 난다는 말입니까?」

「전 그걸로 세러콜드 씨를 위협하려고 한 겁니다. 그분을 놀래 주려고 그런 거죠. 다시 말하자면, 모두 어린애 같은 유치한 짓이었습니다.」

커리 경감이 참을성 있게 말했다.

「그 리볼버 권총은 어떻게 얻었습니까?」

「경감님이 말씀하시지 않았습니까, 월터의 방에서 가지고 나왔다고요.」

「이젠 그게 기억난다는 말이오?」

「분명히 그의 방에서 얻었을 테지요. 그렇지 않고서야 다른 방법으로는 그걸 얻을 수 없었을 테니까요. 안 그렇습니까?」

「그거야 모르지요.」

커리 경감이 대꾸했다.

「누군가 다른 사람이……, 그걸 당신한테 줄 수도 있지 않겠소?」

에드거가 입을 다물었다. 그의 얼굴이 멍청해졌다.

「그렇게 된 건가요?」

에드거가 갑자기 열띤 목소리로 대답했다.

「기억이 안 납니다. 너무 흥분해 있었거든요. 전 분노에 사로잡혀 정원을 거닐고 있었어요. 사람들이 저를 염탐하고 감시하는데다가 제 뒤를 밟고 있다고 생각했거든요. 마음씨 좋은 백발의 노부인마저도……. 지금 생각해 보니 왜 그런 생각을 했는지 도무지 모르겠습니다. 정말 미쳐 버렸던 게 틀림없어요. 어디에서 무슨 짓을 했는지 전혀 기억이 안 납니다!」

「그래도 누가 당신에게 세러콜드 씨가 친아버지라는 말을 했는지는 기억이 나겠지요?」

에드거는 여전히 멍한 시선을 경감에게 돌릴 뿐이었다.

「그런 말은 아무도 안 했습니다.」

그는 무뚝뚝하게 대답했다.

「제가 그냥 그런 생각을 떠올린 것뿐이에요.」

커리 경감은 한숨을 내쉬었다.

그로서는 사뭇 불만스러운 심정이었다. 하지만 지금으로선 더 이상 얘기해 보았자 진전이 없겠다고 판단을 내렸다.

「좋소. 어쨌든 앞으로는 주의하시오.」

마침내 그가 말했다.

「예, 예, 경감님. 정말로 그렇게 하겠습니다.」

에드거가 방을 나가자 커리 경감은 천천히 고개를 내저었다.

「정신병자들은 이래서 상대하기 곤란한 작자들이란 말이야!」

「경감님은 저 남자가 정말 정신이상자라고 보십니까?」

「내가 상상한 것보다는 훨씬 덜하기는 해. 머리가 좀 모자라고 허풍이 심하고 거짓말쟁이이긴 하지만—그래도 어딘지 모르게 단순한 데가 있어. 내가 보기엔 남들 말에 아주 잘 걸려드는 것 같아…….」

「그러니까 경감님은 누군가 저 남자한테 뭔가 최면을 걸었다고 보시는 겁니까?」

「아, 물론이지. 그 점에 있어선 늙은 마플 양의 말이 옳았네. 그녀는 아주 머리가 좋아. 하지만 그 작자가 누군가를 밝혀내야 할 텐데. 에드거는 털어놓지 않을 거야. 그걸 알 수만 있다면……. 레이크 경사, 이제 홀로 가서 어젯밤에 있었던 장면을 철저히 재구성해보세.」

3

「아주 썩 잘 들어맞는데.」

커리 경감은 피아노 앞에 앉아 있었다. 레이크 경사는 호수를 내려다보며 창 옆 의자에 앉아 있었다.

「내가 피아노 의자에 앉아 반쯤 몸을 돌리고 서재 문을 바라보고 있으면 자네 모습을 볼 수가 없네.」

레이크 경사는 조용히 일어나 도서실로 통하는 문쪽으로 느릿느릿 차분하게 걸어갔다.

「홀 이쪽은 모두 어두웠어. 서재 문 옆에 있는 전등불만 켜져 있었으니까. 그래, 레이크, 나한테는 자네가 걸어가는 게 보이지 않아. 그러니까 일단 도서실로 들어서면 또 다른 문을 통해 복도로 나갈 수 있지―2분이면 떡갈나무 방으로 달려가 걸브랜드센 씨를 쏘고 서재를 통해 되돌아와 창문 옆 자네가 앉았던 의자에 앉을 수 있는 거야.

벽난로 옆에 앉아 있던 여자들은 모두 자네한테 등을 돌리고 있네. 세러콜드 부인은 여기 앉아 있었고―벽난로 오른쪽, 서재 문 가까이 말이야. 모두들 부인은 자리에서 꼼짝도 하지 않았고, 게다가 부인만이 서재 쪽을 똑바로 볼 수 있는 위치에 있었다고 증언하고 있네. 마플 양은 이 자리에 있었고. 그녀는 세러콜드 부인의 머리 너머로 서재를 바라보고 있었지. 홀에서 로비로 나가는 문 바로 옆이었고 아주 어두운 구석이었어. 그러니까 그녀 역시 밖으로 나갔다가 돌아올 수 있었어. 그래, 그것도 가능한 일이지.」

커리 경감이 갑자기 싱긋 웃었다.

「나라도 할 수 있었을 테지.」

그러고 나서 그는 피아노 의자에서 슬쩍 일어나 벽을 따라 슬금슬금 걸어서 문을 통해 바깥으로 나갔다.

「내가 피아노 앞에 계속 앉아 있지 않았다는 걸 눈치챌 수 있는 사람이 있다면 그건 지나 허드뿐이야. 게다가 지나가 한 말 자네도 기억하고 있지. '스티븐은 피아노를 치기 시작했죠. 하지만 그 뒤에 그가 어디 있었는지는 모르겠어요.'라고 말이야.」

「그럼, 경감님은 스티븐이 범인이라고 생각하십니까?」

「그거야 알 수 없지.」

커리 경감이 대꾸했다.

「에드거 로슨도 아니고 루이스 세러콜드도 아니다. 세러콜드 부인이나 마플 양도 아니지. 하지만 다른 사람들을 생각해보면…….」

그는 한숨을 내쉬었다.

「아마 그 미국인일지도 모르지. 사실 전등 퓨즈가 나갔다는 건 너무 편리한 구실이거든—우연의 일치치고는 말이야. 하지만 자네도 알다시피, 난 그 남자에겐 오히려 호감이 가네. 게다가 전등 사건이 분명한 증거가 되는 것도 아니고.」

그는 생각에 잠긴 채 피아노 옆에 놓여 있는 악보를 들여다보았다.

「힌데미트(독일의 음악가)? 이게 누구지? 들어 본 적도 없는 이름인데. 쇼스타코비치(러시아의 작곡가)! 도대체 뭐 하는 사람들이야.」

그는 일어나 구식 피아노 의자를 내려다보았다. 그리고는 뚜껑을 들어올렸다.

「여기 옛날 악보들이 있군. 헨델의 라르고, 체르니의 연습곡 선대 걸브랜드센 씨가 쓰던 것들일 거야, 대부분. '그 아름다운 정원을 나는 알고 있다네'—어렸을 적 내가 살던 교구의 목사 부인이 자주 불러주던 노래지…….」

갑자기 그가 손을 멈추었다─손에는 누렇게 낡은 악보를 들고 있었다. 그 밑에 쇼팽의 프렐루드 악보 위에 작은 자동권총이 놓여 있었던 것이다.

레이크 경사는 기뻐서 소리를 질렀다.

「스티븐 레스태릭의 짓이었군요!」

「성급하게 결론 내리지 말게.」

커리 경감이 그에게 경고를 보냈다.

「십중팔구는 우리가 생각하던 대로일 테지만.」

제 *15* 장

1

마플 양은 충계를 올라가 세러콜드 부인의 침실 문을 두드렸다.

「들어가도 돼, 캐리 루이즈?」

「그럼. 들어와, 제인.」

캐리 루이즈는 화장대 앞에 앉아 은발을 빗고 있었다.

마플 양이 들어서자 그녀는 어깨너머로 바라보았다.

「경찰이 나를 부르니? 2, 3분이면 준비가 끝나.」

「기분은 괜찮아?」

「그럼, 괜찮고말고. 졸리는 내가 침대에서 아침을 먹어야 한다고 고집이었지. 그러더니 내가 무슨 임종에라도 맞이한 사람처럼 발끝으로 살금살금 방으로 들어오는 거야! 사람들은 크리스찬의 죽음 같은 비극도 나같이 늙은 사람한테는 별 충격이 아니란 걸 모르는 모양이야. 우리 나이의 사람들이야 이 세상에 별의별 일들이 다 있다는 걸 알고 있는 처지잖아, 게다가 이 세상에 일어나는 일이야 다 그게 그거 아니겠어?」

「그렇겠지…….」

마플 양이 의심스러운 듯이 말했다.

「당신도 나랑 동감이지, 제인? 그러리라고 생각했는데.」

마플 양은 천천히 대꾸했다.

「하지만 크리스찬은 살해된 거잖아.」

「그래……, 무슨 소린지 알겠어. 그게 중요하다는 거지?」

「당신은 그렇지 않아?」

「크리스찬이 중요한 건 아니야.」

캐리 루이즈는 담담히 대꾸했다.

「중요한 건 누가 그 사람을 살해했느냐 하는 거야.」

「누가 그를 죽였는지에 대해 뭐 생각나는 건 없어?」

세러콜드 부인은 당황한 얼굴로 고개를 저었다.

「천만에, 생각나는 건 전혀 없어. 그 사람을 왜 죽여야 하는지 그이유조차 모르겠는걸. 아마 틀림없이 그 사람이 지난번 여기 왔었던일과 관계있을 거야—바로 한 달 전에 말이야. 그렇지 않고서야 그사람이 특별한 이유도 없이 갑자기 여기 올 턱이 없잖아. 그게 무슨일인지 모르지만 하여튼 그 사람이 여기 왔을 때부터 시작된 일일거야. 나도 머리를 짜내 이것저것 생각해 보았지만 다른 때와 달랐던점은 아무것도 생각이 안 나.」

「그때 이 집에는 누가 있었어?」

「응, 지금 이 집에 있는 사람들은 모두 있었지—그래, 알렉스도 그때쯤 런던에서 내려와 있었고. 그리고……, 아, 그래, 루스 언니도 있었어.」

「루스가?」

「언제나처럼 잠깐 왔다 갔었지.」

「루스라고…….」

하고 마플 양이 다시 중얼거렸다.

그녀의 머릿속이 활발하게 움직이기 시작했다. 크리스찬 걸브랜드센과 루스라? 루스는 불안하고 근심스러운 채 이곳을 떠났다. 왜 불안하고 근심스러운지는 모르면서.

'그 집엔 분명히 뭔가 잘못되어 있어.'—루스는 고작 이렇게 말했을뿐이었다. 크리스찬 걸브랜드센 역시 뭔가 불안하고 근심스러운 느낌을 받았다. 하지만 크리스찬 걸브랜드센은 루스가 미처 모르고 또 의심하지 못했던 그 무엇에 대해 이미 알고 또 의심하고 있었던 것이다. 그러니까 그는 누군가 캐리 루이즈에게 독을 먹이고 있다는 사실을 알고 있거나 의심하고 있었던 것이다. 그런데 크리스찬 걸브랜드 센은 어떻게 해서 그러한 의심을 품게 되었던 것일까? 뭔가를 목격하고 들은 걸까? 그걸 루스도 역시 보거나 들었지만, 그녀는 미처 그것이 가지고 있는 의미를 파악하지 못했던 것이 아닐까?

마플 양은 그게 무엇인지 알 수만 있다면 정말 좋겠다고 생각했다. 그녀는 막연한 예감으로 그것이 뭔지는 모르지만 어쨌든 에드거 로슨과 관계된 일일 것 같지는 않다고 생각했다. 왜냐하면 루스는 에드거 로슨을 전혀 언급하지 않았던 것이다.

그녀는 한숨을 내쉬었다.

「당신들 뭔가 내게 숨기고 있지, 그렇지?」

캐리 루이즈가 말했다.

그 조용한 목소리에 마플 양은 몸을 조금 움찔했다.

「왜 그런 말을 하는 거지?」

「당신이 뭘 숨기고 있잖아. 졸리는 안 그래. 하지만 다른 사람들은 모두 그랬어. 루이스조차 뭘 숨기고 있어. 내가 아침을 먹고 있는데 그이가 들어와서는 아주 별난 행동을 하는 거야. 내 커피를 조금 마시더니 토스트와 마멀레이드까지 조금씩 먹어 보는 거야. 그건 정말 그이답지 않은 행동이야. 그인 홍차만 마시는데다가 마멀레이드는 그리 좋아하지 않거든. 그걸 보면 뭔가 다른 걸 생각하고 있었던 게 틀림없어—내 생각인데 그이는 분명히 아침식사도 잊어버렸던 거야. 그인 식사 같은 건 잊어버릴 때가 많거든. 게다가 그이 표정이 얼마나 걱정스러워 보이고, 또 뭔가에 얼이 빠진 것 같았든지…….」

「살인…….」

마플 양이 이렇게 서두를 꺼냈다.

캐리 루이즈가 재빨리 그 말을 가로막았다.

「아, 나도 알아. 그건 정말 끔찍한 일이야. 난 이런 일에는 말려든 적이 없어. 당신은 있었지, 그렇지, 제인?」

「글쎄, 그래. 그런 일이 있었지.」 마플 양이 시인했다.

「루스 언니도 나한테 그렇게 말하더군.」

「지난번에 루스가 여기 왔을 때 그녀가 그렇게 말했단 말이야?」

마플 양은 호기심이 나서 물었다.

「아니, 그때는 아닌 것 같아. 그게 정확히 언제인진 생각나지 않아.」

캐리 루이즈는 애매모호한 말투였다. 거의 넋이 나간 듯했다.

「뭘 생각하고 있는 거지, 캐리 루이즈?」

세러콜드 부인은 미소를 지었다.

어디 멀리 딴 곳을 헤매고 있던 정신이 제대로 돌아온 모양이었다.

「난 지나를 생각하고 있었어. 그리고 당신이 스티븐 레스태릭에 대해 한 말도 말이야. 지나는 좋은 아이야. 그리고 월터를 진심으로 사랑하고 있어. 난 그렇게 확신해.」

마플 양은 아무 대꾸도 하지 않았다.

「지나 같은 젊은 여자들은 교만 부리길 좋아하지?」

세러콜드 부인이 마치 그녀는 변명하는 듯한 어조로 말했다.

「젊은데다가 자신이 가진 힘을 확인하고 싶어하거든. 그건 당연한 일이야. 월터 허드가 우리가 상상하던 지나의 결혼 상대가 아니란 건 나도 알고 있어. 평상시 같으면 그 애도 그런 남자를 만날 기회가 전혀 없었을 거야. 하지만 어쨌든 그 앤 그 사람을 만났고, 그 사람과 사랑에 빠졌잖아—그리고 자신의 일이야 자신이 가장 잘 알고 있을 테니까.」

「그럴 테지.」 마플 양이 대꾸했다.

「지나가 행복해야 한다는 사실이 나에겐 너무나 중요한 일이야.」

마플 양은 놀란 듯이 친구의 얼굴을 바라보았다.

「물론 중요한 일일 테지. 모든 사람은 행복해야 하니까.」

「그래. 하지만 지나는 아주 특별한 경우야. 우리가 그 애 엄말 양녀로 들였을 때—피파 말이야— 우린 꼭 성공시켜야 할 실험 같은 걸로 생각했어. 알다시피, 피파의 엄마는…….」

캐리 루이즈가 돌연 말을 멈추었다.

「피파의 엄마가 누구였지?」 마플 양이 물었다.

캐리 루이즈가 다시 말을 이었다.

「에릭과 난 아무한테도 그 사실을 말하지 않겠다고 약속했어. 피파도 끝내 몰랐지.」

「난 알고 싶은데……」 마플 양이 말했다.

세러콜드 부인은 마플 양을 의심스러운 듯이 쳐다보았다.

「이건 그냥 호기심 때문에 그러는 게 아니야.」

마플 양의 말이었다.

「난 정말—그래—, 정말 알아야 돼. 하지만 비밀은 지킬게.」

「당신은 비밀이라면 언제나 지켜주었지, 제인.」

캐리 루이즈가 옛날을 회상하는 듯이 미소를 띠었다.

「갤브레이스 박사—지금은 크로머의 주교로 있지. 그만이 알고 있어. 하지만 그밖에는 아무도 몰라. 피파의 엄만 캐서린 엘스위스야.」

「엘스위스라고? 자신의 남편한테 비소를 먹인 여자 아니야? 그건 유명한 사건이었잖아.」

「그래.」

「그 여잔 교수형 당했지?」

「그래, 하지만 그녀가 진짜 그런 짓을 저질렀는지는 확실치 않아. 남편은 비소중독자였으니까—그 당시 사람들은 그런 일에 대해 별로 아는 게 없었잖아.」

「그 여자는 파리 잡는 끈끈이에서 비소를 모았다지?」

「그건 하녀가 그렇게 증언한 거야. 하지만 우린 언제나 그 하녀의 증언이 악의에 찬 것이었다고 여기고 있어.」

「그런데 피파가 그녀의 딸이라는 거야?」

「그래, 에릭과 나는 그 애한테 새로운 출발을 하게 해주자고 결심했지—어린 아이에게 필요한 사랑이며 보살핌, 그리고 그 모든 것을 베풀어주자고 말이야. 그리고 우린 성공했어. 피파는 온전히 성장해

주었어. 말할 수 없이 착하고 행복한 아가씨였고.」

마플 양은 오래도록 말이 없었다.

캐리 루이즈는 화장대에서 몸을 돌려 일어났다.

「자, 이젠 준비 됐어. 경감인지 하는 사람한테 내 거실로 와 달라고 얘기 해줘. 아마 그 양반은 상관하지 않을 거야, 분명히.」

2

커리 경감은 분명히 상관하지 않았다. 아니, 오히려 그는 세러콜드 부인의 영토에서 그녀를 만나 볼 기회가 생겨 기뻐하고 있었다. 그는 거실에서 세러콜드 부인을 기다리고 있는 동안 호기심에 차서 주위를 둘러보았다.

그 방은 그가 평소에 생각하는 '귀부인의 거실'이라는 관념하고는 전혀 맞지 않는 방이었다. 그곳에는 고풍스러운 긴 의자와 소용돌이 모양의 나무장식이 달린, 좀 불편해 보이는 빅토리아풍 의자가 놓여 있었다. 의자를 덮어씌운 사라사 무명은 오래 되었고 빛이 바래져 있었지만, 매력적인 수정궁 무늬가 아직 그대로 남아 있었다.

이런 식의 집에 있는 다른 거실들보다는 좀 작은 듯한 방이었지만, 그래도 대부분의 현대식 주택에 있는 거실보다는 큰 셈이었다. 하지만 작은 탁자며 골동품들, 사진들이 빽빽이 차 있는 바람에 아늑하긴 해도 어딘가 혼잡스러운 느낌을 주는 방이었다.

커리 경감은 어린 소녀 둘을 찍은 옛날 스냅 사진들을 바라보았다. 사진 속의 한 소녀는 검은머리의 활달한 소녀였고, 다른 쪽은 못생긴 데다가 축 늘어진 앞머리 아래로 세상을 우울하게 바라보고 있는 소녀였다. 그는 그날 아침에도 이 표정을 보았다.

사진 아래에는 '피파와 밀드레드'라는 글씨가 쓰여 있었고, 벽에는 에릭 걸브랜드센의 사진이 걸려 있었다. 황금색 대지(臺紙)에 육중한 상아 액자에 넣은 사진이었다. 그리고 나서 커리 경감이 막 눈웃음을 치며 가늘게 눈을 뜨고 있는 잘생긴 젊은 남자—커리 경감은 그게 존 레스태릭이라고 단정 지었다—의 사진을 보고 있을 때, 문이 열리고 세러콜드 부인이 들어왔다.

그녀는 몸에 맞지 않아 좀 뜬 듯한데다가 투명한 옷감으로 되어 있는 검은 상복을 입고 있었다. 분홍빛 홍조를 띤 그녀의 얼굴은 아주 이상하리만큼 작아 보였다. 그리고 너무나도 연약한 듯한 그녀의 모습은 커리 경감의 마음을 아프게 찔렀다.

그날 아침 자신을 혼란스럽게 한 여러 가지 일들을 이제야 다 이해할 수 있었다. 왜 모든 사람들이 캐롤라인 루이즈 세러콜드에게 걱정이 될 만한 것이라면 뭐든지 숨기려고 애쓰고 있는지를 이해했던 것이다.

'하지만……' 하고 그는 생각했다.

'이 부인은 그런 걸 안다 해도 법석을 떨거나 할 사람이 아니야.'

세러콜드 부인은 그에게 인사를 건네고는 앉으라고 하면서 그의 옆에 있는 의자를 내주었다. 상황은 마치 그가 그녀를 보살펴야 하는 것이 아니라, 그녀가 그를 보살펴야 되는 상황처럼 보였다.

자리에 앉은 그는 질문을 시작했다.

그녀는 그 질문에 기꺼이 망설이지 않고 대답했다.

전등불이 나간 일, 에드거 로슨과 자신의 남편 사이에 있었던 소동, 그리고 자신들이 모두 들었던 총소리.

「부인은 총소리가 집 안에서 난 거라고는 여기지 않으셨나요?」

「아뇨, 집 밖에서 들려 왔다고 생각했어요. 자동차 엔진의 역화 소리가 아닌가 생각했죠.」

「혹시 부인의 남편 되시는 분과 로슨이라는 젊은이가 서재에서 소동을 벌이고 있는 동안 홀을 나간 사람을 보셨습니까?」

「그전에 월터가 퓨즈를 고치러 나갔었지요. 그리고 곧 있다가 빌레버 양이 나갔고—뭔가를 찾으러요. 하지만 뭘 찾으러 나갔는지는 모르겠어요.」

「그밖에 홀을 떠난 사람은 없었습니까?」

「내가 아는 한 아무도 없었어요.」

「만일 누군가 홀을 나갔다면 그걸 아실 수 있었습니까, 세러콜드 부인?」

그녀는 잠시 기억을 더듬었다.

「아뇨, 몰랐으리라고 생각해요.」

「그러니까 부인은 서재 안에서 들리는 소리에 온통 정신을 빼앗기고 계셨단 말씀이시죠?」

「예.」

「서재 안에서 일어날지도 모를 일에 대해 근심하고 계셨습니까?」

「아뇨, 그렇지 않았어요. 난 근심하지 않았어요. 진짜로 무슨 일이 나리라고는 생각도 안 했으니까요.」

「하지만 로슨이라는 청년은 리볼버 권총을 갖고 있지 않았습니까?」

「그렇죠.」

「게다가 그 총으로 남편 되시는 분을 위협하지 않았습니까?」

「그랬죠. 하지만 그 사람은 진짜 쏘려고 한 게 아니었어요.」

커리 경감은 그녀의 말에 다른 사람의 증언을 듣고 느꼈던 노여움이 또다시 치밀어 오르는 것을 느꼈다.

'이 부인도 다른 사람들과 다를 게 없지 않은가!'

「꼭 그렇게 단언하실 수는 없을 텐데요, 세러콜드 부인.」

「그래요, 하지만 난 확신하고 있어요. 물론 나 혼자의 확신이지만 말이에요. 젊은이들은 그런 걸 뭐라고 그러더라……, 연극을 한다고 하던가요? 내 느낌도 바로 그거였어요. 에드거는 아직 철부지 젊은이예요. 그래서 괜히 자신을 신파조의 인물로 꾸며서 바보 같은 짓을 한 거죠. 게다가 자신을 아주 대담하고 목숨을 아낄 줄 모르는 사람으로 꾸미고 있었던 거예요. 그러니까 무슨 낭만소설에 나오는 악당

주인공쯤으로 여기고 있었던 거죠. 난 그가 권총을 절대 쏘지 않을 거라고 믿고 있었어요.」

「하지만 실제로 쏘지 않았습니까, 세러콜드 부인.」

캐리 루이즈가 미소를 지었다.

「그건 실수로 그렇게 된 거예요.」

커리 경감의 마음속에서 다시 분노가 치솟았다.

「그건 사고가 아니었습니다. 두 발이나 쏘지 않았습니까—게다가 그것도 부인 남편을 향해서 말입니다. 총알이 아슬아슬하게 빗나갔을 뿐이지.」

캐리 루이즈는 처음엔 놀란 표정이었다가 그 다음에는 엄숙한 표정으로 바꾸었다.

「난 그런 일은 도저히 믿을 수 없어요. 정말이에요…….」

그녀는 경감이 항의하려는 빛을 보이자 허겁지겁 그의 말을 가로막았다.

「물론 당신이 그렇게 말씀하신다면 믿어야겠지요. 하지만 내 생각엔 그 일에 대해 명쾌한 설명이 가능하다고 봐요. 매버릭 박사라면 그걸 설명해주실 수 있을 거예요.」

「예, 그렇겠죠. 매버릭 박사라면 명쾌하게 설명해주실 테지요.」

커리 경감은 냉랭한 어조로 그녀의 말에 대꾸했다.

「매버릭 박사야 무슨 일이건 설명하실 수 있는 분이니까요. 저도 그렇게 믿고 있습니다.」

세러콜드 부인이 느닷없이 말했다.

「나도 알아요. 이곳에서 우리들이 하는 일이 경감님께는 어리석고 무의미한 짓으로 보일 거라는 사실을 말입니다. 게다가 정신의학자들이란 때때로 사람을 짜증나게 하니까요. 하지만 우리는 나름대로 성과를 거두고 있답니다. 물론 실패할 때도 있지만 성공할 때도 많아요. 어쨌든 우리가 하는 일은 가치가 있는 일이에요. 당신은 믿지 못할지 모르지만 에드거만 해도 남편을 진심으로 사랑하고 있어요. 에드거가 어젯밤같이 어리석은 짓을 벌인 것도 다 루이스 같은 아버지가 있었으면 하고 바랐기 때문이에요. 하지만 알 수 없는 건 그 사람이 왜 그렇게 갑자기 난폭해졌느냐 하는 거예요. 지금까지는 아주 좋아지고 있었는데 말이에요—정말 보통 사람들하고 조금도 다르지 않았거든요. 사실 나한테는 보통 사람과 조금도 다르지 않았어요.」

커리 경감은 그 점에 대해서는 전혀 언급하지 않았다. 그리고는 다른 곳으로 말머리를 돌렸다.

「어제 에드거 로슨이 가지고 있던 권총은 부인의 손녀사위분의 것이었습니다. 아마 로슨은 그걸 월터 허드의 방에서 가지고 나온 모양입니다. 그래서 말인데요, 부인. 이 권총을 전에 보신 적이 있습니까?」

그는 검은 소형 자동권총을 손바닥 위에 얹어 그녀에게 내밀었다.

캐리 루이즈는 그 권총을 바라보았다.

「아뇨, 본 적이 없어요.」

「피아노 의자 속에서 발견한 거지요. 최근에 쓴 흔적도 있어요. 아직 정밀하게 조사해 본 건 아니지만, 제 생각엔 걸브랜드센 씨가 이 총에 맞고 죽은 게 틀림없습니다.」

그녀가 얼굴을 찌푸렸다.

「이걸 피아노 의자 속에서 발견하셨단 말씀인가요?」

「오랜된 옛날 악보 틈에서 발견했습니다. 제가 보기엔 그 악보는 여러 해 동안 들춰지지 않았을 것 같습니다.」

「그럼, 누가 일부러 그걸 숨겨 두었단 말인가요?」

「그렇습니다. 어젯밤 피아노 앞에 앉아 있던 사람이 누구였는지 기억나시겠죠?」

「스티븐 레스태릭이었어요.」

「피아노를 치고 있었습니까?」

「예, 아주 나직이 치고 있었죠. 묘하게도 아주 우울한 곡조였죠.」

「피아노 소리는 언제 그쳤습니까, 세러콜드 부인?」

「그러니까 피아노 연주를 그만둔 게 언제냐고 물으시는 건가요? 그건 모르겠는데요.」

「하지만 그 사람이 도중에 피아노 치는 걸 그만둔 건 사실 아닙니까? 그 소동이 벌어지고 있는데 설마 계속해서 피아노를 친 건 아닐 테지요?」

「그렇지 않죠. 피아노 소리는 그때 곧 멈추었으니까요.」

「그리고 그가 피아노 의자에서 일어났습니까?」

「모르겠어요. 그 애가 서재 문으로 다가가 열쇠를 문구멍에 끼워 넣기까지 나는 그 애가 뭘 하고 있었는지 전혀 몰랐어요.」

「스티븐 레스태릭이 걸브랜드센 씨를 쏴 죽일 만한 이유를 생각해 보실 수 있겠습니까?」

「아뇨, 아무것도.」

그리고 나선 그녀는 생각에 잠긴 채 덧붙였다.

「그 애가 그런 짓을 했다고는 믿어지지 않아요.」

「걸브랜드센 씨가 스티븐에 대해 뭔가 수상한 점을 알아냈을 수도 있지 않겠습니까?」

「나로선 그런 일이 있으리라고는 전혀 생각되지 않는데요.」

커리 경감은 그녀에게 이렇게 말해주고 싶은 마음이 굴뚝같았다.

'돼지도 날 수 있다. 꼭 새처럼 날 수야 없지만.'

이 말은 그의 할머니가 늘 하시던 말씀이었다.

'마플 양이라면 분명히 이 말을 알고 있을 텐데……'

커리 경감은 내심 이렇게 생각했다.

3

캐리 루이즈가 넓은 계단을 내려오자 세 사람이 각기 다른 방향에서 그녀를 향해 몰려들었다. 우선 지나가 긴 복도에서, 마플 양이 도서실에서, 그리고 줄리엣 빌레버 양이 중앙홀에서. 제일 먼저 입을 연 것은 지나였다.

「할머니! 괜찮으세요? 경찰들이 괴롭히지 않던가요, 아니면 무슨 고문 같은 거라도?」

그녀는 격하게 소리쳤다.

「물론 그런 일은 없었다, 지나. 정말 괴상망측한 생각도 다하는구나! 커리 경감은 매력 있고 아주 인정이 많은 사람이었단다.」

「당연히 그래야죠.」

빌레버 양이 대꾸했다.

「참, 카라, 당신한테 편지하고 소포가 왔어요. 지금 막 가져가려던 참이었어요.」

「그걸 도서실에다 갖다 줘요.」

캐리 루이즈가 말했다.

네 사람은 모두 도서실로 들어갔다. 캐리 루이즈는 자리에 앉은 뒤 편지를 뜯기 시작했다. 편지는 한 20, 30통쯤 되어 보였다. 캐리 루이즈는 편지를 뜯어보고는 그것을 빌레버 양에게 건네주었다. 그리고 빌레버 양은 그 편지들을 몇 개의 무더기로 나누며 마플 양에게 그 이유를 설명했다.

「대개 세 가지 종류의 편지가 와요. 하나는 이곳에 있는 소년들의 친척한테서 오는 편지들인데—이 편지들은 내가 매버릭 박사한테 갖다 주지요. 다음에는 돈 같은 걸 기부해 달라고 하는 편진데, 이런 편지는 내가 직접 처리하죠. 그리고 나머지는 개인적인 용건을 쓴 거지요—이 편지들에 대해선 카라가 이렇게 저렇게 하라고 메모를 건네준답니다.」

편지를 다 훑어보고 나서 세러콜드 부인은 소포 쪽으로 눈길을 돌리고는 가위로 소포 끈을 자르기 시작했다. 깔끔한 포장지를 열자 그 안에는 황금색 리본으로 묶은 예쁜 초콜릿 상자가 들어 있었다.

「누가 오늘이 내 생일인 줄 알았나보군.」

그녀는 미소를 지으며 말했다. 그리고는 리본을 풀고 상자를 열었다. 그 안에는 명함이 한 장 들어 있었다.

캐리 루이즈는 조금 놀란 얼굴로 그 명함을 바라보았다.

「사랑을 담아, 알렉스 올림.」

그녀가 소리 내어 그것을 읽었다.

「이곳에 온 바로 그날 우편으로 초콜릿 상자를 보내다니 정말 이상한 애로구나.」

마플 양의 가슴속에 불안감이 치솟기 시작했다.

그녀는 재빠르게 말했다.

「잠깐 기다려, 캐리 루이즈. 아직 먹지 마.」

세러콜드 부인은 그녀가 이렇게 말하자 조금 놀란 얼굴이었다.

「난 이걸 식구들한테 돌릴 작정인데.」

「아냐, 그러지 마. 내가 우선 물어 볼 테니까. 알렉스가 지금 집 안에 있나요, 지나?」

지나가 재빠르게 대답했다.

「방금 보니까 홀에 있었어요.」

그녀는 방을 가로질러 문을 열더니 소리쳐 그를 불렀다.

조금 뒤 알렉스 레스태릭이 문가에 나타났다.

「마돈나! 일어나셨군요. 어디 불편한 데는 없으세요?」

그는 이렇게 소리치고는 세러콜드 부인에게 걸어와 양볼에 부드럽게 입을 맞추었다.

마플 양이 입을 열었다.

「캐리 루이즈는 당신이 초콜릿을 보내 준 일에 대해 고맙다는 인사를 하고 싶어해요.」

알렉스는 놀란 표정이었다.

「초콜릿이라니, 무슨 초콜릿 말이에요?」

「이 초콜릿 말이야.」

캐리 루이즈가 대답했다.

「아니, 전 초콜릿을 보내 드린 적이 없는데요.」

「상자 안에 당신이 보낸 명함도 들어 있는데요.」

빌레버 양이 끼어들었다.

알렉스는 그 명함을 내려다보았다.

「그렇군요. 하지만 정말 이상한데요, 정말 이상해……. 전 이런 걸 보낸 적이 없는데.」

「그거 정말 이상한 일이로군요…….」

빌레버 양이 말했다.

「아주 맛있어 보이는데요.」

지나가 상자 속을 들여다보면서 말했다.

「봐요, 할머니, 할머니 좋아하시는 앵두술이 든 초콜릿도 있어요.」

마플 양이 부드러우면서도 한편 단호한 태도로 지나에게서 초콜릿 상자를 빼앗아 들었다.

그리고는 한마디 말도 없이 그것을 방 밖으로 가지고 나가 루이스 세러콜드를 찾았다. 루이스 세러콜드는 감화원 건물에 있었기 때문에 마플 양이 그를 찾아내는데 시간이 좀 걸렸다─그녀가 그를 찾아낸 것은 감화원에 있는 매버릭 박사의 방에서였다. 방으로 들어간 그녀는 루이스의 눈앞에 상자를 내려놓았다.

그는 그녀가 상황을 간략하게 설명하는 말을 들었다. 그리고 나자 갑자기 그의 얼굴이 딱딱하게 굳어졌다. 루이스와 매버릭 박사는 조심스럽게 초콜릿을 하나씩 상자 속에서 끄집어냈다. 그리고는 초콜릿들을 찬찬히 살펴보았다.

「제 생각엔…….」 하고 매버릭 박사가 입을 열었다.

「제가 이쪽에 밀쳐놓은 이것들은 누군가 벌써 손을 댄 것이 분명해요. 자, 보세요. 내용물을 싸고 있는 초콜릿이 좀 울퉁불퉁하지 않습니까? 이젠 이걸 가져다가 분석해 봐야겠습니다.」

「하지만 도저히 믿어지지 않는 일이에요.」

마플 양이 말했다.

「이 집안사람들이 모두 독살될 뻔하지 않았어요!」

루이스가 고개를 끄덕였다.

그의 얼굴은 아직도 창백하게 굳어 있었다.

「그렇소. 이건 정말 잔인한 일이오, 도무지 분별없는…….」

그러다가 그는 갑자기 말을 끊었다.

「그런데 초콜릿에선 모두 앵두술 냄새가 나는 것 같은데. 이건 캐롤라인이 특히 좋아하는 거지요. 이걸 보면 누군가 그런 사실을 알고 한 짓이구먼.」

마플 양이 나직하게 말했다.

「당신이 의심하시는 대로 정말 초콜릿 속에 정말 독이 있는 거라면 캐리 루이즈한테 도대체 지금 무슨 일이 일어나고 있는 건지 알려야 하지 않을까요. 이젠 그녀도 자기 몸을 자신이 지켜야 할 테니까요.」

루이스 세러콜드가 침통한 어조로 말했다.

「그렇습니다. 누군가 자신을 죽이려 한다는 걸 그녀한테 알려줘야겠습니다. 물론 그녀는 믿지 않겠지만.」

제 *16* 장

1

「저, 누나. 사람들을 독살하려는 끔찍한 놈이 있다는 게 사실인가요?」

지나는 이마에 늘어진 머리칼을 뒤로 쓸어 넘기다가 이런 쉰 목소리로 속삭여 오는 바람에 깜짝 놀라 몸을 일으켰다.

그녀의 뺨과 바지에는 페인트가 묻어 있었다. 그녀는 자신이 뽑은 조수 아이들과 함께 다음 공연할 연극 작품인 '황혼녘의 나일 강'의 무대 그림을 만드느라 분주하게 일하고 있었다.

그런데 지금 조수들 중 한 소년이 그녀에게 이렇게 묻고 있는 것이었다. '어니'라는 이름의 소년은 자물쇠를 여는 방법에 대한 귀중한 강습을 해준 바 있는 바로 그 아이였다.

어니의 손가락은 무대장치를 꾸미는 목공을 뺨치리만큼 솜씨가 좋았다. 게다가 연극 조수 일에 누구보다 열렬한 관심을 갖고 있었다.

그는 즐거운 기대감을 담은 채 눈을 구슬처럼 반짝이고 있었다.

「도대체 어디서 그런 말을 들은 거니?」

지나가 화가 난 어조로 그 애에게 다그쳐 물었다.

어니는 그녀에게 한쪽 눈을 찡긋해 보였다.

「감화원 애들 모두 알고 있는데요, 뭘.」 그 애가 대답했다.

「하지만 누나, 우리들 중 한 녀석 짓은 아니에요. 그런 짓을 할 놈은 하나도 없어요. 세러콜드 부인한테 그런 짓을 할 놈이 있을 리 없잖아요. 젠킨스라고 해도 그 부인한테는 손 안 댈 걸요. 그 늙은 할망구라면 또 모르지요. 그 여자라면 저도 독을 먹일지도 모르는 일이에요.」

「빌레버 양한테 그런 소릴 하면 못써.」

「죄송해요, 말이 잘못 나왔어요. 그런데 누나, 무슨 독약을 썼대요? 스트리키닌인가요? 그 독약을 먹으면 등을 활처럼 구부리다가 몸부림치면서 죽지요. 아니면 청산칼리인가요?」

「아니, 난 네가 무슨 소릴 하는지 모르겠다.」

어니가 다시 한쪽 눈을 찡긋해 보였다.

「모르시지 않을 텐데요, 뭘. 애들이 그러는데 알렉스 씨 짓이라면서요? 그 사람이 런던에서 초콜릿을 가져왔다고 하더군요. 하지만 그건 터무니없는 소리예요. 알렉스 씨가 무엇 때문에 그런 짓을 하겠어요, 안 그래요, 누나?」

「물론 그럴 리 없지.」 지나가 대꾸했다.

「전 아무래도 바움가튼 씨 짓 같아요. 그 양반이 우리한테 훈련을 시킬 때면 정말 무시무시한 표정을 짓거든요. 돈하고 전 그 양반 머리가 좀 어떻게 된 사람이 아닌가 하고 생각했던 적도 있어요.」

「자, 저 테레빈 기름이나 치워 줘.」

어니는 고분고분 그녀의 말에 따랐지만, 혼자서 이렇게 중얼거리길 잊지 않았다.

「도대체 인생이란 모르는 것투성이야! 걸브랜드센 노인이 어제 죽었다고 하더니 이젠 몰래 사람을 독살하려는 놈이 있다니. 누나 생각은 어떠세요, 둘 다 같은 놈의 소행이라고 보세요? 누나, 그분을 죽인 게 누군지 제가 알고 있다고 말씀드리면 뭐라고 하실 거예요?」

「네가 그런 걸 알고 있을 리가 없잖아.」

「허허, 제가 모른다고요? 만일 제가 어젯밤에 감화원 바깥에 있다가 뭔가를 보았다면 어쩌시겠어요?」

「네가 어떻게 밖에 나올 수 있니? 감화원은 7시 점호가 끝나면 문을 다 잠그는데.」

「점호라……, 하지만 누나, 전 맘만 먹으면 아무 때고 밖으로 나갈 수 있는걸요. 자물쇠 같은 거야 저한텐 아무짝에도 쓸모없어요. 몰래 빠져나와 재미 삼아 뜰 안을 이리저리 돌아다니곤 하는 걸요, 정말이에요.」

「거짓말은 그만해, 어니.」

「거짓말이라니, 누가요?」

「네가 하고 있잖아. 넌 지금 거짓말을 늘어놓으면서 하지도 않은 일을 했다고 잘난 척하는 거야.」

「누난 그렇게 생각한단 말이죠. 그렇다면 경찰관 나리들이 올 때까지 기다리고 있다가 어젯밤 뭘 봤냐고 저한테 한 번 물어 보세요.」

「그래, 네가 뭘 보았다는 거지?」

「아, 뭐 그런 거야 별로 알고 싶지 않잖아요?」

지나는 어니에게 덤벼들었지만 그는 기술적으로 뒤로 물러섰다.

그때 스티븐이 극장의 다른 한쪽에서 나와 지나에게 걸어왔다. 그들은 이것저것 연극의 기술적인 문제에 대해 의논하고는 나란히 집 쪽으로 되돌아가기 시작했다.

「애들이 모두 할머니와 그 초콜릿에 대한 걸 알고 있나 봐요.」

지나가 입을 열었다.

「감화원 애들 말이에요. 도대체 애들이 그걸 어떻게 알았을까요?」

「이런 시골에선 그런 소문이야 금방 담쟁이덩굴처럼 퍼져 나가니까.」

「하지만 알렉스의 명함 건까지 알고 있어요. 스티븐, 알렉스가 이곳으로 오면서 초콜릿 상자 속에 자신의 명함을 넣다니 참 바보 같은 짓 아니에요?」

「그렇지. 하지만 형이 이곳으로 온다는 걸 누가 알았겠어? 형이 이곳으로 올 작정을 하고 전보를 보낸 건 아주 갑작스러운 일이었잖아. 그 상자는 아마 그전에 부친 걸 거야. 형이 만일 여기 오지 않았다면 그 상자 속에 형의 명함을 넣은 일이야말로 정말 현명한 생각이었겠지. 왜냐하면 형은 실제로 가끔 캐롤라인에게 초콜릿을 보냈거든.」

그러고 나서 그는 느릿느릿 말을 이었다.

「그런데 도무지 내가 알 수 없는 건…….」

「누가, 왜 할머니를 독살하려고 하는 걸까요. 정말 생각도 할 수 없는 일이니까요! 할머닌 그렇게 사랑스러운 분이신데, 모두들 진심으로 할머닐 사랑하고 있잖아요.」

스티븐은 대꾸하지 않았다.

지나가 날카로운 눈길로 그를 바라보았다.

「당신이 무슨 생각을 하는지 알아요, 스티븐!」

「글쎄.」

「당신은 월터가 할머닐 사랑하지 않는다고 생각하는 거죠. 하지만 월터는 누굴 독살한다거나 하는 짓은 결코 안 해요. 그런 생각을 하다니 정말 우스워요.」

「충실한 아내란 말씀이다!」

「그렇게 비웃는 투로 말하지 말아요.」

「비웃을 생각은 없어. 정말 당신이 충실한 아내라고 생각하니까. 내가 당신을 존경하는 것도 그 점이지. 하지만 이봐, 지나. 당신들은 오래 견디지 못해.」

「그게 무슨 뜻이죠, 스티븐?」

「내 말뜻이야 당신이 더 잘 알 텐데. 당신하고 월터는 서로 어울리지가 않아. 그게 당신들 결혼생활이 원만하지 못한 이유 중 하나지. 월터도 그걸 알고 있고. 이제 당신들은 조만간 헤어지고 말 거야. 하지만 헤어지는 편이 오히려 당신들한테는 행복한 일이 되겠지.」

「그런 어리석은 소리 말아요.」

스티븐은 웃음을 터뜨렸다.

「이봐, 당신 둘이 잘 어울린다든가, 월터가 이곳에서 행복하게 지내고 있다던가 하는 척해도 소용없어.」

「아, 난 정말이지 그 사람한테 뭐가 문제인지 전혀 모르겠어요.」

지나가 외치듯 말했다.

「언제나 시무룩하니 말도 잘 안 하고 있으니 말이에요. 도대체, 뭘 어떻게 해줘야 할지 알 수가 없어요. 왜 이곳 생활을 즐기질 못하는 지 알다가도 모르겠다니까요. 예전에는 정말 즐겁게 지냈는데……, 하나하나가 모두 즐거웠어요. 그런데 이젠 전혀 딴 사람이 된 것 같 아요. 사람이 그렇게 변할 수도 있는 걸까요?」

「나도 변했나?」

「아니, 스티븐, 당신은 안 그래요. 당신은 언제나 스티븐이에요. 방 학 때면 여기서 내가 당신을 쫓아 술래잡기를 하던 걸 기억해요?」

「그때 난 당신을 귀찮게 여겼지─불쌍한 어린 계집애라고 말이야. 그런데 이제 처지가 바뀌었어. 당신이 날 꼼짝 못하게 붙잡아 놓았으 니까. 안 그래, 지나?」

지나가 재빠르게 말했다.

「어리석은 소리.」

그녀는 성급하게 말을 계속했다.

「당신, 어니가 거짓말을 하고 있다고 생각하세요? 그 앤 자신이 어 젯밤 안개 속을 걸어 다녔다는 거예요. 그리고는 자기라면 살인과 관 계된 일을 뭔가 얘기해줄 수 있다고 귀띔하던 걸요. 그 말이 사실일 거라고 생각하세요?」

「사실이냐고? 천만의 말씀. 그 녀석 허풍이야 당신도 알잖아. 자신 을 그럴 듯하게 보이기 위해선 무슨 짓이라도 할 녀석이야.」

「아, 그건 나도 알아요. 단지 난 이상한 건…….」

그러고 나서 그들은 아무 말도 없이 나란히 걸어갔다.

2

뉘엿뉘엿 지는 해가 서쪽을 비추고 있었다.

커리 경감이 그것을 바라보고 있었다.

「이곳이 어젯밤 당신이 차를 세웠던 곳이란 말이죠?」

커리 경감이 갑자기 이렇게 말을 꺼냈다.

알렉스 레스태릭은 뭔가 곰곰이 생각에 잠긴 듯이 뒤로 물러섰다.

「이 근처였어요.」 그의 대답이었다.

「안개가 끼어 있었기 때문에 정확하게 말씀드릴 수는 없지만 말입니다. 예, 이곳이 맞는 것 같군요.」

커리 경감이 그곳을 감정하는 듯한 눈길로 주위를 둘러보았다.

자갈이 깔린 자동차 길이 느린 커브를 그리며 이어져 있었다. 그리고 석남화가 담장을 이룬 이 지점에서 보면 집의 서쪽 측면이 갑자기 눈앞에 모습을 드러내게 된다. 그 서쪽 측면에는 테라스가 있었고, 주목나무 울타리와 계단이 잔디밭으로 이어져 있었다. 그러고 나서도 자동차 길은 나무들이 빽빽하게 늘어선 곳을 지나 호수와 집 사이의 지점을 돌아서는 집 동편에 있는 넓은 자갈길까지 죽 이어져 있었다.

「도짓!」 하고 커리 경감이 불렀다.

커리 경감의 말이 떨어지길 기다리며 준비 태세를 갖추고 있던 도짓 순경은 그 말에 재빨리 행동으로 들어갔다. 그는 집을 향해 대각선으로 뻗어 있는 잔디밭 위를 날쌔게 가로질러 뛰어가더니 테라스에 도착해서는 옆문을 통해 집 안으로 달려 들어갔다.

조금 있자니까 집 안에 있는 창문 커튼 하나가 난폭하게 흔들렸다. 그리고 난 뒤 도짓 순경이 정원 쪽의 문으로 다시 모습을 나타내고는 그들 쪽으로 달려왔다. 그는 마치 증기기관차 엔진처럼 거칠게 숨을 몰아쉬고 있었다.

「2분 42초 걸렸어.」

도짓 순경이 달리는 동안 스톱워치로 시간을 재고 있던 커리 경감이 시계 스위치를 누르며 말했다.

「시간이 많이 걸리지 않는데, 안 그렇습니까?」

그의 말투는 자못 스스럼없는 유쾌한 투였다.

「난 저 순경 나리만큼 빨리 달릴 수는 없을 겁니다.」

알렉스의 대꾸였다.

「그러니까 당신은 지금 내가 어젯밤 이렇게 했을 거라고 생각하고, 그 행동에 걸리는 시간을 잰 거로군요?」

「난 그저 당신에겐 살인을 할 기회가 있었다는 점만을 지적하고 있는 겁니다. 그것뿐이에요 레스태릭 씨. 당신에게 혐의를 덮어씌우는 건 절대 아닙니다—아직까지는.」

알렉스 레스태릭은 그때까지 숨을 헐떡이고 있는 도짓 순경에게 다정스러운 목소리로 말을 걸었다.

「난 도저히 당신만큼 빨리 달릴 수는 없는 걸요. 하지만 연습만 하면 할 수 있을 겁니다.」

「지난 겨울에 기관지염을 앓은 이후 좀 느려졌지요.」

도짓 순경의 대답이었다.

알렉스는 경감 쪽으로 몸을 돌렸다.

「하지만 진지하게 말씀드리는데요—날 의심해서 불편하게 한다거나 내 반응을 살피는 것까지는 좋지만. 우리처럼 예술을 하는 사람들은 아주 예민하고 상처받기 쉽다는 걸 제발 잊지 말아 달라는 말입니다.」

그의 어조에는 어딘가 비웃는 투가 어려 있었다.

「사실 내가 진짜로 이 일에 관련이 있다고 생각하시는 건 아니겠지요? 정말이지 내가 세러콜드 부인한테 독이 든 초콜릿 상자를 보낼 이유가 어디 있겠습니까. 게다가 내 명함까지 넣어서 말씀입니다. 안 그래요?」

「우린 그런 일도 생각하지 않을 수 없답니다. 이중으로 속임수를 쓰는 일이야 흔하니까요. 레스태릭 씨.」

「말씀하시는 뜻은 알겠습니다. 머리가 대단히 좋으시군요, 경감님. 그런데 초콜릿에는 진짜 독이 들어 있긴 있었습니까?」

「맨 윗줄에 있던 앵두술이 든 초콜릿 여섯 개에는 독이 들어 있었습니다. 아코니틴(바곳 속의 식물에서 채취하는 마비 작용이 있는 유독 물질)이라는 독물이 들어 있더군요.」

「그건 내가 좋아하는 독이 아니군요, 경감님. 내 개인적 취향으로는 쿠라레(마전속 식물의 즙으로 만든 독. 남미 원주민이 화살에 바른다)가 맘에 들거든요.」

「쿠라레는 정맥에 주사해야 하는 독약입니다, 레스태릭 씨. 먹어서는 소용이 없지요.」

「경찰관들은 정말 아는 것도 많군요.」

알렉스가 사뭇 존경스럽다는 듯이 말했다.

커리 경감은 한쪽 눈으로 이 젊은 남자를 살펴보았다. 조금 뾰족한 귀에다 영국인이라기보다는 몽고족에 가까운 타입의 얼굴이었다. 짓궂은 냉소를 담은 채 유쾌하게 이리저리 굴리고 있는 눈 덕분에 그 누구건 알렉스 레스태릭이 뭘 생각하는지 알아내기란 어려운 일일 것이다.

'이 젊은이는 새터(그리스 신화에 나오는 반인반수의 호색가)일까?―아니면 폰(로마 신화에 나오는 목신(牧神)으로 반은 사람, 반은 양의 모습을 한 음탕한 신) 같은 놈팡이일까? 아마 지나치게 먹이를 포식한 편이라고 해야겠지.'

커리 경감은 갑자기 이런 생각을 떠올렸다.

하지만 그런 생각을 하자니 마음이 좀 불편했다. 머리는 좋지만 어딘지 믿을 수 없는 사내―알렉스 레스태릭을 요약해서 평한다면 이렇게 될 것이다. 사실 이 남자는 동생인 스티븐보다 영리하다. 어머니가 러시아 사람이라든가, 뭐 그렇다고 들었는데.

커리 경감에게 있어서 '러시아 사람'이란 19세기 초 흔히 쓰이던 '보니(나폴레옹 보나파르트를 경멸하여 부르는 말)'라든지 20세기에 들어와 쓰이던 '훈족(원래는 흉노족이었으나, 이 당시는 독일 병사를 경멸하는 말로 쓰였다)' 같은 말하고 비슷한 어감을 주는 단어였다.

어쨌든 커리 경감에게 있어서 러시아와 관계되는 것이라면 뭐든지 신통한 게 없었다. 그러니 만큼 만일 알렉스 레스태릭이 진짜로 걸브랜드센 씨를 죽인 거라면 그야말로 경감의 이런 생각에 꼭 들어맞는 범죄자가 아닐 수 없었다. 하지만 불행하게도 커리 경감은 그가 살인자라는 데 도무지 확신이 서질 않았다.

이제야 겨우 숨결을 가라앉힌 도짓 순경이 말을 꺼냈다.

「말씀하신 대로 커튼을 움직여 보았습니다, 경감님.」

도짓 순경의 말이었다.

「그러고 나서 30을 셌습니다. 그런데 커튼 꼭대기에 있는 고리를 누군가 잡아뗐더군요. 즉 창문하고 커튼 사이에 틈이 있었습니다. 그 얘긴 즉, 바깥에서도 방 안의 불빛을 볼 수 있었다는 뜻이고요.」

커리 경감은 알렉스에게 물었다.

「어젯밤 저 창문에서 흘러나오는 불빛을 보셨습니까?」

「안개 때문에 집 모양은 전혀 보이지 않았습니다. 그렇게 말씀드렸을 텐데요.」

「하지만 안개란 짙게 깔린 곳도 있고 엷게 깔린 곳도 있게 마련 아닙니까. 어떨 때는 여기저기 걷히는 곳도 있는 거고요.」

「하지만 어젯밤엔 전혀 걷히지 않았습니다. 제 눈엔 집 모양이 전혀 보이지 않을 정도로 말입니다. 어렴풋한 윤곽이야 보였지요. 그리고 근처의 체육관 건물이 공상에서나 나오는 모양처럼 안개 속에서 어렴풋이 떠올랐구요. 그 모습은 연극에 나오는 선창가 창고를 완벽하게 재현시킨 모습이었습니다. 아까도 말씀드렸지만, 난 '라임 하우스의 밤' 발레 극을 만들고 있어서…….」

「그 얘긴 했습니다.」

커리 경감이 재빠르게 그의 말에 대꾸했다.

「연극하는 사람들은 모두 언제나 무대장치를 염두에 두고 뭘 바라보는 버릇이 있답니다. 현실적인 눈으로 바라보는 게 아니고요.」

「그렇겠죠. 하지만 무대장치 역시 현실에도 있는 것 아닙니까, 안 그렇소, 레스태릭 씨?」

「무슨 말씀인지 확실히 알아듣지 못하겠는데요, 경감님.」

「그러니까 무대장치 역시 현실에 있는 물건들—캔버스라든지 목재, 그림물감, 마분지 같은 걸로 만들어져 있는 것 아닙니까. 환상이란 보는 사람의 눈에 있는 것이지 무대장치 그 자체에 있는 것은 아니죠. 그러니까 내 말은 무대장치란 관객 눈앞에도 실재하지만, 무대 뒤에서도 역시 실재하고 있다는 뜻입니다.」

알렉스가 경감의 얼굴을 응시했다.

「이런, 정말 대단한 말씀입니다, 경감님. 그 말 덕분에 아이디어를 얻었어요.」

「다른 발레 극에 대한 아이디어 말입니까?」

「아뇨, 다른 발레 극에 대한 게 아닙니다. 아아, 이런, 우린 모두 어리석었는지도 모르겠어요.」

3

커리 경감과 도짓 순경은 잔디밭을 가로질러 집으로 돌아갔다.

발자국을 찾고 있나 보지—알렉스는 속으로 이렇게 중얼거렸다.

하지만 그의 생각은 틀린 것이었다. 경찰들은 벌써 이른 아침에 발자국을 찾으려 했었지만 그날 새벽 2시에 큰비가 내렸기 때문에 실패하고 말았던 것이다.

알렉스는 자동차 길을 따라 천천히 걸어 올라가며 자신이 방금 새로 떠올린 생각이 과연 가능하냐 아니냐에 대해 이리저리 생각을 굴리고 있었다. 하지만 그의 이런 생각은 호수 옆 오솔길을 걷고 있는 지나의 모습이 눈에 뜨이자 곧 사라지고 말았다.

집은 조금 높은 언덕 위에 있었다. 땅바닥은 집 정면의 자갈길에서부터 느린 경사를 그리며 내려와 석남화며 다른 관목들이 경계선을 이루며 주위를 둘러싸고 있는 호수까지 이어져 있었다.

알렉스는 자갈길을 달려 내려가 지나의 옆으로 다가갔다.

「저 우스꽝스러운 빅토리아 시대의 괴물만 지워낼 수 있다면…….」 하고 그는 눈을 가늘게 뜨며 이렇게 말을 이었다.

「이 장면은 아주 훌륭한 '백조의 호수' 장면이 될 텐데. 그리고 지나, 당신은 백조 아가씨가 되는 거고 말이야. 아니, 생각해 보니까 당신은 '눈의 여왕' 쪽이 낫겠어. 잔인하고 꿋꿋이 자기 길만 가는 성격인데다 동정심이나 친절, 자애로운 요소라고는 전혀 없으니까 말이야. 당신은 그야말로 철두철미한 여자야, 지나.」

「알렉스, 그건 너무 심술궂은 말이잖아요!」

「내가 당신한테 속는 걸 거부하고 있다고 해서? 당신은 너무 자기만족에 빠져 있어. 안 그래, 지나? 마음대로 우릴 잡아두고 있으니 말이야. 나는 물론이고 스티븐, 그리고 몸집만 커다랗지 단순하기 그지없는 당신 남편까지도.」

「바보 같은 소리 말아요.」

「아니, 바보 같은 소리가 아니야. 스티븐은 당신을 사랑하고 있어. 나 역시 마찬가지고. 게다가 월터야말로 불쌍할 정도로 당신한테 빠져 있다고. 여자로서 더 이상 뭘 바라겠어?」

지나는 그의 얼굴을 바라보며 웃음을 터뜨렸다.

알렉스는 힘차게 고개를 끄덕였다.

「그래도 당신한테 정직한 면은 있군, 그걸 보니 기뻐. 그건 당신 피에 흐르는 라틴계 기질 때문이지. 당신은 자신이 남자한테 매력없는 여자인 척하려고 애쓰지 않거든─그리고 남자들이 당신한테 끌려도 그걸 대단히 고맙게 생각하는 척하지도 않는단 말이야. 당신은 남자들이 자신한테 빠지는 걸 즐기고 있어. 안 그래, 잔인한 지나 양? 저 가엾은 에드거 로슨이라는 작자마저 말이야!」

지나는 그의 얼굴을 뚫어지게 쳐다보았다. 그러고 나서 조용하고 진지한 목소리로 말을 꺼냈다.

「그런 건 오래 가지 않아요. 여자란 이 세상을 살아가는데 있어 남자보다 훨씬 어려움이 많아요. 남자보다 더 상처받기 쉽고요. 게다가 아이를 가지면 또 아이들 때문에 끔찍하게 마음을 쓰지요. 그러다가 옛날의 아름답던 용모를 잃어버리면 여자가 사랑하는 남자들은 더 이상 그녀를 사랑해주지 않죠. 그렇게 되면 여자는 배신당하고 홀로 내팽개쳐져 한쪽으로 밀려나게 되는 거죠. 하지만 난 그걸 남자 탓으로 돌리지는 않아요. 나 역시 마찬가지니까요. 난 늙고 못생긴 사람이나 아픈 사람, 고민을 갖고 불평만 하는 사람, 또는 에드거처럼 뻐기며 돌아다니면서 자신이 꽤 잘나고 가치 있는 사람인 체하는 이상한 사람들을 다 싫어해요. 내가 잔인하다고요? 하지만 이 세상 자체가 잔인한 걸요! 이제 조만간 이 세상은 나한테도 잔인하게 굴 테지요! 하지만 지금으로선 난 아직 젊고 예쁜데다가 사람들 역시 날 매력적이라고 생각해주니까요.」

그러고 나서 그녀 특유의 따뜻하고 밝은 미소를 짓자 그녀의 치아가 눈부시게 반짝였다.

「그래요, 난 그런 사실이 즐거워요, 알렉스. 그럼 안 되는 거라도 있나요?」

「왜 안 되겠어?」

알렉스가 대꾸했다.

「내가 진심으로 알고 싶은 건 당신이 그런 사실을 알고 이제 어떻게 할 것이냐 하는 거지. 스티브와 결혼할 작정이야, 아니면 나랑 결혼할 작정이야?」

「난 월터하고 결혼했잖아요.」

「그거야 임시지. 여자들은 모두 결혼에 있어선 한 번씩은 실수를 저질러 하지만 그렇다고 해서 거기에 질질 끌려가서는 안 되지. 일단 시골에서 한 번 흥행을 해봤으니 이젠 런던 웨스트 엔드 가(런던의 부유층이 모여 사는 곳)에서 찬란하게 공연을 해봐야 할 때도 된 거지.」

「그러니까 당신이 웨스트 엔드 가란 말인가요.」

「두 말하면 잔소리지.」

「당신, 정말로 나랑 결혼하고 싶은 거예요? 결혼한 당신 모습은 상상이 안 가요.」

「그래, 결혼하고 싶어. 언제나 하는 생각이지만 '아페르(불어로 '정사(情事)'라는 뜻)' 같은 건 너무 구식이야. 여권이니 호텔이니 뭐 그런 문제로 골치를 썩여야 하거든. 다른 방법으로는 도저히 여자를 얻을 수 없다 하는 경우만 아니면 난 절대 정부 같은 건 두지 않아!」

지나의 웃음소리가 맑고 청량하게 울려 퍼졌다.

「정말 재미있는 분이세요, 알렉스.」

「그게 내 주된 장기지. 스티븐이 나보다 훨씬 잘생겼지. 아주 핸섬한데다가 정열적이거든. 여자들이란 물론 그런 걸 좋아하지. 하지만 정열이란 가정에서는 피곤한 거야. 지나, 나하고 함께 살면 당신 인생은 그저 즐거울 거야.」

「그러니까 당신은 날 미친 듯이 사랑하는 건 아니란 말이죠?」

「사실 아무리 당신을 사랑한다고 해도 난 그런 말은 입 밖에 내지 않아. 그런 말을 하게 되면 당신은 1점 올라가는 거고, 난 1점 내려갈 테니 말이야. 그런 게 아니라 내가 하려는 건 당신한테 사무적으로 결혼 신청을 하려는 거야.」

「글쎄, 그건 좀 생각해 봐야겠는걸요.」

지나가 미소를 지으며 말했다.

「물론, 그래야지. 게다가 당신은 월터를 불행에서 건져 줘야 해. 난 월터를 정말 동정하고 있어. 당신하고 결혼해서 당신의 마차 꽁무니에 매달려 박애주의로 가득 찬 이 음침한 분위기 속으로 들어와야 했다는 건 아마 그에겐 분명히 지옥 같은 괴로움이었을 거야.」

「정말 야만인 같은 소리도 다하는군요, 알렉스!」

「하지만 지각 있는 야만인이지.」

지나가 말을 계속했다.

「어떨 땐 월터가 날 조금도 생각해주지 않는 듯한 기분이 들기도 해요. 이젠 나 같은 건 상관없나 봐요.」

「당신이 그를 막대기로 휘저었는데도 그 작자는 아무런 반응을 보이지 않는다는 말인가? 그것 참 분한 일인걸.」

갑자기 지나가 번개처럼 손바닥을 휘둘러 알렉스의 매끈한 뺨에 철썩 올려붙였다.

「투쉐!」

알렉스가 불어로 비명을 질렀다.

그러고 나서 그는 눈 깜짝할 사이에 그녀를 팔 안에 끌어안고는 그녀가 미처 저항할 틈도 주지 않고 입술에 강렬한 키스를 했다. 그녀는 잠시 몸부림쳤으나 곧 잠잠해졌다…….

「지나!」

두 사람은 깜짝 놀라 떨어졌다.

밀드레드 스트리트가 얼굴을 붉게 상기시킨 채 입술을 떨면서 한심스럽다는 듯이 두 사람을 노려보고 있었다. 잠시 동안 그녀는 너무나 분개한 나머지 말이 막히고 말았다.

「역겨워, 정말 역겨워. 이 더러운 짐승 같은 계집애. 네 엄마 꼴하고 똑같군 그래……. 네가 나쁜 계집애라는 건 이미 알고 있었어. 속속들이 타락한 계집애라는 걸 말이야. 넌 난잡한 여자일 뿐만 아니야—살인자야. 그래, 맞아, 넌 살인자야. 난 똑똑히 알아!」

「뭘 아신다는 거죠? 바보 같은 소리하지 마세요, 밀드레드 이모.」

「천만에, 난 네 이모가 아니야. 정말 하느님께 감사할 일이지. 난 너와 털끝만큼도 혈연관계가 없어. 네 어미가 누구고, 또 어떤 집안에서 온 여잔지 너는 모르겠지! 하지만 적어도 우리 아버지하고 어머니가 어떤 사람들이었는지는 알 테지. 그분들이 양녀로 맞아들이는 게 어떤 아인지 뻔하지 않아? 범죄자의 자식이거나 창녀의 자식일 게 뻔한 거지! 그분들이야 워낙 그런 분들이니까. 하지만 그분들도 이 사실은 기억했어야 해. 나쁜 피는 절대 속일 수 없다는 걸 말이야. 하지만 나라면 당당히 말할 수 있어. 네 핏속에 흐르는 이탈리아인의 피가 너로 하여금 독살 같은 걸 꾸미게 했다고 말이야.」

「도대체 어떻게 그런 말을?」

「난 하고 싶은 말은 다 할 거야. 너도 이젠 부인하지 못하겠지, 누군가 내 어머니한테 독을 먹이려 했다는 사실을 말이야? 그런데 그런 짓을 할 만한 사람이 누구겠어? 어머니가 돌아가시면 막대한 유산을 손에 넣을 사람이 누가 있느냐는 말이야? 그건 지나, 바로 너야. 그러니 너도 확실히 알아두는 게 좋을 거야. 경찰이 그 사실을 그냥 넘기지 않았을 거라는 걸 말이야.」

그러고 나서 밀드레드는 아직도 분한 듯 몸을 떨면서 재빠르게 가버렸다.

「병적이군.」

알렉스가 입을 열었다.

「확실히 병적이야. 하지만 아주 재미있는데 그래. 고(故) 스트리트 평의원님이 어떤 분이셨는지 정말 궁금해지는 걸……. 종교적인 이유로 망설이기만 했던 사람이겠지, 아마? 아니면 성불구자였을까?」

「그런 언짢은 소린 말아요, 알렉스. 아, 정말 미워. 이모님이 정말 미워요.」

지나는 손을 꽉 틀어잡으면서 노여움으로 몸을 떨었다.

「당신 스타킹 속에 칼이라도 숨겨두지 않은 게 천만다행이야.」

알렉스가 말했다.

「만일 그랬다면 저 고귀하신 스트리트 부인은 피해자의 입장에서 살인에 대한 진리를 뭔가 배웠을 테니까. 마음을 진정시켜요, 지나. 그렇게 신파극처럼 굴지 말고. 이탈리아의 싸구려 오페라에 나오는 주인공 같은 모습도 하지 말라고.」

「내가 할머니를 독살하려 했다니, 도대체 어떻게 그런 말을 할 수가 있는 거죠?」

「자, 이봐요. 어쨌든 누군가 할머니를 독살하려 든 건 사실이잖아. 그리고 동기 면에서 살펴봤을 때 당신이 적합한 인물이라는 것도 사실이니까.」

「알렉스!」

지나는 두려움에 질려 그를 바라보았다.

「경찰도 그렇게 생각할까요?」

「경찰관들이란 무슨 생각을 하고 있는지 도통 알 수가 없는 사람들이라서 말이야. 그 사람들은 자기네 비밀이라면 아주 철저히 지키고 있거든. 게다가 절대로 바보도 아니고. 그래, 떠올랐어…….」

「어딜 가는 거예요?」

「나한테 떠오른 생각을 한 번 시험해 보려고.」

제 *17* 장

1

「그러니까 누군가 나한테 독약을 먹이려 한다는 말인가요?」

캐리 루이즈의 목소리에는 당혹과 더불어 도저히 믿을 수 없다는 투가 담겨져 있었다.

「하지만……」 그녀가 다시 입을 열었다.

「난 그런 말 도저히 믿을 수 없어요.」

그녀는 눈을 반쯤 감은 채 잠시 상대편 말을 기다리고 있었다.

루이스가 조용히 입을 열었다.

「나도 될 수 있는 한 당신한테 비밀로 하길 바랐소, 여보.」

그녀는 거의 멍한 얼굴로 그에게 손을 내밀었다. 그러자 그 손을 그가 잡았다. 곁에 앉아 있던 마플 양이 동정이 간다는 듯이 고개를 내저었다.

캐리 루이즈가 눈을 떴다.

「그게 정말이야, 제인?」 그녀가 물었다.

「유감스럽지만 사실이야.」

「그렇다면 모든 게…….」

그러다가 갑자기 캐리 루이즈가 말을 멈추었다. 그리고는 다시 말을 계속했다.

「나는 언제나 내가 무엇이 현실이고, 무엇이 그렇지 않은지는 아는 사람이라고 생각해 왔어……. 그런데 이 일은 도저히 현실 같지 않아. 하지만 역시 현실이란 말이지. 그렇다면 내가 지금까지 생각했던 다른 일들도 다 틀린 건지도 몰라……. 하지만 대체 누가 나한테 그런 짓을 하려는 거지? 이 집 안에 있는 사람 중에 날……, 날 죽이려는 사람은 아무도 없을 텐데 말이야.」

그녀는 여전히 믿지 못하겠다는 말투였다.

「나도 그렇게 생각했었소.」 루이스가 입을 열었다.

「하지만 내 생각이 틀렸던 거요.」

「크리스찬이 그 사실을 알고 있었던 거군요? 그러고 보니 이해가 돼요.」

「뭐가 이해가 된다는 거요?」 루이스가 물었다.

「그의 태도 말이에요.」

캐리 루이즈가 대답했다.

「정말 이상했거든요. 평소하고는 전혀 딴판이었어요. 그 사람은, 나 때문에 흥분한 것 같았는데……. 뭔가 나한테 할 말이 있는 것 같았는데, 결국 아무 말도 하지 않았어요. 그리고는 내 심장이 튼튼하냐고 물었어요. 게다가 최근 건강이 괜찮았느냐고도 했어요. 아마 나한테 암시를 주려고 그랬나 봐요. 그렇다면 왜 솔직히 털어놓고 얘기하지 않았을까요? 그냥 다 털어놓고 얘기하는 편이 훨씬 간단했을 텐데 말예요.」

「그 사람은 당신한테 괴로움을 안겨 주고 싶지 않았던 거야, 캐롤라인.」

「괴로움이라고요? 하지만 내가 어째서……, 아, 알겠어요.」

그녀는 눈을 크게 떴다.

「그게 당신 생각이군요……, 하지만 당신 생각은 틀렸어요, 루이스. 아주 틀렸어요. 그건 분명히 말씀드릴 수 있어요.」

그녀의 남편은 그녀가 쳐다보는 눈길을 피했다.

「미안해요.」

잠시 뒤 세러콜드 부인이 다시 입을 열었다.

「하지만 지난 며칠 간 일어난 일들은 하나같이 믿을 수 없는 일들 뿐이에요. 에드거가 당신한테 총을 쏘고, 지나와 스티븐 일도 그렇고.

게다가 그 이상한 초콜릿 상자. 정말 있을 수 없는 일이에요.」

아무도 입을 열지 않았다.

캐롤라인 루이즈 세러콜드는 한숨을 내쉬었다.

「아마 난…….」 하고 그녀가 입을 열었다.

「너무나 오랫동안 현실 밖에서 살아왔나 봐요. 저, 루이스, 그리고 제인, 난 지금 혼자 있고 싶어요. 생각해 볼 일이 있어서요…….」

2

마플 양이 계단을 내려와 중앙홀로 들어서자 알렉스 레스태릭이 커다란 아치형 입구에 서서 호들갑스러운 몸짓으로 손을 흔들고 있었다.

「들어오세요, 들어오세요.」

알렉스는 쾌활하게 말을 꺼냈다.

마치 중앙홀의 주인이라도 되는 듯한 태도였다.

「어젯밤 일을 생각하던 참이었답니다.」

루이스 세러콜드는 캐리 루이즈의 거실에서부터 마플 양을 따라 내려오다가 중앙홀을 가로질러 서재로 들어가더니 문을 닫았다.

「뭐, 범죄의 재구성이라도 하고 있었나요?」

마플 양이 별로 내키지 않는 듯한 투로 물었다.

「예?」

알렉스가 얼굴을 찌푸리며 그녀를 바라보았다.

하지만 곧 그는 미간을 폈다.

「아, 예, 그 말씀이로군요. 아니, 그게 아닙니다. 모든 걸 지금까지와는 전혀 다른 시각에서 바라보고 있던 중이었습니다. 그러니까 이 장소를 극장이라고 생각하고 있었단 말입니다. 현실이 아닌 인공적인 무대로 말입니다! 이리로 와보세요. 그리고 이곳을 무대장치라고 생각해 보세요. 조명, 입장하는 문, 퇴장하는 문, 드라마티스 퍼소니(라틴어로 '등장인물'). 자, 모두 소리를 죽인다. 어떻습니까, 매우 재미있는 생각이지요. 이건 제 아이디어가 아닙니다. 경감님이 제게 아이디어를 던져 주었지요. 제 생각엔 그 양반 좀 잔인한 사람 같아요. 오늘 아침에만 해도 저한테 겁을 주려고 무진 애를 썼으니까요.」

「그래서 겁을 먹었나요?」

「그건 확실하지 않아요.」

그러고 나서 알렉스는 커리 경감이 실험한 일, 도짓 순경이 숨을 헐떡이며 실험을 해 보였을 때 걸린 시간 등에 대해 자세히 설명해 주었다.

「시간이란 건 사람을 아주 당혹시킬 때가 많아요. 흔히 시간이 꽤 걸리겠구나 하고 생각하는 일도 사실 알고 보면 그렇지 않은 경우가 많거든요.」

「그렇겠죠.」

마플 양이 말했다.

관객을 대표하는 입장에서 그녀는 다른 쪽으로 자리를 옮겨 보았다. 현재의 무대장치는 위쪽으로 감에 따라 무늬가 흐려지는 커다란 융단으로 덮인 벽을 뒤로하고 왼쪽에는 그랜드 피아노, 그리고 오른쪽에는 창 옆에 의자가 각각 놓여 있었다. 의자 가까이에는 도서실로 향하는 문이 가로막혀 있었다. 피아노 의자는 복도로 이어진 네모난 로비로 나가는 문에서 불과 8피트(2.4m) 떨어진 곳에 놓여 있었다.

둘 다 모두 아주 편리한 퇴장 문 구실을 하고 있었다! 그리고 관객 쪽에서는 물론 그 양쪽이 아주 잘 보였다. 하지만 어젯밤에는 관객의 위치에 아무도 없었던 것이다. 그러니까 현재 마플 양이 마주보고 있는 무대장치를 바라보고 있던 관객이 아무도 없었다는 말이다. 어젯밤 관객들은 바로 이 무대에서 모두 등을 돌리고 있었던 것이다.

그렇다면…….

마플 양은 마음속으로 이런 의문을 떠올렸다.

이 방에서 몰래 빠져나가 복도를 따라 달려가 걸브랜드센 씨를 쏴 죽인 후 돌아오는 데까지 시간이 얼마나 걸릴까? 아마 생각하는 것만큼 그렇게 많은 시간은 걸리지 않을 것이다. 아마 초를 다투는 짧은 시간일 것이다.

캐리 루이즈가 남편한테 한 말의 뜻은 무엇이었을까?

'그게 당신 생각이군요, 하지만 당신 생각은 틀렸어요, 루이스!'

「이건 정말 경감이 뭔가를 꿰뚫어보고 내놓은 의견이었습니다.」

알렉스의 말이 그녀의 명상을 깨뜨리고 말았다.

「현실적으로 존재하는 무대장치에 대한 의견 말씀입니다. 나무하고 마분지로 만들어서 아교풀로 붙여놓은 무대장치이지만 페인트를 칠하지 않은 쪽, 그러니까 무대 뒤 역시 관객이 바라보는 페인트를 칠한 무대 앞이나 마찬가지로 분명히 현실 속에 존재하고 있었던 겁니다. 경감은 날카롭게 지적하더군요. '환각은 보는 사람의 눈 속에 있다.'고요.」

「마술사 같은 말이로군요.」

마플 양이 모호한 말투로 중얼거렸다.

「'마술사들은 거울을 갖고 있는 거야.' 흔히들 그렇게 말하지요.」

그때 스티븐이 다소 숨찬 얼굴로 홀에 들어왔다.

「알렉스 형, 저 '어니 그렉'이라는 놈 혹시 기억나지 않아?」

「십이야(셰익스피어의 희극 작품)를 상연했을 때 페스트 역을 한 녀석 말이야? 그 녀석 꽤 재능이 있다고 생각했었지.」

「그래, 재능이 있는 편이지. 손재주도 아주 좋고 말이야. 목공일은 대부분 그 녀석이 해치우지. 그런데 그 녀석을 아무리 찾아도 없어. 그 녀석이 지나한테 자기가 밤이면 감화원에서 빠져나와 정원을 이리저리 돌아다녔다고 허풍을 떨었다는 거야. 그 녀석 말이, 어젯밤에도 여기저기 돌아다니다가 무엇인가를 보았다고 자랑했다는 거야.」

알렉스가 갑자기 몸을 홱 틀었다.

「뭘 봤다는 거지?」

「그런데 그 얘길 하지 않겠다고 했대! 물론 나도 그 녀석이 다른 사람들한테 뽐내면서 주목을 받으려고 그런다고 생각하고 있어. 그 녀석은 대단한 거짓말쟁이니까 말이야. 하지만 어쨌든 그 녀석한테 물어 보긴 해야 할 것 같아.」

알렉스가 날카로운 어조로 말했다.

「나라면 그 앨 잠시 놔두겠다. 우리가 자기 말에 무척 관심을 갖고 있는 것처럼 생각하게 해서는 안 돼.」

「그래, 형 말이 옳을지도 몰라. 그럼, 오늘밤은 그냥 있어야겠군.」

그러고 나서 스티븐은 도서실로 들어갔다.

마플 양은 마음대로 움직일 수 있는 관객처럼 홀 안을 조용히 돌아다니고 있었다. 그러다가 갑자기 뒷걸음을 친 알렉스 레스태릭과 부딪치고 말았다.

마플 양이 말했다.

「이런, 정말 미안해요.」

알렉스는 그녀에게 얼굴을 찌푸리고는 뭔가 딴 곳에 정신을 빼앗긴 듯한 태도로 말했다.

「실례했습니다.」

그는 갑자기 놀랐다는 태도로 덧붙였다.

「아, 부인이셨군요.」

'나하고 그렇게 오랫동안 얘기를 나누고서도 저런 소릴 하다니 이상한 걸.' 하고 마플 양은 생각했다.

「저, 뭐 다른 일을 생각하고 있었던 터라 말입니다.」

알렉스 레스태릭이 말을 계속했다.

「그 어니라는 녀석 말입니다…….」

그는 양손으로 애매모호한 몸짓을 했다.

그러더니 갑자기 홱 태도를 바꾼 그는 홀을 가로질러 도서실 문으로 들어가더니 등 뒤로 문을 닫았다. 뭐라고 중얼거리는 목소리가 닫힌 문 뒤에서 들려왔지만 마플 양은 거의 알아들을 수가 없었다.

그녀는 수선스러운 어니라는 아이며, 그리고 그가 보았다는, 아니 본 체하고 있는 그 뭔가에 대해서는 전혀 관심이 가지 않았다.

그녀는 날카로운 예감으로 어니라는 아이가 사실은 아무것도 보지 못했을 거라는 생각하고 있었다. 그녀로서는 어젯밤처럼 춥고 안개가 짙게 깔린 밤에 어니라는 소년이 자물쇠 여는 기술을 발휘해서 정원 안을 돌아다녔으리라고는 믿어지지 않았다. 아마 십중팔구 그 아이는 밤에 밖으로 나간 일조차 없을 것이다. 그러니까 모든 것은 그의 허풍이었던 것이다.

「꼭 조니 백하우스 짝이군.」

마플 양은 내심 이렇게 생각했다.

그녀로서는 세인트 메리 미드 마을 사람들 덕분에 언제 어디서건 그 비슷한 유형의 인물들을 골라낼 수 있는 좋은 창고를 지니고 있는 셈이었다.

「어젯밤 당신을 봤지요.」

조니 백하우스는 이 말이 먹혀 들어갈 만한 사람들한테 언제나 이 불쾌한 말로 조롱을 일삼는 것이었다. 사실 그의 말은 놀랄 만큼 성과를 발휘하곤 했다. 실제로 얼마나 많은 사람들이 남들한테 들킬까 봐 조바심이 나는 그런 장소에 있었는가 말이다!—그녀는 속으로 이렇게 회상해 보았다.

하지만 그녀는 곧 조니의 일을 마음속에서 지워 버리고 커리 경감의 말에 대한 알렉스의 설명 덕분에 갑자기 활기를 띠게 된 어떤 생각, 애매하지만 분명하게 떠오른 어떤 생각에 머리를 집중시켰다.

커리 경감의 말은 분명히 알렉스에게 어떤 아이디어를 제공했다. 또한 그녀 역시 확실하지는 않지만 그 말 덕분에 아이디어를 얻었다.

그런데 그 아이디어란 서로 같은 아이디어일까? 아니면 다른 아이디어일까? 그녀는 알렉스 레스태릭이 서 있었던 자리에 자신도 서 보았다. 그리고는 생각했다.

「이건 현실 속의 홀이 아니다. 여긴 그저 마분지와 캔버스와 나무로 만든 무대장치일 뿐이다. 그러니까 무대의 한 장면일 뿐이지.」

갑자기 몇 가지 단편적인 말들이 그녀의 머릿속에서 번뜩였다.

「환각…….」

「관객의 눈 속에 있다.」

「마술사들은 거울을 갖고 마술을 한다…….」

금붕어 어항, 색색의 긴 리본, 어디론가 사라진 여자들, 마술의 기묘한 속임수와 착각…….

갑자기 그녀의 의식 속에서 뭔가가 소용돌이쳤다―어떤 장면.

알렉스가 얘기한 어떤 장면, 자신에게 설명해 준 어떤 것, 도짓 순경이 숨을 헐떡거리고 있었다, 숨을 헐떡이고…….

그녀의 머릿속에서 뭔가 세차게 뒤틀렸다가……, 갑자기 초점이 모아졌다.

「이런, 그래!」

마플 양이 낮게 소리쳤다.

「분명히 그거야…….」

제 *18* 장

1

「어머나, 월터, 정말 사람을 놀라게 하는군요!」

극장의 어두컴컴한 곳에서 나오던 지나는 월터 허드의 모습이 어두운 곳에서 갑자기 나타나자 뒷걸음을 치며 놀라 소리쳤다.

아직 그렇게 어두워진 건 아니지만 사물들이 현실감을 잃고 악몽 속에 나타나는 환상적인 모습처럼 보이는 어렴풋한 저녁 빛이 깔리고 있었다.

「여기서 뭘 하고 있는 거예요? 당신은 극장 근처에는 얼씬거리지도 않았잖아요.」

「당신을 찾고 있었던 거지, 지나. 여기야말로 당신을 찾기엔 제일 적합한 곳이잖아?」

월터의 나직하고 기어 들어가는 듯한 목소리에는 특별히 빈정거린다거나 하는 기색은 없었다. 하지만 지나는 움찔하는 기분이었다.

「이건 직업이잖아요, 그리고 난 이 일에 열중하고 있고요. 페인트와 캔버스가 있는 이런 분위기가 좋아요. 그리고 무대 뒤의 모습 같은 것도.」

「알고 있어. 당신한테는 그게 무척 중요한 의미를 지닌 것일 테니까. 그것쯤이야 나도 알아. 그런데 지나, 당신 생각엔 이 일들이 모두 언제쯤 정리될 것 같나?」

「검시(檢屍)가 언제 끝나느냐 하는데 달려 있겠죠. 한 2주쯤 미뤄질 거라고 하더군요. 커리 경감님 말로는 적어도 그렇다던데요.」

「2주라.」 월터가 깊은 생각에 잠긴 채 말했다.

「알았어. 그럼, 한 3주라고 해두지. 그리고 그 뒤엔……, 우린 자유로운 몸이 되는 거지. 그때가 되면 난 미국으로 돌아갈 거야.」

「어머나! 하지만 난 그렇게 급히 돌아갈 수 없어요.」

지나가 소리쳤다.

「할머니를 두고 떠날 수 없어요. 게다가 새로 시작할 연극 작품이 두 개나 있다는 걸 당신도 알잖아요. 지금 하고 있는…….」

「'우리'라고 말하지 않았어. 내가 간다고 했지.」

지나는 걸음을 멈추고 남편을 쳐다보았다.

어둠이 그의 주위에 그림자를 만들고 있었기 때문에 그가 굉장히 크게 보였다. 크고 조용한 인물, 그리고 그녀한테만 그렇게 느껴지는지 모르지만. 어쨌든 어딘가 모르게 위협적인 느낌을 주고 있는 인물이, 그녀의 머리 위로 버티고 서 있었다. 위협을 하면서…….. 무엇을?

「그러니까 당신 말은…….」

그녀는 이렇게 말하고는 잠시 머뭇거렸다.

「그러니까 나와 같이 가고 싶지 않다는 거군요?」

「아니, 천만에……. 그런 말은 하지 않았어.」

「내가 함께 가든 가지 않든 당신은 조금도 상관없다는 거군요? 안 그래요?」

그녀는 갑자기 울화가 치밀었다.

「이거 봐, 지나. 이제 이쯤 해서 결말을 지어야 할 것 같아. 우리가 결혼했을 때 서로에 대해 아는 게 별로 없었어—서로의 배경에 대해서도 아는 것도 없었고, 서로의 친척들에 대해서도 아는 것이 별로 없었지. 그런 건 중요하지 않다고 생각했어. 행복한 시간만 함께 나눌 수 있다면 다른 일이야 어떻게 되든 상관없다고 여긴 거야. 하지만 이제 1막은 끝났어. 당신 친척들은 날, 대단치 않은 놈으로 생각했어. 아니, 지금도 그렇지. 물론 그들 생각이 옳을지도 몰라. 난 그 사람들 취향에 맞는 사람은 아니니까. 그럼에도 불구하고 내가 여기 머물면서 기가 죽어 돌아다니면서 내 생각엔 그저 미친 짓거리에 지나지 않는 괴상한 일이나 해가며 살아야 한다고 당신이 생각한다면……. 제발 생각을 달리 해보길 바라! 난 내 나라에서 살면서 내가 하고 싶은 일, 그리고 내 능력으로 할 수 있는 일을 하고 싶단 말이야. 내 머릿속의 아내란 늙은 개척자를 따라 어디든 함께 가주는 사람, 무슨 일이든—그게 고난이든 낯선 땅이든, 위험이든, 괴로운 환경이든— 무엇이든지 견딜 각오를 해주는 그런 사람이야. 아마 그건 당신한테는 너무 지나친 요구겠지. 하지만 그런 아내가 아니라면 나한테는 아무것도 아니야! 아무래도 내가 당신을 성급하게 결혼으로 몰고 간 듯싶어. 만일 그렇다면 당신은 나한테서 벗어나 다시 새로 출발하는 게 좋을 거야. 그건 당신한테 달려 있어. 당신이 예술가인 척하는 두 형제 중 한 사람을 택한다면……, 그게 당신 인생이지. 그러니 어느 쪽을 결정하도록 해, 하지만 난 돌아가겠어.」

「당신은 정말 욕심이 많은 사람이군요.」 지나가 대꾸했다.

「난 이곳 생활이 즐겁단 말이에요.」

「그래? 하지만 난 안 그래. 아마 당신은 살인사건조차 즐겁겠지?」

지나가 날카롭게 숨을 들이켰다.

「그렇게 잔인하고 악독한 말을 하다니. 난 크리스찬 외숙부를 좋아했어요. 게다가 지난 몇 달 동안 누군가 할머니를 몰래 독살하려고 했었다는 것도 모르세요? 정말 끔찍스러운 일이에요!」

「여기 일은 다 싫다고 당신한테 이미 말했지. 난 이런 사람들은 질색이란 말이야. 이젠 정말 떠날 거야.」

「그럴 수 있다면 그래 보시죠! 당신이 크리스찬 외숙부의 살인용의자로 체포될지도 모른다는 사실, 정말 모르고 있는 거예요? 난 커리 경감이 당신을 쳐다보는 눈길이 싫어요. 금방이라도 덤벼들 준비를 하고 발톱을 날카롭게 세운 채 쥐를 노리고 있는 고양이 같은 꼴이란 말이에요. 그게 다 당신이 전등을 고치려고 홀을 나갔기 때문이에요. 그리고 당신이 영국인이 아니기 때문이고요. 이제 경찰들이 당신한테 죄를 덮어씌우며 나설 거예요.」

「하지만 그러려면 우선 증거가 필요하겠지.」

지나가 부르짖었다.

「난 당신 때문에 무서워요, 월터. 예전부터 그랬어요.」

「그렇게 겁먹을 필요는 없어. 말해 두지만 경찰이 아무리 애써도 나한테는 아무것도 나오지 않을 걸!」

그들은 한동안 말없이 집을 향해 걸어갔다.

마침내 지나가 입을 열었다.

「내 생각엔 당신이 진정으로 나와 함께 미국으로 돌아가길 바라는 것 같질 않아요…….」

월터 허드는 그 말에 아무런 대꾸도 하지 않았다.

지나 허드는 그에게로 몸을 돌리고는 발을 굴렀다.

「난 당신이 싫어요. 당신이 싫어, 당신은 끔찍한 사람이에요. 동물 —잔인하고 감정도 없는 동물이에요. 그래도 난 당신을 위해 여러 가지로 노력해 왔어요! 그런데 당신은 이제 날 귀찮게 여기고 떼어버릴 궁리를 하는군요. 아마 다신 내 꼴을 못 본다 해도 당신은 눈 하나 깜짝 안 하겠죠. 그래요, 나 역시 당신을 다시 못 본다 해도 아무렇지도 않아요! 당신하고 결혼하다니 내가 정말 멍청한 바보였어요. 이젠 될 수 있는 대로 빨리 이혼하고 스티븐이나 알렉스하고 결혼할 거예요. 그러면 당신하고 사는 것보다 몇 백 배 행복해질 거고요. 그러니 제발 미국으로 돌아가서 아무 여자하고나 결혼해서 진짜 비참한 꼴을 한 번 당해 봐요!」

「좋아!」 월터가 맞받아 소리쳤다.

「이제야 우리가 막바지까지 다다랐는지 알겠어!」

2

마플 양은 지나와 월터가 함께 집으로 돌아오는 것을 보았다. 그녀는 그날 오후 일찍 커리 경감이 도짓 순경과 실험했다는 장소에 서 있었다. 갑자기 뒤에서 빌레버 양의 목소리가 들리는 바람에 그녀는 펄쩍 뛸 듯이 놀랐다.

「마플 양, 해가 졌는데 그런 곳에 계시면 감기 드세요.」

마플 양은 얌전히 그녀를 따라 걸어갔다.

두 사람은 경쾌한 발걸음으로 집을 향해 걸어갔다.

「나는 마술의 속임수에 대해 생각하고 있었어요.」

마플 양이 입을 열었다.

「사람들이 마술을 하는 것을 보면 도대체 어떻게 그렇게 하는 건지 알기가 어렵죠. 하지만 일단 설명을 듣고 나면 너무나 어처구니없이 간단해요─금붕어 어항 마술을 어떻게 하는 건지는 아직도 모르겠지만 말이에요! 당신 '몸이 반쪽으로 사라지는 여자' 마술을 본 적이 있나요? 아주 스릴 넘치는 속임수죠. 내가 열한 살 때였을 거예요. 그 마술에 아주 홀딱 빠졌었지요. 게다가 아무리 생각해도 어떻게 그런 마술을 할 수 있는지 알 수가 없었어요. 그런데 어느 날 신문을 보니까 그 마술에 대해 소상히 알려주는 기사가 났었어요. 난 신문에 그런 걸 내서는 안 된다고 생각해요, 당신은 안 그래요? 그러니까 사실은 한 사람처럼 보이는 여자가 둘이었던 거예요. 머리는 한 여자 머리고, 다리는 다른 여자의 다리인 거죠. 보기엔 한 여자 같지만 실상은 둘이었어요─다른 쪽으로 봐도 역시 마찬가지고요, 안 그래요?」

빌레버 양이 놀란 얼굴로 그녀를 바라보았다.

마플 양이 이처럼 안절부절못하면서 앞뒤가 안 맞는 말을 떠벌린 적은 없었던 것이다.

'사실 이번 일은 노부인한테는 너무 견디기 벅찬 일이었어.'

그녀는 내심 이렇게 생각했다.

「사람이 사물의 어느 한쪽만 바라보게 되면 결국 그쪽만 보고 말지요.」

마플 양이 계속 말을 이었다.

「하지만 어느 것이 현실이고, 어느 것이 환상인 줄 확실히 알기만 하면 모든 것이 완벽하게 들어맞게 되는 거랍니다.」

그러고 나서 마플 양은 성급한 어조로 덧붙여 물었다.

「참, 캐리 루이즈는……, 괜찮아요?」

「예.」 빌레버 양이 대답했다.

「괜찮으세요. 하지만 이번 일은 역시 그분한테 충격이었을 거예요 —누군가 자길 죽이려 한다는 걸 알다니 말이에요. 그분한테는 그게 더 충격이었을 거예요, 폭력이라고는 모르는 분이니까요.」

「캐리 루이즈는 우리들이 모르는 것도 알고 있답니다.」

마플 양은 깊은 생각에 잠긴 채 말했다.

「언제나 그렇지요.」

「하시는 말씀은 잘 알아듣겠어요—하지만 그분은 현실 세계에 사시는 게 아니에요.」

「그래요?」

빌레버 양은 조금 놀란 얼굴로 그녀를 바라보았다.

「그럼요. 카라보다 더 비현실적인 사람은 절대 없을 거예요.」

「그렇다면 당신은 아마…….」

이렇게 말하다가 말고 마플 양은 갑자기 말을 멈추었다.

에드거 로슨이 성큼성큼 큰 보폭으로 몸을 흔들면서 그들 옆을 지나갔기 때문이다. 그는 조금 쑥스러운 듯한 얼굴을 하고 고개를 끄덕였지만, 막상 두 사람 곁을 지나칠 땐 얼굴을 돌렸다.

「저 사람이 누굴 닮았는지 이제야 기억났어요.」

마플 양이 입을 열었다.

「방금 생각난 거예요. 저 사람은 레너드 와일리라는 젊은이하고 꼭 닮았어요. 그 사람 아버진 치과의사였는데 나이를 먹어서 눈이 보이지 않고 손을 떨었지요. 그래서 동네 사람들은 그 아들인 와일리한테 가서 치료받길 더 좋아했답니다. 그러자 그의 아버지는 아주 슬퍼했지요. 몹시 속상해 하면서 말이에요. 그리고는 이젠 난 아무 짝에도 쓸모없는 인간이야 하고 중얼거리곤 했지요. 그러자 마음씨가 착하긴 했지만 생각이 좀 모자랐던 레너드는 글쎄, 자신이 뭐 술을 많이 마시는 것처럼 굴기 시작한 거예요. 그러고 나서 언제나 위스키 냄새를 풍기고 다니면서 환자가 오면 곤드레만드레 취한 척하곤 했어요. 그러니까 그의 생각은 자신이 그렇게 하면 사람들이 예전처럼 아버지한테 다시 다니면서 젊은 녀석이라 그런지 역시 못 쓰겠다고 말할 줄 알았던 거지요.」

「그래서 실제로 그렇게 됐나요?」

「그야 아니죠.」

마플 양이 대답했다.

「결국은 지각이 있는 사람이라면 누구나 그 젊은이한테 이러저러하게 될 거라고 예언할 수 있던 그런 일이 일어나고 말았지요! 그러니까 환자들이 모두 경쟁 병원 의사한테로 가버린 거예요. 사실 마음은 착한데 지각이 없는 사람이 하는 짓이란 게 영 사람을 못 믿게 했거든요. 이런 게 취한 거라고 생각했던 모습이란 게 사실은 조금도 진짜 취한 모습 같질 않았으니까요. 덕분에 그 젊은이는 노상 위스키를 과음하게 되었지요—옷에다 흘리기까지 하면서. 도저히 어쩔 수 없을 정도까지 되어 버렸어요.」

두 사람은 옆문을 통해 집으로 들어갔다.

제 *19* 장

　두 사람이 집 안으로 들어가 보니 식구들이 모두 도서실에 모여 있었다. 루이스가 도서실 안을 이리저리 거닐고 있었다. 그리고 방 안 공기에는 어딘가 모르게 긴장한 분위기가 감돌고 있었다.
　「무슨 일이라도 있었나요?」
　빌레버 양이 물었다.
　루이스가 나직하게 대답했다.
　「어니 그렉이 오늘밤 점호에 빠졌소.」
　「도망간 건가요?」
　「그건 모르겠소. 매버릭하고 교직원들이 지금 여기저기 찾고 있는 중이오. 만일 우리 힘으로 찾지 못한다면 경찰에 연락해야겠소.」
　「할머니!」
　지나가 캐리 루이즈의 얼굴이 창백해지는 것을 보고 그녀에게 달려갔다.
　「편찮으신 것 같아요.」
　「슬퍼서 그래. 가엾은 아이…….」
　루이스가 말했다.
　「그 애가 어젯밤에 중요한 걸 봤다고 해서 그게 사실인지 아닌지 오늘밤 물어 볼 작정이었소. 그 애한테 아주 좋은 일자리가 나왔기에 우선 그 이야기를 하고 다른 얘기로 옮겨가려고 했었지. 그런데…….」 그가 말을 끊었다.
　마플 양이 나직이 중얼거렸다.
　「바보 같은 아이야. 불쌍하지만 바보 같은 아이…….」
　그리고 나서 그녀는 고개를 내저었다.

세러콜드 부인이 조용히 말했다.

「당신도 역시 그렇게 생각하는군, 제인?」

그때 스티븐 레스태릭이 들어왔다.

「극장에서 당신을 찾았어, 지나. 당신 말로는……, 아니, 무슨 일이죠?」

루이스가 그 소식을 다시 되풀이해주었다.

그가 말을 마치자 매버릭 박사가 금발에 분홍빛 홍조를 띤 채, 천사 같은 얼굴에 의아하다는 표정을 짓고 있는 한 소년과 함께 들어왔다. 마플 양은 그 소년이 자신이 스토니게이츠 저택에 도착했던 날 밤 저녁식사에 초대받았던 아이임을 기억해냈다.

「아더 젠킨스를 데려왔습니다.」

매버릭 박사가 말을 꺼냈다.

「아마 이 애가 어니하고 마지막으로 얘길 나눴던 것 같습니다.」

「자, 아더…….」 루이스 세러콜드가 입을 열었다.

「될 수 있는 한 우릴 좀 도와주렴. 어니는 어디로 간 거지? 그냥 장난치려고 그러는 거냐?」

「모르겠어요. 정말 모릅니다. 저한텐 아무 소리도 안 했거든요. 그 앤 극장에서 하는 연극 일에 열중하고 있었어요. 그것밖엔 모르겠어요. 무대장치에 대해 뭔가 아이디어가 떠올랐다고 하더군요. 허드 부인하고 스티븐 씨도 아주 훌륭한 생각이라고 칭찬했다고요.」

「그건 지금 얘기할 게 아니야, 아더. 어니는 자신이 어젯밤 감화원 문이 잠긴 뒤에 정원을 돌아다녔다고 하던데, 그게 정말이냐?」

「그럴 리가 있어요? 그냥 허풍일 뿐이에요. 어니, 그 녀석 진짜 거짓말쟁이거든요. 밤에 나간 적은 한 번도 없어요. 뭐 자기가 자물쇠 다루는 데 선수라고 하지만 그렇지도 못했어요! 자물쇠 같은 건 전혀 만질 줄도 몰랐는걸요. 어쨌든 그 앤 어젯밤에 감화원 안에 있었어요, 분명해요.」

「우리한테 잘 보이려고 그렇게 얘기하는 건 아니겠지, 아더?」

「십자가에 대고 맹세합니다.」

아더가 고결한 표정을 지으며 말했다.

하지만 루이스 세러콜드는 그 말에 만족하는 것 같지 않았다.

「잠깐만요.」 하고 매버릭 박사가 갑자기 입을 열었다.

「이게 무슨 소리죠?」

뭔가 중얼거리는 목소리가 다가오고 있었다.

곧이어 문이 '탕' 하고 열리더니 창백한 환자 같은 얼굴에 안경을 쓴 바움가튼 씨가 비틀거리며 들어왔다.

그는 숨을 헐떡거리며 입을 열었다.

「그 사람을, 아니, 그 두 사람을 발견했습니다. 끔찍해요.」

그는 의자에 털썩 몸을 던지더니 이마의 땀을 훔쳤다.

밀드레드 스트리트가 날카로운 목소리로 물었다.

「그게 무슨 말이에요, 두 사람을……, 발견하다니?」

바움가튼은 온몸을 떨고 있었다.

「극장 밑에서요.」 그가 입을 열었다.

「머리가 짓눌러져 있어요. 무거운 평형추가 두 사람 머리 위로 떨어진 게 분명해요. 알렉스하고 어니 그렉 말입니다. 둘 다 죽어 있었습니다…….」

제 *20* 장

「수프를 가져왔어, 캐리 루이즈.」

마플 양이 말했다.

「자, 제발 좀 들어.」

세러콜드 부인은 떡갈나무를 조각해 만든 커다란 네 기둥이 달린 침대에 앉아 있었다. 그 모습은 아주 어린애 같았다. 뺨에는 다른 때면 늘 떠올라 있던 분홍빛 홍조가 없어졌고, 눈에는 어딘지 멍한 빛이 떠올라 있었다.

그녀는 마플 양의 손에서 고분고분 수프 접시를 받아들었다. 그녀가 먹기 시작하자 마플 양은 침대 옆에 있는 의자에 앉았다.

「처음에는 크리스찬이었고…….」

캐리 루이즈가 먼저 입을 열었다.

「이젠 알렉스까지……, 그 가엾은 어린애 어니까지 말이야. 그 애가 정말 뭘 알고 있었던 걸까?」

「그렇지 않아.」

마플 양이 대답했다.

「그 앤 그저 거짓말을 하고 있었던 거야. 자기가 뭘 봤느니, 뭘 알고 있느니 하면서 자신을 돋보이게 하고 있었던 거지. 비극은 누군가가 그의 거짓말을 믿고서…….」

캐리 루이즈는 몸을 떨었다.

그녀의 눈은 다시 어딘가 먼 곳을 헤매고 있었다.

「우린 정말 그 애들을 위해서 많은 것을 해주려 했어……. 그리고 실제로 뭔가를 해냈고 말이야. 덕분에 그 애들 중 몇 명은 정말 놀랄 만큼 좋은 성과를 보였어. 그중엔 현재 아주 책임이 큰 자리에 앉아 있는 애들도 있지. 물론 예전처럼 다시 나쁜 짓을 한 애들도 있어—
그거야 어쩔 수 없는 일이지. 현대 문명의 상황이란 건 너무나 복잡
하니까—단순하고 미처 발달하지 못한 천성을 지닌 사람들한테는 너
무나 복잡하단 말이야.

당신, 루이스의 원대한 계획을 알고 있어? 그 사람은 늘 말하길,
과거에는 사람을 추방하는 일이 오히려 많은 잠재적인 범죄자들을
구했다고 여기고 있지. 그러니까 그런 사람들을 배에 태워 바다 건너
로 보내면 그 사람들은 보다 단순한 환경 속에서 새로운 인생을 개
척했다는 거지. 그래서 루이스는 그러한 이론적 근거 위에 현대적인
계획을 실현시키려 하는 거야.

아주 넓은 땅이나 섬을 사들여서 말이지. 몇 년 동안 그곳에 자금
을 대가지고는 그곳을 서로 협동하며 자급자족하는 사회로 만든다는
계획이지—모든 사람이 공동으로 이해관계를 가지는 그런 사회 말이
야. 하지만 다른 세상하고는 아주 떨어진 곳이어야 해. 애초부터 도
시에 돌아가고 싶은 유혹을 일으킨다든가 옛날 악습 같은 것을 되살
린다든가 하는 일이 없도록 말이야. 그게 그이의 꿈이야. 하지만 그
런 일을 하려면 돈이 많이 들어. 게다가 요즘은 그런 이상을 갖고 있
는 박애주의자들도 많지 않고, 우린 에릭 걸브랜드센 같은 사람이 또
하나 나타나길 바라고 있었어. 에릭 같은 사람이라면 우리 계획에 아
주 열의를 보였을 테니까 말이야.」

마플 양은 작은 가위를 집어들고 호기심에 차 그것을 바라보았다.
「아주 이상하게 생긴 가윈데.」
그녀가 입을 열었다.
「한쪽에 하나씩 손가락 넣는 구멍이 두 개 뚫려 있어.」
캐리 루이즈가 먼 곳을 보고 있는 듯했던 시선을 가위로 돌렸다.
「알렉스가 오늘 아침에 준 거야.」
그녀가 말했다.
「오른쪽 손톱을 깎는데도 아주 편리하게 되어 있어. 착한 애였어.

아주 열성적이었지. 한 번 깎아 보라고 하면서 말이야.」

「그리고는 손톱 조각들을 모아서 남김없이 가져갔겠지.」

「그래.」

캐리 루이즈가 대답했다.

「그 애가…….」

그녀는 이렇게 말하다가 말고 말을 끊었다.

「왜 그런 말을 하는 거지?」

「난 알렉스에 대해 생각하고 있었어. 머리가 좋은 사람이야. 정말 머리가 좋았던 사람이야.」

「그러니까……, 그 때문에 그가 죽었다는 말이지?」

「내 생각엔……, 그래.」

「알렉스하고 어니, 아니, 그런 생각만 해도 참을 수 없어. 경찰관들은 그게 언제 일이었다고 생각하고 있어?」

「오늘 저녁 늦게라고 보고 있어. 아마 6시에서 7시 사이가 아니겠느냐고.」

「그 두 사람이 오늘 일을 다 끝마친 다음에 말이지?」

「그래.」

지나는 그날 저녁 극장에 있었다─월터 허드 역시. 그리고 스티븐도 지나를 찾으러 거기 갔었다고 한다. 하지만 이 일이 일단 이렇게 된 이상 누구라도……. 이렇게 끊임없이 달리던 마플 양의 생각이 갑자기 방해를 받았다.

캐리 루이즈가 나직하게 뜻밖의 말을 던졌던 것이다.

「당신은 얼마나 많이 알고 있지, 제인?」

마플 양이 고개를 들고 그녀의 얼굴을 날카롭게 지켜보았다.

두 여자의 눈이 마주쳤다.

마플 양이 느릿느릿 입을 열었다.

「내 생각이 옳다면…….」

「당신 생각이 분명히 옳을 거야. 제인.」

제인 마플이 다시 느릿느릿 말했다.

「내가 어떻게 했으면 좋겠어?」

캐리 루이즈는 베개에 머리를 기댔다.

「당신 손에 달렸어, 제인. 옳다고 생각하는 일을 하도록 해.」

그러고 나서 그녀는 눈을 감았다.

「내일…….」

마플 양이 주저하며 입을 열었다.

「커리 경감에게 얘기해 보겠어, 그가 내 말을 들어준다면…….」

제 *21* 장

커리 경감이 초조한 듯이 말했다.

「그래서요, 마플 양?」

「중앙홀로 가서 얘기하시면 안 될까요?」

커리 경감은 조금 놀란 얼굴이었다.

「비밀 이야기라도 있으십니까? 하지만 여기가 오히려…….」

그리고는 그는 서재 안을 둘러보았다.

「아니, 꼭 비밀스럽게 얘기해야 된다는 건 아니에요. 그냥 뭘 좀 보여 드리고 싶어서요. 알렉스 레스태릭이 나에게 보여준 거지요.」

커리 경감은 자리에서 일어나 마플 양의 뒤를 따랐다.

「누가 당신에게 무슨 얘기를 해주었다고요?」

그는 희망에 차서 이렇게 그녀를 떠보았다.

「아니요.」

마플 양이 대답했다.

「사람들이 얘기해 줬다든지 하는 그런 문제가 아니에요. 마술에 관한 얘기랍니다. 마술사들은 거울을 갖고 마술을 하죠―내가 말씀드리는 것도 그런 거예요. 이해해줄지 모르지만.」

하지만 커리 경감은 이해가 가지 않는 모양이었다.

그는 마플 양의 머리가 지금 정상인지 의심하는 듯한 시선으로 그녀의 얼굴을 쳐다보았다.

마플 양은 자리를 잡고 서서 커리 경감에게 자신의 옆으로 서라고 일렀다.

「이 장소를 무대장치로 생각해 보세요, 경감님. 크리스찬 걸브랜드센 씨가 살해되던 날 밤의 무대장치로 말이에요. 당신은 여기 관객석에서 무대 위에 있는 사람들을 바라보고 있는 겁니다. 세러콜드 부인과 나, 밀드레드, 지나, 그리고 스티븐 말입니다—그리고 진짜 연극 무대에서처럼 이곳에서도 역시 등장하는 문과 퇴장하는 문이 있어 주인공들은 모두 제각기 다른 문으로 들락날락하지요. 하지만 당신은 관객석에 있기 때문에 그 사람들이 실제로 어디로 가는지 모르는 겁니다. 배우들은 연극 속에서 '앞문'이나 '주방'이라고 하는 곳으로 나가는 겁니다. 하지만 문이 열리게 되면 당신은 페인트칠을 한 무대 배경막을 조금 보게 될 뿐이에요. 배우들은 무대 양옆으로 가던가 아니면 목수들이나 조명기사들, 그리고 다른 등장인물들이 무대에 나갈 순서를 기다리며 서 있는 무대 뒤편으로 가는 거지요—그러니까 다른 세계로 나가는 셈이에요.」

「무슨 말씀인지 도통 모르겠는데요, 마플 양.」

커리 경감이 말했다.

「아, 나도 알아요—내 말이 아주 우스꽝스럽게 들린다는 걸 말이에요. 하지만 만일 당신이 이걸 하나의 연극으로 생각하고 이 장면을 '스토니게이츠 저택의 중앙홀' 장면으로 생각한다면……, 그 무대 뒤에는 과연 무엇이 있을까요? 그러니까 내 말은—무대 뒤가 어디일까 하는 말입니다. 테라스지요, 안 그런가요? 테라스 쪽으로 열려 있는 많은 창문이지요. 자, 이렇게 되면 그 마술이 어떻게 된 건지 당신도 아시겠지요? 내가 이런 생각을 떠올리게 해준 건 바로 '반신(半身)의 백조 아가씨'라는 마술이에요.」

「'반신의 백조 아가씨'라고요?」

이제 커리 경감은 마플 양이 정말로 머리가 돈 거라고 확신했다.

「아주 스릴이 넘치는 마술이지요. 당신도 그걸 보셨을 거예요—한 아가씨처럼 보이지만 실상은 두 아가씨였던 거지요. 한 아가씨의 머리와 다른 아가씨의 다리가 합쳐져서 말이에요. 정말, 겉으로 보기엔 한 사람이지만 실상은 둘인 거죠. 그래서 난 그 반대의 경우 역시 가능하다고 생각했어요. 두 사람이라고 생각했던 게 실상은 한 사람이 될 수 있다는 걸 말이에요.」

「두 사람으로 생각했는데 실상은 한 사람이라?」

커리 경감의 표정은 이젠 더욱 절망적이었다.

「그래요. 그것도 시간은 걸리지 않아요. 그 순경이 정원에서 집으로 달려와 다시 돌아가는 데까지 시간이 얼마나 걸렸던가요? 2분 45초였다지요? 하지만 이건 그보다 더 짧았을 거예요. 글쎄, 2분쯤이나 될까?」

「뭐가 2분쯤 된다는 겁니까?」

「그 마술을 하는데 말이에요. 두 사람인 것 같지만 한 사람인 마술 말이죠. 저곳—서재에서 이루어진 마술 말이에요. 우리 모두 무대 앞면만 보고 있는 거지요. 하지만 무대 뒤에는 테라스도 있고, 한 줄로 늘어선 창문도 있어요. 아주 쉬운 일이죠. 두 사람이 서재 안으로 들어갔다가 한 사람은 서재 창문을 열고 밖으로 나가 테라스를 따라 달려가서—알렉스가 들었던 발소리가 바로 그겁니다— 옆문으로 들어가 크리스찬 걸브랜드센 씨를 쏘고 되돌아오는 거지요. 그 동안 서재에 있는 다른 한 사람이 두 사람의 목소리를 흉내 내고 있으면 모두 서재 안에 두 사람이 있다고 믿게 되는 거랍니다. 사실 다른 시간에는 실제로 두 사람이 있었죠. 하지만 그 짧은 시간……, 2분이 채 안 되는 그 시간에는 두 사람이 있었던 게 아닙니다.」

커리 경감이 간신히 숨결을 되찾고 제 목소리를 냈다.

「당신 말씀은, 그러니까 테라스를 달려가 걸브랜드센 씨를 쏜 게 에드거 로슨이라는 말씀입니까? 그리고 캐리 루이즈한테 독을 먹인 것도 에드거 로슨이고?」

「아니에요, 경감님. 세러콜드 부인한테 독을 먹인 사람은 아무도 없을 겁니다. 사람들이 잘못 생각하게 된 것도 바로 그 지점부터예요. 세러콜드 부인의 관절염 증세가 비소중독증하고 비슷하다는 사실을 누군가 약삭빠르게 이용한 거지요. 엉뚱한 트럼프 카드를 사람에게 떠맡기는 낡아빠진 마술 수법이에요. 강장제 병에 비소를 집어넣는 일쯤은 너무나 쉬운 일이죠. 타이프라이터로 친 편지에다가 새로 몇 구절 넣는 것도 아주 쉬운 일이었고요. 하지만 걸브랜드센 씨가 이곳에 온 진짜 이유는 정말 그럴 만한 이유였지요. 걸브랜드센 신용 기금과 관계된 일이었거든요. 예, 돈 문제였지요. 횡령이, 아주 대규 모의 횡령이 있었다고 가정해 보세요. 그렇다면 이제 그 사실이 가리 키는 지점을 아시겠죠? 오직 한 사람을 가리키고 있는 거랍니다.」

「루이스 세러콜드?」

「루이스 세러콜드…….」

제 *22* 장

지나 허드가 이모할머니 반 라이독 부인에게 보낸 편지의 일부분.

······이제 아셨다시피, 루스 할머니, 이번 일은 꼭 악몽 같았답니다―특히 끝 부분이 말이에요. 그 우스꽝스러운 청년 에드거 로슨에 대해선 죄다 말씀드렸죠. 그 사람은 늘 토끼 같은 꼴이었어요―경감님이 그에게 심문을 하며 위협했을 때는 정말 완전히 제정신을 잃고 그야말로 토끼처럼 총총거리며 달아났지요. 정말 제정신이 아닌 채 달아났다고요. 글자 그대로 총총거리며 달아났어요. 그리고는 창문 밖으로 뛰쳐나가서는 집을 한 바퀴 돌아 자동차 길로 뛰어 내려갔어요.

그때 경찰관 한 명이 그의 앞을 가로막고 나섰지요. 그러자 그는 재빨리 길에서 벗어나 전속력으로 호수 쪽으로 달려가더군요. 그리고는 여러 해째 호수에 내버려져 있는 낡고 더러운 너벅선(밑바닥이 평평한 배)에 올라타더니 배를 밀고 갔어요. 정말 분별없는 짓이었죠. 하지만 말씀드렸다시피 그때 그 사람은 공포에 질린 토끼였을 뿐이에요.

그러자 루이스가 커다랗게 비명을 지르면서, '그 배는 썩은 거야, 에드거!' 라고 소리치면서 호수 쪽으로 달려가기 시작했답니다. 하지만 이미 배는 가라앉았고 에드거는 물 속에서 허우적거리고 있었어요. 그는 수영을 못 했거든요. 그러자 루이스가 호수에 뛰어들더니 에드거를 향해 헤엄쳐 갔어요. 그리고는 결국 그를 붙잡았지만 두 사람 다 갈대에 몸이 휘감겨 위험한 지경에 빠졌지요.

그걸 보자 경감님 부하 한 사람이 로프를 몸에 감고 호수에 뛰어들었죠. 하지만 그 역시 갈대에 몸이 휘감기는 바람에 사람들이 다시 끌어올려야 했어요. 밀드레드 이모는, '저런, 빠져 죽겠어, 빠져 죽겠어, 둘 다 빠져 죽을 거야……' 하면서 까무러칠 듯한 목소리로 소리쳤어요. 그러자 할머니가 한 마디 하셨죠. '그럴 테지.' 이 한 마디 말이 준 의미가 어떤 것이었는지 저로서는 도저히 루스 할머니께 설명할 수가 없군요. 그저 한마디, '그럴 테지.' 했는데도 그 느낌은 마치—칼날처럼 섬뜩하게 듣는 사람 몸을 베고 지나가는 듯한 그런 것이었어요. 글쎄, 제가 너무 바보같이 신파조로 말씀드리고 있는 걸까요? 아마 그럴 거예요. 하지만 그 말의 느낌은 정말 그런 것이었어요……. 그리고 나서—모든 것이 끝나자 사람들이 호수에서 두 사람을 끌어내 인공호흡을 시켰지만 아무 소용이 없었어요. 경감이 우리한테 다가오더니 할머니에게 말을 건넸지요.
'죄송합니다, 세러콜드 부인, 가망이 없습니다.' 할머니는 너무나 조용한 목소리로 말씀하셨어요. 감사합니다, 경감님.' 그러고는 우리를 쳐다보셨어요. 전 할머니를 도와 드리고 싶어 안절부절못했지만 도대체 어떻게 해야 될지를 몰라 잠자코 있었어요. 그리고 졸리는 엄숙한 표정을 짓고 있는 가운데 언제나처럼 할머니의 시중을 들 태세가 되어 있는 얼굴이었고요. 스티븐은 양손을 뻗고 있었고, 이상한 노부인 마플 양은 너무나 슬프고 지쳐 보였어요. 월터마저도 아주 흥분한 모습이었죠. 하지만 우린 모두 할머니를 아낀 나머지 할머니를 위해 뭔가 해드리고 싶어하고 있었던 거죠. 하지만 할머니는 또 단 한마디, '밀드레드.' 하고 말했을 뿐이에요. 그러자 밀드레드 이모가 대답했죠. '어머니.' 그리고는 두 분은 나란히 집 안으로 들어가 버렸어요. 할머니는 너무나 작고 연약한 모습으로 밀드레드 이모에게 몸을 기대고 있었어요. 그때서야 비로소 전 두

분이 서로를 얼마나 사랑하고 있는지 깨달을 수 있었죠. 사실
루스 할머니도 아시다시피 두 분은 그런 내색을 전혀 안 하셨
잖아요.

지나는 여기까지 쓰고 잠시 멈춘 뒤 만년필 끄트머리를 입에 문
채 망설였다. 그리고는 다시 덧붙였다.

저와 월터 말인데요—우린 될 수 있는 대로 빨리 미국으로 돌
아갈 예정이랍니다.

제 *23* 장

「도대체 어떻게 알았지, 제인?」

마플 양이 이 질문에 대답하기까지는 시간이 좀 걸렸다.

그녀는 깊은 생각에 잠긴 눈초리로 방 안에 있는 두 사람을 바라보았다. 한 사람은 전보다 더더욱 마르고 가냘파 보이긴 했지만 이상하리만큼 마음의 평정을 잃지 않은 캐리 루이즈였고, 또 한 사람은 온화한 미소에 백발이 성성한 노신사였다.

그는 크로머의 주교인 갤브레이스 박사였다. 주교는 캐리 루이즈의 손을 가져다가 자기 손으로 감쌌다.

「이번 일로 얼마나 슬프셨어요, 캐리 루이즈. 정말 큰 충격이었을 테죠.」

「슬픈 일이었어요. 하지만 큰 충격은 아니었답니다.」

「그래.」 하고 마플 양이 입을 열었다.

「내가 발견한 것도 바로 그 점이야. 사람들은 모두 캐리 루이즈가 이 세상과는 다른 세상에서 산다고, 현실 감각이 없다고 말하지. 하지만 캐리 루이즈, 당신이야말로 현실을 잘 깨닫고 있었어. 환상이 아니라 말이야. 우리들 대부분이 환각에 넘어갔는데도 당신은 절대 그것에 속지 않았지. 난 갑자기 그 사실을 깨닫고서는 당신이 생각하고 느낀 것에 의지해야겠다는 사실을 알았지. 당신은 자신한테 독을 먹이려는 사람이 아무도 없다고 굳게 믿고 있었지.

그러니까 당신은 그런 사실을 도저히 믿을 수가 없었던 거야—그리고 그걸 믿지 않은 당신이 옳았어, 그런 사실은 있지도 않았으니까! 또 당신은 에드거가 루이스에게 해를 입힐지도 모른다는 사실을 전혀 믿지 않았지. 그것 역시 당신 생각이 옳았어. 에드거가 루이스를 해치는 일은 절대로 없었을 테니까. 게다가 당신은 지나간 남편밖에는 아무 남자도 사랑하지 않는다고 굳게 믿었지.

그 생각 역시 꼭 그대로였어. 그렇다면 만일 내가 당신 판단에 따르게 된다면 사실처럼 보이는 일들이 모두 환각에 지나지 않게 되는 거야. 그 환각은 어떤 뚜렷한 목적을 달성하기 위해 누군가 일부러 지어낸 환각이지─마술사들이 관객을 속이기 위해 환각을 만들어내는 그런 식이었어. 그리고 그 관객은 우리였지.

알렉스 레스태릭이 그러한 사실을 맨 처음 알아차리기 시작했어. 우연히 다른 각도에서─그러니까 저택 밖에서 보는 시선으로 만사를 관찰할 기회를 얻었던 거지. 저택 바깥의 자동차 길에서 경감하고 같이 서 있다가 저택을 바라본 순간 창문의 가능성을 떠올렸던 거야─그리고는 그날 밤 자신이 들었던 발소리를 기억했고. 게다가 순경이 실험을 해서 나온 시간 역시 우리가 생각했던 시간보다 아주 짧은 시간이었다는 걸 그는 깨달았어.

그 순경은 숨을 헐떡거리고 있었다고 했는데─나중에 숨을 헐떡거리고 있던 순경을 생각하다 보니 나 역시 그날 밤 서재 문을 연 루이스 세러콜드가 숨을 헐떡이고 있었다는 게 기억났지. 그러니까 루이스는 그때 숨가쁘게 달리고 났던 참인 거지…… 하지만 내게 가장 중요한 초점을 알려 준 건 역시 에드거 로슨이었지.

난 에드거 로슨을 볼 때마다 늘 저 사람한테는 뭐가 잘못된 게 있다─이런 생각을 하곤 했지. 물론 그 사람이 하는 말이며 행동은 모두 사람들이 그 사람이라면 으레 그러려니 하는 말과 행동에 꼭 들어맞는 것이었지. 하지만 나한테는 그게 그 사람 자신하고는 들어맞지 않아 보였어. 왜냐하면 사실 그는 멀쩡한 젊은이면서 정신분열증 환자 연기를 하고 있었으니까─게다가 언제나 사실보다 과장해서 연기를 하고 있었지. 그러니까 언제나 연극을 하고 있었던 셈이야.

사건은 아주 조심스럽게, 그리고 철저하게 계획된 일이었을 거야. 루이스는 크리스찬이 지난번 방문 때, 뭔가 의심을 품기 시작했다는 걸 알았을 거야. 그리고 루이스는 크리스찬이라는 사람을 잘 알고 있었지. 때문에 만일 크리스찬이 뭔가 의심을 품었다면 자신의 의심이 과연 정당한 것이냐, 아니면 근거 없는 것이냐를 알 때까지 계속 그 일을 파헤칠 것이라는 사실을 알고 있었지.」

캐리 루이즈가 몸을 조금 움직였다.

「그래.」 하고 그녀가 입을 열었다.

「크리스찬은 그런 사람이었어. 느리고 꼼꼼한 사람이지만 아주 날카로운 사람이기도 했지. 무엇 때문에 그가 의심을 일으켰는지는 모르겠지만, 어쨌든 그는 일단 조사를 시작했지. 그리고는 진상을 알아냈던 거야.」

주교가 입을 열었다.

「내가 좀더 성실하게 이사직을 수행했어야 하는 건데, 정말 볼 낯이 없소.」

「아니에요. 우린 주교님이 재정적인 면에 대해 알고 있으리라고는 전혀 생각하지도 않았는걸요.」

캐리 루이즈가 대답했다.

「재정면은 원래 길포이 씨 영역이니까요. 하지만 그 사람이 죽어버리는 바람에 회계사로서 그 방면에 풍부한 경험을 갖고 있던 루이스가 완전히 통제권을 갖게 된 거지요. 그리고 그 덕분에 루이스는 아주 흥분했던 거고요.」

캐라 루이즈의 볼에 분홍빛 홍조가 떠올랐다.

「루이스는 위대한 사람이었어요.」

그녀가 다시 입을 열었다.

「위대한 이상을 갖고 있었고, 또 돈만 있으면……, 무슨 일이든 성취할 수 있다고 열렬하게 믿고 있었죠. 물론 그 사람이 돈을 원한 건 자기 자신을 위해서가 아니었어요―적어도 욕심 사납고 야비한 생각에서 돈을 원했던 건 아니에요. 그는 그저 돈이 가진 위력만을 원했던 거예요. 그리고 그 돈의 위력으로 위대한 선(善)을 실현시켜 보려

한 거죠.」

「그는 신이 되길 바랐던 겁니다.」

주교가 끼어들었다.

그의 목소리가 갑자기 엄격한 분위기를 띠었다.

「그는 인간이란, 신의 의지를 수행하는 비천한 도구일 뿐이란 사실을 잊었던 거지요.」

「그래서 그가 신용기금의 자금을 횡령한 거군요?」

마플 양이 말했다.

갤브레이스 박사는 조금 주저하는 빛이었다.

「꼭 그런 건……」

「얘기하세요.」

캐리 루이즈가 말을 꺼냈다.

「이 사람은 내 오랜 친구니까요.」

그러자 주교가 말문을 열었다.

「루이스 세러콜드는 재정에 있어선 마술사라고 해도 좋을 사람이었습니다. 회계사로서 고도의 기술을 익히던 시절에 그는 절대로 안전한 여러 가지 속임수를 고안해서는 즐거워하곤 했지요. 하지만 그때만 해도 그저 학구적인 연구를 목적으로 이런 속임수를 고안하곤 했지요. 그런데 일단 그러한 속임수를 쓰면 거액의 돈이 굴러들어 올수 있다는 가능성을 발견하자 그때부터 속임수를 실행에 옮겼던 겁니다. 게다가 그 사람은 그러한 목적을 실현시키기 위한 제1급 인물들을 확보하고 있었으니까요.

그는 이 감화원을 거친 소년들 가운데 아주 소수 정예 부대를 만들었던 겁니다. 천성적으로 범죄자 기질이 있으며 자극적인 일을 하기 좋아하고, 또 머리도 비상한 그런 소년들로 말입니다. 아직까지 그 진상을 다 파헤치지는 못했습니다만, 비밀 서클에서 특별 훈련을 거쳐 차례로 요소요소에 배치되어 있는 게 틀림없어요. 그러니까 그소년들이 그곳에 들어가 루이스의 지시에 따라 아무런 의심도 받지 않은 채 장부를 조작해 거액의 돈을 빼낸 거죠.

내 생각이지만, 장부의 조작이나 세부적인 내용이란 게 하도 복잡해서 전문가들이라도 그걸 다 파헤치려면 몇 달은 걸릴 겁니다. 하지만 순수 이익은 여러 가지 명의며 은행 회계 명목으로, 또 루이스 세러콜드가 거액의 돈을 마음대로 배분할 수 있었던 회사들 이름으로 분산되어 있을 게 분명합니다. 그는 그 돈으로 바다 건너에 식민지를 건설하려고 한 거지요. 미성년 범죄자들이 자신의 영토를 가지고 스스로 그것을 관리하면서 살게 되는 그런 실험적인 공동사회를 건설할 수 있는 식민지 말입니다. 물론 환상적인 꿈일지 모르지만…….」

「실현될 수도 있었던 꿈이었어요.」

캐리 루이즈가 말했다.

「그렇소. 실현될 수도 있었던 꿈이지요. 하지만 루이스 세러콜드가 선택한 수단은 부정한 수단이었어요. 그리고 크리스찬 걸브랜드센이 그걸 알아낸 거고. 그걸 알아내자 그는 아주 당황했습니다. 특히 그는 그러한 발견이 가져올 사태, 그 때문에 루이스를 고소하게 되면 캐리 루이즈 당신에게 어떤 충격이 갈까 하는 걸 깨닫고는 더욱 당황한 겁니다.」

「바로 그래서 그 사람은 나한테 심장이 튼튼한가 물어본 거죠. 내 건강에 대해 걱정하고 있는 것처럼 보인 것도 그 때문이고요.」

캐리 루이즈가 말했다.

「하지만 당시만 해도 난 그가 왜 그러는지 도무지 이해할 수가 없었어요.」

「그때 루이스 세러콜드가 북부지방에서 돌아왔지요. 그러자 크리스찬은 집 밖으로 그를 마중 나가서는 루이스에게 자신이 모든 걸 알고 있다고 밝힌 겁니다. 루이스는 담담히 그 말을 들었을 거고요. 그러고 나서 두 사람은 이 일을 당신에게는 비밀로 하자고 의견을 모았지요. 그 후, 크리스찬은 나한테 편지를 보내 날 이곳으로 오게 한 뒤 공동 이사의 자격으로 사태를 의논하려 했던 겁니다.」

마플 양이 주교의 말을 이어받아 계속했다.

「하지만 루이스 세러콜드는 이미 그러한 비상사태를 대비해서 준비를 하고 있었죠. 모든 것이 계획된 일이었어요. 우선 그는 에드거 로슨이라는 젊은이 역할을 할 사람을 미리 집에 데려다 놓았죠. 물론 진짜 에드거 로슨이라는 사람은 따로 있었어요. 경찰이 루이스의 환자 목록을 찾아보고 알아낸 거지요.

이 가짜 에드거는 자신이 할 일을 분명히 알고 있었어요―그러니까 박해를 받고 있는 정신분열증 환자 역할이었지요. 그 덕분에 루이스 세러콜드는 귀중한 몇 분 동안의 알리바이를 만들 수 있었고요. 그리고 다음 단계 역시 미리 준비되어 있었지요. 루이스가 계획한 스토리는 당신, 캐리 루이즈가 서서히 독살되어 가고 있다는 스토리였지―하지만 그 얘길 자세히 생각해 보면 크리스찬이 그렇게 얘기했다고 루이스가 전했을 뿐이야.

그리고 경찰을 기다리고 있는 동안 루이스는 타이프라이터로 크리스찬이 치던 편지에 몇 줄 더 쳐 넣었지. 강장제에다가 비소를 타는 일이야 아주 쉬운 일이었고. 그래 봤자 당신한테는 위험이 없었고―현장에 있던 루이스가 당신한테 그걸 못 마시게 하면 되니까. 그 초콜릿은 그저 양념으로 끼워 넣은 속임수지―물론 원래 초콜릿에는 독이 없었어. 그 상자를 커리 경감한테 갖다 주면서 슬쩍 독이 든 것과 바꿔치기 한 거야.」

「알렉스가 그 점을 알아차렸지.」

캐리 루이즈가 말했다.

「그래, 그가 당신 손톱 조각을 긁어모은 것도 그 때문이야. 만일 비소를 오랜 기간에 걸쳐 복용했다면 손톱에 나타나기 때문이지.」

「가엾은 알렉스……, 가엾은 어니.」

주교와 마플 양이 크리스찬 걸브랜드센과 알렉스 레스태릭, 그리고 어니라는 소년에 대해 생각하는 동안 잠깐 동안 침묵이 흘렀다―그들은 또한 살인행위라는 것이 얼마나 순식간에 뒤틀리고 변형될 수 있는 것인가를 생각하고 있었다.

이윽고 주교가 입을 열었다.

「하지만 루이스도 위험한 모험을 했어요. 에드거를 공범으로 끌어들이다니 말이오. 아무리 자신이 에드거에 대해 지배권을 갖고 있다 하더라도…….」

캐리는 고개를 내저었다.

「그건 단순히 지배권을 쥐고 있었던 게 아니에요. 에드거는 정말로 루이스를 사랑하고 있었으니까.」

「그래요.」

마플 양이 말했다.

「마치 레너드 와일리와 그의 아버지처럼 말이지. 만일에…….」

여기까지 말하다 말고 그녀는 캐리 루이즈의 눈치를 살피면서 말을 멈추었다.

「당신도 그 두 사람이 닮았다는 걸 알고 있었군?」

캐리 루이즈가 말했다.

「그럼, 당신도 이미 알고 있었나?」

「짐작은 했지. 난 루이스가 나를 만나기 전에 어떤 여배우와 짧은 연애사건을 벌였다는 사실을 알고 있었어. 루이스가 직접 얘기해주더군. 하지만 진지한 연애는 아니었나 봐. 그 여자는 돈에 눈이 먼 여자여서 그를 그다지 사랑하지 않았지. 하지만 난 에드거가 루이스의 아들이라는데 대해선 추호의 의심도 하지 않아…….」

「그래.」

마플 양이 대답했다.

「그게 모든 일을 설명해주는 단서지.」

「루이스는 결국 에드거를 위해 자기 목숨을 내주었지.」

캐리 루이즈가 말했다.

그녀는 뭔가 애원이라도 하듯이 주교를 바라보았다.

「정말 그렇게 했답니다, 알아주세요.」

잠시 말이 끊어졌다가 캐리 루이즈가 다시 입을 열었다.

「난 그런 식으로 일이 끝난 게 기뻐. 사람을 구하려고 자기 목숨을 내던진 거니까. 극도로 선량한 사람은 역시 극도로 악해질 수 있지. 난 루이스에 관한 한 그것이 사실임을 늘 느끼고 있었어. 하지만 ……, 그래도 그는 날 무척 사랑해주었지. 나 역시 그를 사랑했고.」

「당신은, 루이스를 의심했던 적이 있어?」

「아니, 없어.」

캐리 루이즈가 말했다.

「그래서 난 그 독약 사건 때문에 무척 당황했었어. 난 루이스가 내게 절대로 독을 먹이지 않을 걸 알고 있었거든. 그런데 크리스찬의 편지에는 누군가 날 독살하고 있다고 써 있는 게 아니겠어? 그래서 난 그때 생각했지. 내가 사람들에 대해서 알고 있다고 생각한 게 모두 틀린 것들이었구나 하고…….」

마플 양이 말했다.

「하지만 알렉스와 어니가 시체로 발견되었을 때, 그땐 의심했겠지?」

「그래.」

캐리 루이즈가 대답했다.

「루이스말고는 아무도 그런 짓을 못할 거라고 생각했기 때문이야. 그래서 난 점차 두려워지기 시작했어. 그가 다음에는 무슨 짓을 할까 해서…….」

그녀는 몸을 조금 떨었다.

「난 루이스를 존경했어. 그러니까 그의, 글쎄 뭐라고 하면 좋을까? 그의 선량함이랄까 하는 것을 말이야. 하지만 이젠 깨달았어. 사람이 선량하려면 그와 마찬가지로 겸손하기도 해야 한다는 사실을 말이야.」

갤브레이스 박사가 조용히 말했다.

「캐리 루이즈, 내가 언제나 당신을 존경한 것도 그 때문이었어요.

당신의 그 겸손함 말이오.」

　캐리 루이즈의 사랑스러운 푸른 눈이 놀라움으로 커다랗게 열렸다.

　「하지만 난 똑똑하질 못해요. 그리고 뭐 그렇게 선량하지도 않고요. 그저 다른 사람들의 선량함을 존경할 수 있는 게 고작이지요.」

　「사랑하는 캐리 루이즈.」

　하고 마플 양이 말했다.

에필로그

「난 할머니가 밀드레드 이모와 잘 해나가실 거라고 믿고 있어요.」

지나가 말했다.

「밀드레드 이모님은 이젠 아주 좋아 보여요. 예전같이 이상하지도 않고요, 제 말뜻 이해하시겠지요?」

「무슨 말인지 알아요.」 마플 양이 대답했다.

「그리고 월터와 저는 2주 후에 미국으로 돌아갈 작정이랍니다.」

그러면서 지나는 슬쩍 곁눈질로 남편을 쳐다보았다.

「이젠 스토니게이츠 저택이며, 이탈리아며, 제 과거 소녀 시절을 모두 잊어버리고 백 퍼센트 미국인이 될 참이에요. 우리 아들 이름은 언제나 '2세'라고 부를 거고요. 그보다 더 공평할 수는 없잖아요, 안 그래요, 월터?」

「그래 그보다 더 공평할 수야 없지, 케이트.」

마플 양이 말했다.

월터는 아내 이름을 잘못 부른 노부인에게 자못 너그러운 미소를 지으며 잘못을 조용하게 일러주었다.

「지납니다. 케이트가 아니고.」

하지만 지나는 그의 이 말에 웃음을 터뜨렸다.

「마플 아주머니는 자신이 무슨 말을 하는지 다 알고 계세요! 이제 곧 당신을 페트루치오(셰익스피어의 <말괄량이 길들이기>에 나오는 남자로 말괄량이 아내인 케이트를 양순하게 길들였다)라고 부르실 거예요!」

마플 양은 월터에게 말했다.

「난 이번에 당신이 정말 현명하게 행동했다고 생각해요, 젊은이.」

「마플 아주머니는 당신이 나한테 꼭 맞는 남편이라고 생각하시는 거예요.」 지나가 끼어들었다.

마플 양은 두 젊은이를 번갈아 바라보았다.

서로 사랑하고 있는 두 젊은이를 바라본다는 건 정말 기분 좋은 일이야—그녀는 이렇게 생각했다.

월터 허드는 이제 그녀가 여기 와서 처음 보았을 때의 우울한 젊은이에서 완전히 탈바꿈하여 선량하고 유머 감각 넘치는 미소를 띤, 몸집 큰 젊은이로 변해 있었다.

「당신들 둘을 보니…….」 하고 마플 양이 입을 열었다.

「누군가가 기억나는군요.」

지나는 갑자기 마플 양에게 달려들어 그녀의 입을 손으로 꽉 눌러 말을 막았다.

「아니에요, 마플 아주머니.」

그녀가 부르짖었다.

「그 다음 말은 하시지 마세요. 또 세인트 메리 미드 사람들 중에서 비슷한 사람들을 끄집어내시려는 모양인데 전 거기에 대해 의심이 가요. 그 사람들 얘기를 하시면서 꼭 꼬리에다가 가시를 다시거든요. 정말 아주머니는 심술궂은 분이세요.」

그녀의 눈이 눈물로 뽀얗게 흐려졌다.

「아주머니하고 루스 할머니, 그리고 우리 캐리 루이즈 할머니 모두 젊었을 때의 모습을 생각하면……, 어쩜 그렇게 닮은 모습만 생각나는지 모르겠어요! 도대체 상상이 안 가요. 세 분이 좀 다른…….」

「상상이 안 가겠지요.」 마플 양이 대꾸했다.

「너무 오래 전 일이니까…….」

〈끝〉

〈마술 살인〉((英) They Do It with Mirrors, (美) Murder with Mirrors, 1952)은 애거서 크리스티(Agatha Christie, 1890~1976, 영국)의 56번째 작품이며 43번째 장편이다. 이 소설은 한마디로 연극적인 냄새가 강하게 풍기는 작품이다.

많은 사람들이 모여 앉은 가운데 마술사가 등장해서 트릭을 사용하듯이 감쪽같이 벌이는 범죄―가장 크리스티 여사다운 수법이다. 사실 이렇게 다분히 도전적인 추리 수법이야말로 초기 크리스티가 즐겨 사용하던 구성이었다. 그러하던 것이 이때까지 50여 권의 추리소설을 쓰면서 때로는 모험물로, 때로는 유머물로, 또는 환상적인 작품으로 살짝살짝 외도하다가 오랜만에 본연의 자세로 돌아온 듯한 느낌이다. 이 작품을 읽으면서 독자들이 가장 곤혹스러웠던 점은 아마도 루이즈 세러콜드의 복잡한 가족관계일 것이다.

이 책을 번역할 때도 가장 힘들었던 부분 중 하나였다. 어머니보다 나이가 많은 의붓아들과의 대화체나 호칭 등을 우리나라 체제에 맞게끔 옮긴다는 것이 그리 쉬운 일만은 아니었다. 다 그렇진 않겠지만 서구의 가족·사회체제가 다분히 이 작품에서처럼 복잡한 면을 띠고 있다면, 사실 여러 범죄가 발생할 가능성이 많을 것이다.

이러한 면도 추리소설이 서구에서 먼저 발달한 원인 중 하나일는지도 모른다. 얘기가 좀 빗나간 것 같다―이 작품으로 다시 돌아와 크리스티 작품을 읽을 때마다 독자들이 간혹 품는 의문 중 하나는 주인공인 에르큘 포와로나 제인 마플 양의 나이가 과연 얼마나 되었나 하는 게 아닐까 싶다.

마플 양이 첫 번째로 등장하는 작품은 1930년에 나온 <목사관 살인사건(The Murder at the Vicarage)>이다.

이때 그녀의 나이는 아무리 적게 잡아도 65~70사이. 따라서 <마술 살인>이 나온 1952년엔 85~90세쯤 될 것이다. 한편 마플 양은 1976년에 출판된 <잠자는 살인(Sleeping Murder)>에도 나오는데, 그때는 아마도 족히 100살은 넘었을 것이다.

<마술 살인>을 통해 우리가 또 한 가지 알 수 있는 것은, 그녀가 다른 작품에서 늘 주장하는 대로 "난 평생 세인트 메리 미드 마을을 떠나 본 적이 없답니다."(세인트 메리 미드 마을은 지도상에는 없는 가상의 시골 마을이다)라는 게 새빨간 거짓말이라는 것이다.

남의 허점을 예리하게 꿰뚫는 마플 양이지만 이 작품에서는(실수인지 아닌지 모르지만) 그만 자신이 어린 시절 이탈리아의 플로렌스 기숙학교에 다녔다는 것을 실토하고 만다. 그 총명하다는 마플 양도 이렇듯 실수를 저지르니 이 작품 중 나오는 다른 인물들이야 오죽하랴. 하지만 이것은 마플 양이 이제는 나이가 너무 들었기 때문인 것으로 봐줄 수도 있겠다.